数霊 かずたま
天地大神祭
あめつちだいしんさい

祝 ツタンカーメン王 再立 サイリュウ

深田剛史
Fukada Takeshi

今日の話題社

数霊　天地大神祭　目次

カバーイラスト　中野岳人

数霊　天地大神祭

第一章　飛来、そして終焉

その1　アケト・アテンの光と陰

ときは遡ること三千三百と数十年――。

ところは古代エジプトで急遽あつらえられた新都アケト・アテン。「アテンの地平線」を意味する都は、現在のテル・エル・アマルナ、通称アマルナにあった。

それまで何ら注目されることのなかった地に都が建設されることになったのは、ときのファラオの大いなる野望によるものであった。

アメンヘテプ四世。古代エジプト第18王朝時代のファラオの一人である。

父アメンヘテプ三世の後を継ぎ絶大なる権力を手にした若き王は、それまで永く受け継がれてきた文化を覆し、エジプトを多神教国家から唯一アテン神を崇拝する一神教へと宗教改革を行った。それに伴い自らの名を「アテンの神に役立つ者」「アテン神に選ばれし者」を意味する〝アクエンアテン〟へと改名した。

彼が宗教改革を行う以前のエジプトは、日本が古代から現在に至るまでそうであるように森羅万象あらゆるものに神を見いだし、そして崇拝してきた。

実際これまでに確認されている神々の数は八百を越えている。なにしろエジプトは「千の神々の国」と呼ばれているのだから。日本が「八百万の神々の国」とされているように。

「千の神々」の中でも特に太陽神ラーは紀元前二五〇〇年頃から始まった第5王朝時代に国家神と位置づけられて以来、最高神として人々の信仰の対象になってきた。その姿は頭上に太陽円盤を戴いたハヤブサの頭を持つ人物像として表されている。

また、最も人気があり、かつ重要な神でもある創造神アメンと太陽神ラーを習合させた神〝アメン・ラー〟はエジプトを訪れた際に必ず耳にする名である。

他にもイシス、オシリス、アヌビス、トト、ムートといったそれぞれの役を担う神々が多数存在していたのだが、アクエンアテンはそれらの神々への信仰を一切禁止し、アテン神のみを唯一絶対の神としてしまったのだ。

それにより強大な権力を誇っていたアメン神の神官達は、横暴になりすぎたとの理由から財産を取り上げられた上に解雇された。さらにはすべての銘刻文からアメン神の名を削り取らせ、歴代の王が築いた建造物まで破壊するといったありさま。それでもって、王族のみならず神官や市民にまでも、自分の名に「アテン」の文字を入れさせたという研究さえもある。ただし、このことに関しては「名前にアテンの文字を入れることは王家だけに許された特権」との見解も示されているが。いったい、古代エジプトで何があったのだろうか。

その前に。慣れないと〝アメン神〟と〝アテン神〟がきっと混乱してしまうだろうから、判りやすくするためにしばらくは〝アメン神〟を多神教アメン、〝アテン神〟を唯一神アテンと表記することにする。

ところで、このアメン神の名は〝アーメン〟の元になっているとされているが、考えてみると変だ。一神教であるキリスト教がなぜ多神教の代表の神の名を唱えるのだ。〝アーテン〟でないとおかしい。

まあいいや。

アクエンアテンは即位して5年ほどが過ぎたころ、それまではいかなる神も崇められたことがないとされるアマルナの地に都を移し、数百年のあいだ歴代ファラオたちが多神教アメンと共に暮らしてきたテーベを捨てた。テーベは現在のルクソールのことだ。

彼は「アテンの地平線＝アケト・アテン」の王宮から毎朝太陽に向かい賛歌を捧げたことであろう。

「あなたは地平線から美しく現れ
そして生命を生み出す
生けるアテンよ
唯一絶対の神であるあなたの子は私
私だけがあなたの子
偉大なるアテンよ………」

アキナトン。

これもアメンヘテプ四世の名であり、一般的にはアクエンアテンよりもこちらの名で呼ばれることが多い。「アテンの霊そのもの」を意味している。日本ではイクナートンと発音するが、現地の人々はみなアキナトンと呼んでいたのでそちらにあわせようと思うが、『ナイルに死す（ナイル殺人事件）』の著者アガサ・クリスティーはアクナーテンと呼んでいた。

どれが最も適切なのかをエジプト大使館の文化参事官でありカイロ大学の文学博士でもあるカラム・ハリール氏を訪ねた際に聞いてみたところ、どれも言いますよとのことだった。

つまり、アキナトンでもイクナートンでもアクナーテンでもいいのだけど、それはアクエンアテンであり、同時にアメンヘテプ四世のことなのだ。このあたりは慣れるまではややこしい。

ついでなので付け加えておくが、アキナトンが君臨した時代を第18王朝と呼んでいるが、これはアキナトンがエジプトの第18代の王という意味ではない。それぞれの王朝時代は数人から十数人のファラオが即位しており、アキナトンの第18王朝時代もトトメス一世、二世やハトシェプスト女王を含め十四名のファラオがいた約二五〇年間をいう。

親切な説明だ。

はじめはてっきりアキナトンが18番目の王様だと思ってしまったぞ、他の解説書！

で、アキナトンだ。

彼が行った宗教改革はやや特殊なものだった。いや、とてつもなく特殊である。なぜなら、彼は突然に民衆から神々を奪っただけでなく、唯一絶対とするアテン神さえも信仰することを許さなかったというのだ。アテンを崇拝できるのは王家だけであると。

では、どうしろというのだ。

ファラオ自身と第一王妃ネフェルトイティこそが唯一神アテンの一部であるため、民衆はファラオと王妃を拝め。私と私の美しき王妃こそが君たちの神であると。

そうそう、ネフェルトイティの名も日本ではネフェルティティと発音されるが、少なくとも出会った現地人はたぶん全員がネフェルトイティと呼んでたのでそっちに合わせる。


アテン神。

アキナトンが唯一絶対であるとしたアテン神とはどのような神であろう。

ひとことで表現するならば、〝太陽の光〟である。だが、それは太陽本体を含んでいないため、日本で言う太陽神だとかアマテラスといった名で表現されるものとは性質がやや異なる。

アテンとは太陽円盤から放たれた「光輝」についてのみを表しているため、太陽神ラーの一側面に過ぎないのだ。

したがって、独立した神とは認められない神を唯一絶対神かつ全知全能の創造主とすることは不可解極まりない。判りますか。

理解しづらいかもしれないので日本の神仏に置き換えてみよう。

例えばだ、千手観音を信仰する者が仏像本体を無視して、光背のように広がる〝手〟だけを信仰の対象とするようなものだ。それはないでしょう。本体あっての千本、あるいは多くの〝手〟である。

　もし現在の日本で、天之御中主神（アメノミナカヌシノカミ）や大国主命（オホクニヌシノミコト）、天火明命（アメノホアカリノミコト）、菊理媛（ククリヒメ）、風の神の志那都比古神（シナツヒコノカミ）から龍神・雷神に至るまでの神々を明日から一切拝んではいけません。大日如来（ダイニチニョライ）も弥勒菩薩（みろくぼさつ）も不動明王も弁才天も全部駄目。神仏は千手観音の〝手〟だけであるぞ。千手観音の〝手〟以外を祀る神社仏閣は即閉鎖しろ、と天皇陛下や総理大臣がお触れを出したとしたら……。

　陛下がそのようなことをおっしゃるはずはあるまいし、総理が言おうもんなら即日失業するであろうよ。

　そもそも千手観音様こそお困りになるであろう。しかも、当時のエジプトでアテン神なる神は、現在日本における千手観音とは違いほとんど知られてなかったという。

　なのにアキナトンは宗教改革を断行した。

　彼にそこまで決断をさせたものとは何だったのであろう。

　通説となっているように、多神教アテンの神官たちが王家をも恐れぬほどの権力や富を持ち、自分たちだけで勝手に国家運営をするほど横暴になってきたため歯止めをかけようとそうしたのか。

　それともアキナトンの容姿に関わることからか。あの面長で吊り上った目。分厚く、しかも先がとがった唇。頼もしさを感じることのできない胸元。そして突き出た腹。

　それまでのファラオはたくましく、凛凛しい姿で残されているのに対し、アキナトンは〝王様の威厳はどこ行っちゃったのよ〟と思いたくなるような姿なのだ。

　彼はその醜い容姿が人々から見下されることを恐れ、それで神官及び民衆からの崇拝を得るためにあのようなことを行ったのであろうか。

　また、彼の容姿から判断するに、病理学者らはアキナトンがフローリッヒ症候群ではなかっただろうかとの見解を示している。フローリッヒ症候群にかかると、男性の場合まさに彼のような身体的特徴が現れるらしい。脳の中にある下垂体の損傷により甲状腺に異常が発生し、さらに子供を作る能力をも失うという。

だが、アキナトンは第一王妃ネフェルトイティとの間に六人の女児をもうけ、他にも娘との間にできた子を含め幾人かが確認されているため、不治の病への苦しみと苛立ちから無理やり宗教改革を断行して民衆を押さえつけようとしたのではないように思う。

また、一見醜く思えてしまう彼の容姿だが、在位当初のころに描かれたものは特に異常性は見られないものだという。ならば本来はあんな変てこな顔つきではないのだろうか。

近年になってその答えが出た。

アキナトンの変てこ容姿は、彼の唯一神アテンに対する哲学及び芸術的感性から意図的にあのような姿にするよう芸術家たちに命じたようなのだ。

彼は「神は唯一アテンのみ」とした。

そして自分はそのアテンの子である。

ということは、唯一神アテンは男性神であってはいけないし女性神でもいけない、なぜなら、どちらか一方だけでは子供が生まれない。

そうなのだ。唯一神アテンは生物学的機能上〝両性具有〟でなければいけない。彼の哲学では。だからそんな両性具有の神の子ファラオは体つきの線が細く、腰も少々ふくらんだ中性的であるべきなのだ。

ふくよかな骨盤は、女性性を示す手段なのであろう。そんな彼の感性が芸術家たちにあのような作品を残させたのであって、間違ってもラムセス二世のような強靭な肉体では都合が悪かった。という訳で、醜い容姿が見下されることを恐れての宗教改革でもなかった。

では、先にも触れたが、権力と富を持ちすぎた多神教アメンの神官たちから権力を奪い返すためという、もっとも定番的な推測はどうなのか。

その要素が無かったわけではないと思う。しかし、アキナトンは権力にそれほど固執するファラオではなかった。というか、むしろ権力や軍事力といったものには興味を示さず、諸外国との外交も後回し。したがって彼が在任中、確実に諸外国に対するエジプトの国力は衰退した。

要するに国家運営に関心が無かった。彼は政治家ではなくアーティストなのだ。


結局彼の宗教改革の動機というのは謎のままだ。多くの研究者たちもはっきりとした答えは見出せていない。したがって、今ここでその答えを出すことは避けることにするが、もうひとつ大きな疑問が浮かび上がる。

それまで長い年月、多くの神々と共に暮らしてきた文化・風習の中で、いったい何に影響されて一神教などというものを思いついたのであろうか。凡人、俗人にはそのようなことは、とても考えつけるものではない。何しろそれまで有史以来どこにも一神教というものは存在していなかったのだから。彼が初めてだ。大自然の万象万物に宿る神々をただ一つに限定したのは。

第一に考えられることは、外部から来たものからの影響である。しかも彼は大国エジプトの国王。そんな彼に絶大なる影響力を持った人物はそう多くはないはず。いや、一人しかいないかもしれない。第一王妃ネフェルトイティである。

「遠くから来た美女」を意味するネフェルトイティの出自は明らかになっていないが、有力な説としてはミタンニ王国から来たというもの。それにエーゲ海のクレタ島を中心としたミノア帝国から嫁いで来たというもの。されに最近ではアクミームという町の名家の出身とする説も浮かび上がっており、これもまた特定できない。

が、調べが進むうちにどうもネフェルトイティが唯一神アテンを持ち込んだのではないことが判った。というのも、ネフェルトイティはアキナトンの王妃になる以前、アキナトンの父であるアメンヘテプ三世と結婚していたが、三世は三世のままであった。それに、エジプトにおけるアテン神はずっと以前から存在していたのだから。

なのでネフェルトイティが持ち込んだわけではないし、それ以外の側近たちでもない。

それに、先ほどのくり返しになるが、当時一神教的思想はまだどこにもなかったはずなので、アキナトンが誰かにそそのかされたのでもなさそうなのである。

他に考えられることはあるのか。

あるにはある。が、そのことについては後に述べることにする。

冒頭でいきなりこのような話をしたので、ひょっとすると多くの方々はアキナトン＝アクエンアテン＝アメンヘテプ四世なる人物は相当な変人だったのでは、と思われるかもしれない。

当たり。相当な変人だ。だがしかし、ただの変り者ファラオだった訳ではない。

実をいうと、彼ほど世界的に有名な宗教家は一人もいないといってもいいほどにアキナトンは全世界で崇拝されている。別の名で。

驚きだ。現在地球上にある宗教の中でいったい何十パーセントの人々が、何十億人の人々が彼を崇めていることか。

えっ、誰って？

今はまだ言わない。

だが、散々変人扱いしてきてしまったのでアキナトンの名誉のため………というか、崇られるのが怖いので付け加えておく。

アメン神を中心とした多神教国家エジプトでは多

くの神々が擬人化されてきた。ハヤブサの姿をした天空の神ホルス、ジャッカルの頭を持つ死後の世界の神アヌビス、他にもイシス神しかりオシリス神しかりである。

が、アキナトンが選んだ神アテンは擬人化されたものではなかった。それはひょっとすると、イスラム世界が偶像崇拝を禁じているように、彼もまたそれまでのエジプトにおける信仰の対象を〝目に見えるカタチ〟から〝カタチなき宇宙に遍満する見えないエネルギー〟へと移し、人々の宗教哲学を一段階アップさせたかったのかもしれない。

何しろ、当時の神官たちときたら、神の名を利用して地位、名誉、権力、富を求める現世利益追求集団になっていたことは否めないのだから。

そこで歪んだ神官らの信仰心を正すための手段が彼の宗教改革だったのかもしれない。

だが残念なことに取り組み方に問題があった。彼がやらかそうとした新しい信仰のカタチには倫理的哲学が欠如しており、王家のみが満足できるものでしかなかった。

が、もしそこに万人が納得できる哲学と教育があったのならば………。

唯一である神を外に見出すのではなく、内に目を向けることで一神教的追求をしていたとしたら。

民衆に対しても同じように、神を求める先を内に向けさせるよう教育していたとしたら。

そして、内側奥深くに宿る神こそが唯一絶対神とのつながりを持っているがために、他の多くの神々からは一旦目を背けるよう指導していれば。

彼にはそれができなかった。玉(たま)し霊(ひ)の成長がそこまで至っていなかった。

戦いに勝利することや力で諸外国を押さえつけることの無意味さを知り、権力よりも芸術性を優先していただけに残念だ。

とはいっても時代は三千三百年前。致し方ないかもしれない。

名のある神々を通り越し、個人個人それぞれが創造主でもある宇宙の根元とつながっていることを知る。それが眠っていた細胞を生き返らせるための信仰であることに人々が気づいたのはごく近年になってからのことなのだから。


ちと早すぎましたな。

けど残したものは大きい。

それが何かはやがて判る。

アキナトンの在位期間は17年間。

ヤコブがエジプトで暮らしたのも17年間。

*

アケト・アテンの王宮。

キヤはこの夜もテラスから一人星空を眺めていた。ここは彼女のお気に入りの場所だ。

アキナトンの第二王妃の彼女は、

「上エジプト下エジプトの王　真実に生きるもの
南と北の王ネフェルケペルウラー・ウァエンラー
永遠の命を持ちたもう生けるアテンの寵愛する妻
キヤ」

という称号が与えられており、第一王妃以外の王妃ではキヤのみが特別大切にされていたことが判る。

称号の中の「ネフェルケペルウラー・ウァエンラー」とはアキナトンのことである。

また「上エジプト下エジプト」とか「南と北の王」という表現が出てくるが、元々エジプトは北部と南部が分かれていたため、双方を統治していることを表している。

地図でいうとカイロあたりよりも上側のデルタ地帯、つまり北部を下エジプトと呼び、そこから下側、南部を上エジプトと呼ぶ。

上エジプト、下エジプトの上下が反対のように思えてしまうが、地図で下側=南部が上エジプトと呼ばれるのは、そこがナイル川上流であるためで、したがってカイロよりも上側＝北部はナイル川下流なので下エジプトなのだ。母なるナイルによって生かされる国エジプトならではの話だ。

キヤは他の王妃にはない特権を得ていたようで、マルと呼ばれる神殿が彼女専用に与えられていた。外には庭が広がり、池までしつらえてある。テラスからの眺めは格別で、彼女はここでの日光浴が好きだった。しかし、何よりもキヤの心を癒してくれたのは、昼間の喧噪が静まり夜のとばりが降りてからの星々の輝きだった。

今夜も一人椅子にもたれ、キヤは星空を見つめている。彼女の見つめる先は星空の中で最もきらびやかな輝きを放つ星、シリウス。

この星が明け方、太陽よりも先に姿を見せると、古代エジプトでは新年を迎えた。現在の暦で七月十九日ごろだ。

当時神官たちはその日が近づいてくると毎朝早くに起き出し、東の空を観測するのだ。そして、いよいよその日が来ると全土に知らせなければならない。ナイルの増水が始まるからだ。

ナイルの氾濫。悪魔の仕業のようなこの現象こそが肥沃な土を運ぶ神の思いやりで、結果的に豊かなエジプトを保障してくれるのだ。

キヤの見つめるシリウスは宵の口の姿。冬のシリウスはナイルを静かに保つ。

「キヤ王妃、ずいぶんと冷えてまいりました。そろそろお部屋に戻られてはいかがでございましょう」

キヤに気付かれぬよう太い柱の陰から彼女を見護っていたメンデスが声をかけた。

「いいの。もうしばらくここにいるわ。………ご覧なさい、あの美しく妖艶なかがやきにはみなぎる生命の力があるの。そして…………心の奥底……

……それはきっと玉し霊ね。その玉し霊に残るかすかな記憶の中にあるなつかしさ」

「なつかしさ、と申されますと」

キヤはシリウスを見つめたままいった。

「メンデス、あなたは感じませんか。あの力強い生命力、そして豊かな創造力を。あの輝きが地上まで送られてくるからこそ、この国の神々も力を発揮できるのです。大地の神、風の神、そして偉大なるナイルに宿る神も」

「キ、キヤ様」

メンデスは慌ててあたりを見回した。誰もいない。

〝フー〟とため息をついた後、諭(さと)すように言った。

「そのようなこと、ファラオがお聞きになると悲しまれます。それに今この国はすべてアテン神が支配してい………」

「あなたは本気でそのようなことを信じているのですか。それとも立場上信じているように見せかけて……いえ、いいの。ファラオに忠実なんですね」

実はメンデスはキヤの言葉をよく理解していた。しかし、キヤのことを快く思わないネフェルトイティの長女メリトアテンからキヤを護るための心遣いだ。メリトアテンは何かにつけキヤを攻撃してくる。

キヤがシリウスから目を逸(そら)し、メンデスの顔を見上げた。

「もう休んでいいわ。私は一人で大丈夫」

「ですが………」

キヤはメンデスに向かい再度目で下がるようにと命じた。仕方なく神殿内に入っていくふりをした彼は、自分の姿がキヤの視界に入らぬよう太い柱の陰に身を潜め、それからも彼女を見護っていた。

どれほどの時が経ったのであろう。すぐ目の前にあるヤシの葉に隠れていたシリウスが再び姿を見せていることにメンデスは気付いた。柱の陰からそっと覗くと、キヤは椅子に腰掛けたまま眠っているようだ。

「王妃」

メンデスがそうつぶやきキヤのもとへ向かった。

「キヤ様。さあ中へ入りましょう」

「…………生命の星、その輝きは力強く…………」

夢の中でさえもシリウスを見ているのだろうか。メンデスは〝やれやれ〟といった顔をしてシリウスを見上げた。

(王妃はあの星に何を見ているというのだ)

メンデスにとってはどの星も同じように小さな輝きにしか見えなかった。

と、そのとき。

ほんの一瞬のことだった。

天から赤い光がものすごい速度でこちら向かって飛んできた。メンデスは流れ星かとも思ったが、途中消えることなく一直線に向かってくる。そして同時にシリウスから放たれている眩(まばゆ)く青白い光が時計回りにクルリと回転したかと思うと、そこから黄金色に輝く光が放たれこちらに向かって来るではないか。

黄金色に輝く光の矢は、ほんのわずか先に飛んできた赤い光を追い越し、行く手を阻(はば)むようにして赤い光の軌道上に乗った。

赤い光が黄金色の光にぶつかった。

「バーン!!」

大きな爆発音が天空に轟(とどろ)いたが、勝利を得た黄金色の光はそのままメンデスの目の前に突き刺さった。

そう、椅子に腰掛け眠るキヤの体に。

キヤはそのまま眠っている。

メンデスは今目にした一瞬の出来事を思い返してみた。

(はじめに赤い光が…………そのすぐ後に…………そうだ、確かに王妃の体の中へ)

錯覚などではないことを確信した彼は、正気に戻るとすぐにキヤの名を呼び肩を揺すった。

「キヤ様、キヤ様。大丈夫ですか、王妃」

「…………あら、メンデス。眠ってしまったようね」

何事もなかったかのように目を覚ましたキヤは、

ゆっくり立ち上がるとそのまま神殿内に入って行った。もうシリウスを振り向くこともなく静かな足取りで。

（いったい何が起きたというのだ………）

　メンデスは主人のいなくなった王妃専用の椅子に自ら腰を下ろし、天空を見つめたまま何度も何度も今の出来事を反芻していた。そしてある結論に思い至ったのだ。

「あの黄金色の光は自ら王妃の体内に宿った。先に現れた赤い光の行く手を阻み……。夜明けだ。この国の民を正しき道へと導くファラオが誕生する時が来た」と。

*

　三カ月後。

　アキナトンのところへ唯一神アテンの神官が駆け寄った。

「ファラオ、おめでとうございます。ネフェルトイティ王妃が無事ご出産されました」

「そうかそうか。それで」

「……と申しますと」

　神官はアキナトンの思いを判っていたが、とぼけてみた。

　アキナトンは少々苛立った様子だ。

「我れこそアテンの子であるという証になるための男の子であったのかと聞いておるのだ」

「いえ、残念ながら。しかし、ファラオ。ネフェルトイティ王妃にそっくりのお美しい女の子でございます」

　神官は心の中で〝あなたに似なくてよかった〟と思っていたが、それは口に出せない。

「ファラオ、どうか気を落とされずに。また次を楽しみにいたしましょう。次こそは必ずファラオに………」

　神官は精一杯なぐさめてみたが、アキナトンの落胆は大きかった。これで五人目である。

アキナトンは確かに男児を望んでいたが、それは一般的に考えられるような跡取り欲しさのためではない。

時代によって変化するが、アキナトンの時代は長女の婿が世継ぎとなっていたようで、したがってアキナトンとネフェルトイティの長女メリトアテンがキナトンとネフェルトイティの長女メリトアテンが婿を取ればそれで済む。メリトアテンのほかにも先ほど誕生した女児を含め四人も息女がいるため、仮に長女が早々と死を迎えたとしても特に心配ない。

では、アキナトンはなぜ男児を望んだか。

先ほども触れたが、唯一アテン神は男性神であり女性神でもある。そのアテンの子であるアキナトンも同じく男性と女性の両要素を等しく合わせ持っていなければならないことになる、彼の哲学では。

ならば彼の血を引く子供たちも女児と同じだけ男児がいてくれないと都合が悪いのだ。女児ばかりが五人も続けて生まれてきたため、アキナトンは自身の両性具有的価値観に自信を持てなくなっていたというわけだ。

最近ではある程度生み分けが可能になっているようで、まあそれもいいのだが、どれほど努力したところで家系的な特徴の影響は避けることはできないし、実をいうと家庭内で夫婦のどちらが実権を握っているかということも影響大なのだ。

気の弱い男性が、女系の家庭で生まれ育った勝気な長女なんかと結ばれた日にゃあ、まあたいていは女の子ばっかりですなあ、三人目も四人目も。

アキナトンは結局ネフェルトイティとの間に六人の子をもうけたが、最後まで男児は生まれなかった。

肩を落すアキナトンに神官は恐るおそる近付いた。

「ファラオ。他にもおめでたいことがございます」

アキナトンはしかし反応しない。

「第二王妃のキヤ様もご懐妊されました」

＊

半年後。

アキナトン待望の男児をキヤが出産した。

トゥトと呼ばれるようになる彼こそが、黄金に輝く玉し霊を持つ将来のファラオ、トゥト・アンク・アメンである。日本語でいうツタンカーメンのことだ。

紀元前一三五〇年十月のことであった。


余談になるが、イテッ。何だ何だ。

「オイ。早速脱線か」

「ジイか。何で原稿書き始めると出てきやがるんだ」

「出てきやがるとは何事だ、バカ者。守護者に向かって失礼極まりないわ。この礼儀知らずめ。いいから余談はやめてちゃんとやれ」

「いや、書かなきゃ駄目なんだ」

「なんでじゃ」

「日本人の名誉のためだ。本当だぞ」

「やれやれ。なれば三百字以内だぞ」

「国語のテストかって」

「何か言ったか」

「いや、何でもない」

あのね、現地に行って〝ツタンカーメン〟って言っても通じないからね。だから〝トゥト・アンク・アメン〟または〝トゥト・アンク・アモン〟って言わないと駄目。

これを日本語で表記すると〝トゥッタンカモン〟になる。いいですか、トゥッタンカモンですよ。

トゥッタンカモンの黄金のマスクが展示してあるカイロ博物館の入り口横にある書店でのことだった。

ある写真を探していると、現地人の店員二人がこちらをチラリと見て何か笑いながら話し始めた。耳をダンボにして聞いていると、

「ジャパニーズは変てこな発音するよなあ、トゥッタンカモンのこと」

「そうそう、たしかツタンカー……何だっけ」

「ツタンカーメンじゃなかったっけ」

「それだ。誰だよ、それ」

二人は声を上げて笑いやがった。

コンチクショーめ。

「だったらお前ら〝武者小路実篤〟って言えるかって。〝天草四郎時貞〟って正確に発音してみろ」

って言いたかったけどそんな勇気も英語力もない。

仕方ないので、せめてもの抵抗で、

「エクスキューズ・ミー。トゥッタンカモンの第三王棺の写真が欲しいんだけど」

と言ってやった。本当にそれを探していたのだ。

すると、〝おやっ〟という顔をして一人の青年が近付いてきた。

〝あんた日本人なのにちゃんと発音できるじゃないか〟という顔を、イテテ。

「三百字過ぎたぞ」

「もうちょっと待て。途中で終わったら意味が判んないだろって」

で、青年は一冊の本を開け
「これはどうだ」

「白黒じゃなくてカラーのがいい」

「では、これならどうだ」

「小さすぎるよ。もっと大きなやつがいいんだ」

すると
「今はこれしかないんだ、申し訳ない」

ときた。

何だ、とってもいい奴じゃん、エジプトの青年。

ジイがうるさいので余談は終えて、トゥトなんだけども、トゥト・アンク・アメン＝「アメン神の生き写し」の名は彼が即位して第二年めからのことであり、生まれた当初はアキナトンの時代。当然のこ

となが ら彼の名は〝トゥト・アンク・アテン〟であった。発音を日本語表記すると〝トゥッタンカテン〟になり、日本語にすれば〝ツタンカーテン〟である。出世魚みたいでややこしい。

キング・トゥトが即位するまであと九年。

その2　トゥトの苦悩

エジプトに一大宗教改革をもたらし、新都アケト・アテンを建設したアメンヘテプ四世＝アクエンアテン＝アキナトンが世を去った。

第一王妃ネフェルトイティの死が大きなショックをもたらしたのであろう。

アキナトンの死後〝アンクケペルウラー〟または〝ネフェルネフルアテン〟の名のファラオが登場する。実はアンクケペルウラーの名も、美しきアテン神を意味するネフェルネフルアテンの名も共に生前のネフェルトイティが使っていたものだ。したがって、アキナトンの死後王位についたのは彼女だったのでは、と推測されるが、そうではない。

アキナトンの父、アメンヘテプ三世のわりと晩年の子であるスメンクカラーがその名を受け継いでいたのだ。もちろん男だぞ。

母親はアメンヘテプ三世の第二王妃になるのだろうか、ムトネジュメである。父親がアメンヘテプ三世ということは、アキナトンとは異母兄弟ということになる。

といった訳で、美しくそしていかにも性格がキツそうな顔付きの王妃ネフェルトイティは、アキナトンの死後に自らファラオになったのではなく、アキナトンより先に死んでいたというのが真相っぽい。

スメンクカラーはアキナトンの長女メリトアテンを娶(めと)り王位を継承した。おそらくアキナトン在位中すでに結婚していたため、王位継承権は彼が握っていたのであろう。

彼は義父アキナトンの意を継ぐことと一神教に反対するアメン神の神官たちをなだめるために何とか妥協策を見出そうとした。が、陰の支配者はそれを許さなかった。呪われた一神教アテン信者どもは一人残らずこの国に暮らすことは許さぬ、と。

そして若きファラオ、スメンクカラーも間もなく毒殺された。在位はわずか一年。

後のことになるが、ルクソールにある王家の谷の第55号王墓から発見された彼のミイラは、おぞましいほどに破壊されていた。

スメンクカラー亡き後、エジプト国のファラオとなったのがトゥッタンカモンなのであるが、面倒なのでやっぱりツタンカーメンにする。

わずか九歳という幼さで王位を継いだ彼は、当然のことながら国家運営の指揮など執ることなどできるはずもなく、したがって幼きファラオの背後にはある老齢の神官が臆することなく彼を操っていた。

老齢の神官は前ファラオ・スメンクカラー時代から宗教・政治・軍事を決定する権力を有しており、幼帝ファラオはいわば飾りもののようなものであった。

大司祭アイ。老齢の神官とは彼のことだ。先ほど出てきた陰の支配者もそうである。彼こそがこの時代の宰相（さいしょう）だったのだ。〝宰相〟とは、国の政治を執り仕切る最高の官職であり、首相に等しい。

断っておくが、アイといっても日本でいう〝愛ちゃん〟のような女性ではないぞ。これも知らないと間違える。エジプト関連の書でこのことについて説明をしたのは、おそらく日本初ではあるまいか。

アイはアキナトンに忠誠を誓っていたものの、意を継承することはしなかった。そしてツタンカーメン治世の第二年目、多神教であるアメン神を復活させることに成功した。

アキナトンの唯一アテン神路線を受け継がなかった理由は二つある。

一つめ。

アキナトンが建設したアケト・アテンは当時繁栄を極め、建都すぐに約二万人の人口を誇る都市に発展した。一方、他の都市ではあらゆる物質や富がアケト・アテンへと流れて行ってしまったため、貧困による人々の苦しみは相当なものであった。

一般の民衆はもちろんのこと、それまで裕福な暮らしをしてきた神官たちも貧しい生活を強いられ、さらに軍隊は弱体化した。

そのため諸外国への威厳は薄れ、当然貢ぎ物も減ってしまった。いや、そればかりではない。逆に、エジプト恐れるに足らずということで今にも侵攻されるのでは、といった様相を呈していた。

そこで宰相アイは多神教アメンを復活させ、将軍ホルエムヘブに大きな地位を与えることで国内の不満を解消しようとしたのだ。

そして二つめ。

個人的にはこちらの理由のほうが重要であったのだろうと思う。

アイは、アテン神以外の神々をすべて排したアテン神唯一の子であるアキナトンに忠実であったにもかかわらず、アキナトン時代に父イウヤと母チュウヤを失い、兄弟のアネンも死んだ。アキナトンの母であるティイもこのころ世を去ったが、彼女はアイの姉であった。ひょっとしたら妹かもしれない。

さらにアイは時を同じくして孫までも数人失い、家庭的には悲しみのドン底へと突き落とされたのだ。

「なぜアテン神は私の愛する家族を守ってはくれぬのだ………。

国家は貧窮にあえぎ、他国への国威も失った。そして私の愛する者たちを次々と奪った………。

アメン神だ。
アメン神の怒りに違いない。
永きにわたりこの国を守護してくれた神々を捨てた天罰が下ったのだ。
ああ、何ということをしてしまったのだ。
奴だ。
すべては奴のせいだ。
あの狂ったファラオがこの国に地獄をもたらしたのだ」

それでアイは、アテン神とアメン神を何とか共存させようとしたスメンクカラーを死に追いやり、ツタンカーメンを即位させると早速唯一神アテンの徹底的排除に取りかかった。

都をテーベに戻すと同時にアケト・アテンを破壊し、国中からアテン神の名も削り取った。その結果、にぎわっていた都市は死の都となり、やがてはかつてのようなアメン神をはじめとする「千の神々の国」がナイルを母とする大地に復活した。

宰相アイが行ったアテン神撲滅キャンペーンの最たる政策は、唯一神アテンを信仰する一神教徒たちの国外追放であろう。

アキナトンの元で名誉や地位を欲しいままにしてきたであろう神官、書記、彫刻家を始め芸術家たち、それにパン製造業者や労働者から農民、奴隷に至るまで。軍隊に追いたてられた彼らはこぞってカナンの地へと旅立って行った。その際、物質的財産のみならず、文化・風習や信仰におけるあらゆるものから文字や歴史に至るまでを持ち出したという。

彼らを率いたのはアキナトンの兄、トトメスであった。

このトトメスは、第18王朝初期にファラオとして君臨していたトトメス一世・二世や、ハトシェプスト女王の後を継いだトトメス三世のことではない。別人だ。

トトメスはアキナトンについでスメンクカラーが不慮の死を遂げたことを目の当たりにし、生き延びる道はひとつしかないことに思い至った。そう、アキナトンがそうしたように今度は自分がアテン神信徒を率いて新たな都市を作ろうと。はるか南のどこかの大地で。

でなければ殺されるか唯一神アテンを捨てなければいけない。だが、それはできない。

このときエジプト人たちと共に、労働者として使われていたヘブライ人も共に脱出した。

ヘブライ人とは現イスラエル人のことであるが、実は当時まだヘブライ人とは呼ばれてなかった。が、便宜上判りやすいのでその名で呼ぶ。

せっかくなので。

「エジプト」という国名も後にギリシャ語が元になり誕生した名で、古くは「ケメト」が国名であった。なので、この時代をエジプトと呼ぶのは相応しくないかもしれないが、まあいいことにしよう。

ケメトとは「黒」のことで、「赤」をデシェレトという。「黒」が表すものこそが生命の世界であり、だから「赤」は死の世界のことなのだ。乾ききった赤い大地「砂漠」が当時の人々にそのような世界観を与えたのであろう。余談おしまい。

聖書では、エジプト国内におけるヘブライ人の数が増えすぎることを恐れ、時のファラオが、

「ヘブライ人の男の子が生まれたらすぐに殺せ。一人残らずナイル川に放り込むんだ」

と命じたことになっているが、時代的にはちょうどこのころである。

仮にときのファラオがアキナトンであるならば、おそらくそのような指令は出さないのではないかと思う。

彼はヘブライ人が増えたとしても、それが唯一神アテンと自分を崇拝するものであれば、恐れるどこ

ろかむしろ庇護したのではなかろうか。スメンクカラーであってもその様なことは考えにくい。それに、彼の在位の一年というのは十二カ月ということではない。八カ月であっても十五カ月だったとしても歴史には一年として残る。宰相アイとの関係を考えると、ひょっとして数カ月なのかもしれないのだ。

ではツタンカーメンはどうだ。これも答えは否である。アイがごっそり国外追放しているため、わざわざ生まれたての赤ん坊を川に放り込まなくともよい。

で、聖書に戻る。

助産婦たちは神を畏れたため、ファラオの命令には従わなかった。立派立派。

モーゼが生まれたのものこのころだ。モーゼの母は愛しき赤ん坊を何とか救おうと三カ月間隠して育てた。だがそれも限界があった。ついに隠しきれなくなってしまったため、母親は赤ん坊をパピルスの籠に入れてナイル川の葦（あし）の茂みの中にそっと置いたそうな。

ナイル川で水浴びをしようとやってきたファラオの娘がその赤ん坊を見つけ、幸運が重なったことで赤ん坊は生き延びることができた、というストーリーである。

これもやはりモーゼは神の子なのだから強運の持ち主なんだぞ、簡単には死なないんだぞ、とうったえることで彼を神格化しようとする作り話なのであろう。

なぜならば、ツタンカーメン時代、宰相アイによって国を追われた一神教信徒およびヘブライ人をカナンの地に率いたトトメスこそが歴史の中での引率者であり、後の世で旧約聖書を記した書記たちはトトメスをこう呼んだ。モーゼと。

アキナトンの兄トトメスがモーゼのモデルであったばかりか、アキナトン本人もまた別の名にて永遠に崇められることになってしまった。

アブラハムとはヘブライ語で「諸国の父」とか「多くの民の父」「多数のものの父」といった意味なのだそうだ。この名前をヘブライ語で表記したうえで分解してみると、そこから真実が見えてくる。が、ヘブライ語では理解しづらいためアルファベットに置き換えてみる。（『出エジプト記の秘密』メソド・サバ、ロジェ・サバ著　原書房）によると、

A（ア）＝唯一のものアテン
B（ブ）＝〜のなかに
RA（ラ）＝ラー（太陽）
HA（ハ）＝大神
M（ム）＝諸国民

となり、直訳では「ラー、父、諸国民の大神」らしいのだが、それはまた、「天地を創造する大神の息、ラーの中に住む父アテン」になるという。

誰のことだ、それは。

そう、一人しかいない。アキナトンだ。

さらに同書によると、

「書記たちは語の巧妙な働きをとおして、アダムがアブラハムその人であり、彼は創造の最初の人、アクエンアテンであるというメッセージをまぎれこませたのだった。アクエンアテンとネフェルトイティという国王夫妻は、ラーが創造した最初の夫婦に同一視された」（二七二頁）

ここに出てきたアクエンアテンとはもちろんアキナトンのことだ。

あーらら。

アキナトンはアブラハムであったばかりかアダムでもあったのだ。当然イブはネフェルトイティだ。するとですぞ、エデンの園は実在していたことになる。アケト・アテンだ。後に呪われた町として徹底的に破壊されたアキナトンと唯一神アテンの町アケト・アテンこそがエデンの園のモデルになっていたのだ。

いくら参考文献を紹介したとはいえ、これ以上書

き写すと著作権の問題で罰せられそうなのでやめておくが、今のところだけ整理しておくと、
アキナトンの兄トトメスがモーゼその人であり、そのアキナトンはアブラハムであった。

さらに彼はアダムでもあり、
したがってイブはネフェルトイティ。

で、エデンの園がアケト・アテンということである。

それで一神教信徒たちが出エジプトの際にアキナトンのミイラまで持ち出していたのが納得できる。そのミイラはまた別の名を持っており、その名は…………ヤコブである。

「カナンの地方へいった彼らは、エジプトと密接な関係を保ちつづけ、原始ユダヤ教を成立させた。……………中略…………

エジプト史になるはずだった聖書をメソポタミアの歴史に変更せざるをえなかった。聖書の一部がバビロニアで書かれたことは確からしく、書記たちは聖書のなかに史実を隠すことに大きな労力を費やしたという」（同書あとがき）

何だか古事記や日本書紀みたい。どこも同じね。

ツタンカーメン時代、宰相アイの他にもう一人忘れてはならない人物がいた。

先にも名前が出てきたが、ホルエムヘブ将軍である。当時のエジプト軍は南と北に分かれており、南エジプトの軍隊はミンナクト将軍が、そして北のそれをホルエムヘブ将軍が指揮していたが、彼はやがてファラオの副官にまで出世した。

ホルエムヘブの名は「よろこぶホルスとアメンに愛されるもの」を意味するのだそうだ。他にも「ホルスはよろこんでいる」とも解釈されたりもする。

ホルスとは天空の神で、その姿はハヤブサで表される最も有名な神のうちのひとつだ。エジプト航空の垂直尾翼にもホルスをデザインしたシンボルマーク

がついている。

「ホルスはよろこんでいる」将軍はアキナトン治世のころからすでに税務官もまかされており、腐敗が横行している税務局を監視し、不正を取り締まっていたのだそうだ。

さすが「よろこぶホルスとアメンに愛される」将軍だ。もし現在、彼の生まれ変わりがこの世に生きているのならば、ぜひわが国の社会保険庁の取り締まり及び監視をしていただきたい。

軍人であり税務官であり社保庁の監査役であるホルエムヘブ将軍は、奇才アキナトンの行った宗教改革や芸術的感性は全く理解できなかった。

彼にとっては神が一人であろうが複数いようがそんなことはどうでもよく、強い国家が維持できればその神は信ずるに値する神なのである。ただ、国家全体のことを考慮すれば、多くの多神教アメンの神官たちとのいさかいを避けるためにもアメン神を中心とした国家であるべきだと考えていた。

だがそこは軍人、お上の命令は絶対であるため仕方なしに奇才ファラオの機嫌を損ねぬよう振舞っていた。やがて牙をむくが。

ホルエムヘブ将軍は幼きファラオ、ツタンカーメンに、自身の武勇伝をよく聞かせた。それはエジプトが他国に比べいかに強く、そしていかに優れているかということを。ヒッタイトもミタンニも、またスーダンに近いヌビア地方に住む人々に対しても自分たちは支配者であり、その資格を有している。さらに領土を広げるためには「神」よりも「チャリオット」のほうが大切である、と言い聞かせるように幼帝を洗脳していたのだ。

チャリオットとは「戦車」のことだが、当時の戦車は小さな馬車のようなものであって、どんな悪路も走破してしまうキャタピラや巨大な砲塔がついているものとは違う。

古代エジプトでは動物たちも神々が宿る化身とし

て崇める風習があり、それぞれの動物に神としての役割のようなものも見出していたようだ。特権階級や知識人が動物に与える意味付けは強いものがあり、死んだ動物には喪の期間を設け、最後には葬儀まで行ったという。さらにそれをミイラ化し埋葬した。

　したがって色々なカタチで神としての動物たちが表されているが、そこに馬だけはいなかった。どうも馬がエジプトに入ってきたのは紀元前十七世紀ごろのことのようで、先史時代のナイルの住民たちにはその存在が知られていなかったようなのだ。

　馬が入ってきたことにより急速に軍事力は増したのであろう。ツタンカーメンは将軍から武勇伝を聞くたびに、自分も早くチャリオットを操って戦いに参加したいと思うようになっていた。そして実際に将軍はファラオにチャリオットの操縦術を教えた。周りの者たちは反対したが、ファラオ自身たっての望みなので致し方ない。

毎日のように教えを受けることで次第に腕は上達し、同時に顔付きや体格も頼もしげになっていった。馬を操ることが彼の不安を薄れさせてくれたのであろう。

父とされるアキナトンが世を去り、直後に母も失った。何も判らぬままファラオにされた少年に不安がない訳がない。

そんな彼が自身の存在意義を認識する手段が肉体的に強くなることだった。

黄金の光が持ってきた使命に幼きファラオが気付くには、もうしばらくの時間が必要なようだ。

＊

紀元前一三三一年、テーベ（現ルクソール）。

ツタンカーメン治世第十年目。

トゥトは夢の中にいた。子供のころの夢だ。

ナイル川で一人、魚釣りをしている。そんな夢だった。

アケト・アテンに暮らしていたころ、内緒で彼は王宮を抜け出し、ナイル川で釣り糸を垂らしていた。魚が釣れても釣れなくても、彼は一人で過ごすそんな時間が好きだった。

トゥトの周りには同年代の遊び仲間が何人かいて、彼らと遊んでいれば退屈な思いをすることもなかったのだが、ふいに、全くふいに一人になりたくなることがあったのだ。

王宮の正面には「王の大通り」と呼ばれるメインストリートが通っており、昼間は大勢の人々が行き交っている。なのでトゥトはこっそりとパン製造所の脇にある細い路地へと向かう。三〇メートルほど先に塀の出っ張りがあるため、そこまで走ると一旦身を隠し、誰にも見られなかったかを確認する。最も緊張する瞬間だ。

それから次に大神殿の裏を通って北へ向かう。町のはずれにある北の岩窟墓群の入口を通りすぎるころには人影もまばらになるので、やっとそこから川へ向かう。

葦の繁みの中に釣り竿は隠してある。

(ちゃんとあるだろうか………)

いつもの場所で竿を見つけると、やっとこさトゥトの高ぶった気持ちは落ち着いてきた。

エサは地面を掘って小さな虫を見つければいい。そんな虫はすぐに見つかるのだから。

布に包んで持ってきたおやつは季節によって変化した。イチジクであったりナツメヤシだったり、ザクロのときもあった。そら豆やレンズ豆を口にほおりこみながら竿を上げ下げしたりもした。

まさに至福のときである。


『いよいよ始まるぞ』

特別楽しいことがあるわけでもないのに、ニコニコしながら川の流れを見つめているとそんな声が聞こえた。

(またた。誰だろう)

トゥトはまわりをキョロキョロ見まわすのだが誰もいない。

『思い出せ、お前の決意を』

(思い出せって…………何を思い出せばいいいんだろう。それだけじゃ、判んないよ)

毎回同じことの繰り返しで、それ以上は何もない。トゥトもそのうち気にならなくなっていった。が、テーベに戻り数年が過ぎたころから再びその声は現れ、昼夜を問わず彼の脳裏に存在し続けるようになった。

夢の中でも繁みの中に竿はちゃんとあった。右手には竿を、左手にはおやつの入った包みを持ってトゥトはお気に入りの場所へと向かう。

不規則に立ち並ぶヤシの木の中に、わずかな隙間しかもたない二本のヤシがあった。

トゥトの小さな体はぴったりその隙間にはまる。腰を下ろすと、幹に触れた両腕には太陽が温めた木のぬくもりが伝わってきた。

ナイルは今日もゆるやかな流れを保っている。しばらく流れに見入った後、エサを探すため足元の土を掘ろうとした時だった。持ってきたおやつの包みが川の中に落ちてしまったのだ。

「あーっ」

手を伸ばしたけどもう遅い。

包みはみるみるうちに流れに飲まれていった。

悲しくなった。すごく大切なものを失ってしまったような悲しさだ。王宮に帰ればいくらでもあるのだが、その瞬間の彼にとっては最大の楽しみであるとともに唯一の宝物だったのだから。

目の前で魚が跳ねた。

(そうだ、釣りをすればいいいんだ。それをしにここ

まで来たんだった）

再び足元に目をやり土を掘った。いつもはすぐにエサは見つかる。

「イタイッ」

何かに指を刺されたようだ。

川の流れで指を洗ってみた。何ともない。

（棘でもあったのかな）

痛みはすでに消えていたのでまた土の中を探った。

「イタイッ」

またただ。

おかしい。こんなことは今まで一度もなかったのに。まるで川も大地もトゥトがそこにいることを拒んでいるかのようだ。それとも何かの知らせか。

トゥトはもう虫を探すのをやめてしまい、針には何もエサをつけないまま竿を流れの中へ振り込んだ。

するとどうだ。今度は向こうへ飛んでいくはずの針が途中で向きを変えてこちらに飛んでくる。

「うわーっ」

夢の中で針を避けようとしたトゥトの体は危うくベッドから落ちそうになった。

驚くことに三千三百年以上も前のこの当時でさえ釣り針は金属製だったという。そんなころから製鉄技術が確立されていたとは。この話はエジプトへ電話して、現地の著名な学者先生に確認しているので間違いないはずだ。パピルスやどこかの神殿の壁画にも描かれているのだそうだ。

（風なんて吹いてなかったと思ったのに変だなあ）

今度は風がないことを確かめてから先ほどよりもそーっと竿を流れの中へ振った。

「わーっ！」

ゆっくりとした速度で川の沖へ向かった針が、糸が伸びきったところでクルリと向きを変え、またこちらに向かってくるではないか。しかも一本の針が数十、数百となって。まるで分身の術だ。

「あー、あー！」

トゥトは胸を押さえもがき苦しんでいた。

「ファラオ、ファラオ、大丈夫ですか」

トゥトはふいに目を覚ました。胸がひどく痛む。

「ハ、ハリがこちらに向かって………」

「ファラオ、もう大丈夫です。悪い夢を見ていたのでしょう」

「……夢……（そうか、夢だったんだ。あー、恐ろしかった）」

現実に戻ったトゥトはやっと緊張から解放された。痛む胸をそっとのぞいてみると、生まれつきそこにあったアンク十字のアザが不思議なことに消えてしまっていた。


ファラオに即位して十年目、トゥトは十九歳になり肉体も精神もたくましく成長した。宰相アイやホルエムヘブ将軍、そして愛する妻アンケセナーメンに支えられ、ファラオとしても立派に振る舞い、多くの国民からも支持されることができた。かつては母キヤの側近として、現在はトゥトの護衛として尽くすメンデスや、乳母役として幼いころから身の回りの世話をするマヤはどんなときであろうがトゥトを理解してくれた。

それでも何かが足りなかった。

何かを忘れている。

ものすごく大切なことを忘れてしまっている。

それが何かは判らないのだ。

どれだけ考えても………。


テーベに戻ってからのトゥトは、釣り糸を垂らしながら川の流れに問いかけるようなことはなかった。その代わり、夜になると王宮のテラスから星に向かって答えの出ぬ疑問をぶつけていたのだ。見つめる先にあるのは夜空で最も明るく輝く星、シリウス。母と同じことをしていたのだ。

シリウスはいつも静かにトゥトを見護り、彼の心を落ち着かせた。そしてシリウスを見ていると必ずといっていいほど母の姿が夜空に現れた。

「母さん、何か見えない力がボクを動かそうとしているんだ。いったいそれは何？　僕に何をさせようとしているの？」

『ファラオ
　思い出しなさい
　あなたがこの星へやってきたのは
　その思いを果たすためです
　いまあなたは何に虚しさを感じているのか
　心の中をよく見つめなさい
　思い出すはずです』

（虚しさ………裕福な人々と貧しい人々の運命を分けるのは何がそうしてるの？　なぜ人が人を支配し、従わぬものは命さえ奪われなければいけないのか。ヒッタイトの人たちもヘブライ人もヌビアのみんなもひとつの国で助け合えばいいのに………）

　彼はチャリオットの操り方を教わりながらも心の底では平和を望んでいた。

　だが今の自分にはまだまだ経験も知恵も足りない。

　貧しい人々や虐げられた人々の生活とテーベの王宮での暮らしの違いにも疑問を持ち続けていたが、それも大きく改善することはできなかった。力が足りないのだ。

　いつの世も、本気で世の中の弱者に力を差し伸べることを快く思わぬ輩はいる。正義の力が自分たちに損害を与えるとなれば、必ずその正義はつぶされてしまうのだ。二十一世紀の現在であっても。そんな輩はわんさといる。

『ファラオ
　そのことも大切なことです
　けれど、あなたの決意は

それではありません
もっと深いところです
見つめてごらんなさい
思い出すはずです

なぜこの時代にあなたがそこにいるのか
答えはそこにあります』

それでも思い出すことができず、そんなジレンマが彼にあの夢を見せたのか。ただそれだけのことならいいのだが、アンク十字のアザが消えてしまったのはナゼだろう。彼の運気に陰りが現れたのか。


「もう夢は消えてしまいましたから大丈夫ですよ、ファラオ」

「何だ、マヤか」

「随分とうなされていましたよ」

「そうみたいだな。それでわざわざ起こしてくれたのかい」

「いいえ、そうではありません。お休み中だとは思いつつも、どうしてもすぐにお伝えしなければいけないことがございまして」

「………何だ、伝えなければいけないことって」

マヤは少しためらったが、率直に言ったほうがいいと判断した。

「メンデスが殺されました」

「………」

「一昨日から姿が見えなかったので気にしておりましたが、今朝、川岸で倒れているのが発見されました」


メンデスといえば、トゥトの母キヤの体内にシリウスからやってきた黄金の光が宿ったのを目撃した地上で唯一の人。キヤでさえ気付いてなかったのだから。ということは、トゥトの正体を知っているのも彼ただ一人。

以来メンデスは今日(こんにち)に至るまでトゥトの兄であ

り父であり祖父でもあった。それほどまでにトゥトに尽くし、見護り、育てた。

そのメンデスが殺された。

「どうして殺されたと判る」

「ええ、頭蓋骨が大きく砕けていました。何か鈍器のようなもので背後から殴られたのでしょう」

「誰がやったんだ」

トゥトは勢いよくベッドから起き上がった。

「おそらくは………」

マヤは背後に誰もいないことを確認してから再び話し始めた。

「おそらくはファラオにアテン神を受け入れさせようとする神官たちの仕業だと」

そうなのだ。

宰相アイは国内で多神教アメンを復活させるため一神教信徒を強制的に国外へ追放したが、ごく一部の神官がうまくアメン神官へと変身した。

彼らの狙いはただひとつ。一神教アテンの受け入れである。そのために何年も水面下で生き延びてきたのだ。

ファラオに対して強い影響力を持っているアイやホルエムヘブの地位を奪い、代わって彼らがそこへ納まることなど不可能に近い。

そこで彼らは政治的にはさほど影響力を持たない立場の護衛や世話役としてファラオに近付こうと企んでいた。

メンデスはそれを感じ取っていた。

それで、事が大きくなる前に手を打つつもりが、逆に彼らの策略にはまってしまったのであった。


トゥトの苦悩は大きくなるばかり。

考えてみれば両親の死に関して不自然なところがたくさんある。特に母キヤについては彼女の存在を快く思わぬ者たちの仕業であろうけど、黒幕と目されているのが愛する妻アンケセナーメンの実姉、メリトアテンと夫のスメンクカラーなのだ。

そればかりではない。

トゥトとアンケセナーメン待望の第一子は残念ながら死産だった。

月日が二人の心を癒してはくれたけれど、念願かなって生まれてきた第二子が出産直後に息を引き取ったショックは並々ならぬものがあった。わずか半年前のことである。

二体の小さな遺体はミイラ化され、一九二二年、ハワード・カーターらがツタンカーメンの墓を発見した際、一緒に見つかっている。

そこにメンデスの死。

若きファラオはこの苦境をいかにして乗り切ってゆくのだろうか。

*

メンデスの死からひと月ほどが過ぎた。トゥトは呪われた境遇を打破しようと、必死で自身を奮い立たせようとしているのだった。


彼のもとへ王妃がやって来た。

「ファラオ、気分はどう?」

そういって彼女はトゥトを抱きしめた。

「ありがとう。もう大丈夫さ。アンケセナーメン、君がいてくれて本当に助かる。愛してるよ」

「ええ、私も」

トゥトは椅子に戻ると、食べかけだったレンズ豆のスープを口に運びながら王妃に座るよう促した。

「君も食べないかい」

鮮やかなオレンジ色をしたスープを王妃の前に差し出した。

「ありがとう。でも、今はいいの。………ねえ、それよりも、噂で聞いたんだけどホルエムヘブ将軍とチャリオットで競走するって本当なの?」

「ああ、本当さ。今度こそ将軍にボクの腕を見せつけてやるんだ。絶対に負けないからね。君も応援してくれるんだろ」

悪びれる様子もなく自慢げに答えるトゥトの腕に

アンケセナーメンはそっと手をかけた。

「ねえ、ファラオ。あなたは今、そちらにエネルギーを流しては駄目。苦しいことは判ってるわ。私だって怖くて仕方ないのよ。けど、逃げないで。今逃げたらあなたは大きなチャンスを失うことになるかもしれないのよ」

「大丈夫さ、アンケセナーメン。逃げたりするものか。僕は堂々と勝負するよ」

「そうじゃないの。将軍との競走のことではないのよ」

王妃はトゥトの腕を強く握った。

「ファラオ、愛するファラオ、あなたは真の優しさをもった人です。今必要なことは………その恐怖の中に二本の足でしっかりと立ち、そして真正面を見つめること。ファラオ、あなたのその勇気こそ、この国が必要としていることなの」

トゥトはスープを食べる手を止めた。

「悲しみを誤魔化すためにそんなことしたって何も解決しないのよ。自分を誤魔化すことで一時の安らぎを得ても、悲しみや苦しみの奥にあるものから逃げれば未来に同じ恐怖が訪れることを許可してしまうことになってしまうの。………それにね、あと少しでやっと〝思い出す〟ところまで意識が到達するはずよ」

さすが姉さん女房。王妃はトゥトより三つ歳上だ。古代からこういった冷静さや判断力は女性が男性を上回っていたのだ。ただ男性社会がそれをつぶしてきたので今までは活かされなかった。昔からホーント、お世話になっております、女性の皆様。

「アンケセナーメン。ボクはそんなにいけないことをしてるのかい」

トゥトは寂しげな目で王妃を見た。妻以外には絶対に見せることのない姿だ。それだけ甘えられる相手なのだろう。

「ああ、ファラオ。あなたを責めてるんじゃないのよ」

王妃はどうしたものかと悩んでしまった。トゥトよ。ファラオといえどもまだ手のひらの上だな、女房の。

「お前もだろ」

「えっ」

「何を偉そうなことを言っておる」

「ジイか。たのむ、今は出てくるな。読者が混乱する」

王妃はトゥトの腕を引き寄せると自分の胸に抱きしめた。

「判りました。明日、将軍に勝ってください。けど、あなたが勝てばチャリオットの腕はあなたのほうが上ということ。ですからこれを最後にするって約束して下さい。今後一切戦いに参加しないということも含めて」

トゥトは今まで二度、戦（いくさ）に参加していた。一度はヒッタイトとの戦いに。もう一度はヌビアとのそれに。第18王朝時代はファラオ自ら参戦することが多かったようだ。

「判った。約束しよう。明日のレースで最後にする。けど、もし将軍が勝ったら……」

「あなたは勝ちます。必ず」

王妃は力強い目をファラオに向けそういった。

*

月明かりもなく、うっすらとした雲が星の輝きも隠してしまったその夜、闇にまぎれてこそこそと動く二つの人影があった。その影はまわりの様子を気にしながらホルエムヘブ将軍の馬車に近付いていった。明日のレースで使用するチャリオット用の二輪馬車は幸いにも神官の宿舎からは随分と離れたところにあるため、その怪しい人影に気付くものは誰もいなかった。

「おい、あそこだ」

「あったあった。で、将軍のはどれか判るか」

「一番奥のだ」

「間違いないな」

「ああ」

「本当に間違いないんだな」

「そうだって言ってるだろう」

「シーッ。大きな声を出すな。見つかったら命はないんだぞ」

黒い二つの人影は将軍のチャリオットに細工をすると、すぐに闇の中へと消えていった。

＊

レース場となるカルナック神殿にはファラオと将軍の一騎打ちを一目見ようと集まった大勢の群衆であふれかえっていた。ここは神官だけでも数千人はいるため、群衆を含めると途方もない数になる。

トゥトが黄金に飾り付けられた馬車に乗って現れると大きな歓声が沸きあがった。

ホルエムヘブはすでにスタート地点となるスフィンクスの参道でファラオの到着を待っている。ここは高さ四メートルほどのスフィンクスが左右にずらりと並んでいるのでそう呼ばれているのだ。

レースは広大なカルナック神殿の中央に位置するアメン大神殿を反時計回りに一周し、再びスフィンクスの参道へと戻ってくる。距離にすると、およそ一三〇〇メートルほどのレースだ。

「お待ちしておりました、ファラオ」

「将軍、調子は万全か」

「もちろんです。これだけ大勢の前で恥をかくことにでもなれば、私の威厳にかかわりますからね。それとも中止いたしますか」

「何を、将軍。中止したいのは将軍のほうではないのか」

実のところホルエムヘブは、宰相アイからレースを中止に持ち込むよう努力しろと命じられていた。アイがファラオに直接話してみたところで承諾するはずもなく、なので将軍に説得しろと。

　それでホルエムヘブは一応それとなく中止をにおわせてみたものの、端から本気ではない。ファラオを軍に引き込み、予算が増えればホルエムヘブの望む強いエジプトを再建できる。そのためには好戦的なファラオでいてもらったほうが都合がよいのだ。

「私が中止を望んでいるですと？・冗談じゃありません。ファラオはメンデスの死に心を痛められております。ご子息のこともお気の毒でした。苦しみに耐えておられるファラオの心境をお察ししますと私も心が痛みまして………」

「何を言っているんだ、先ほどから。スタートする前から負けたときの言い訳か」

　ホルエムヘブの思うツボだ。アイに命じられたとおりレースを思いとどまらせるよう説得しているふりをしてますますトゥトを燃えあがらせている。アイの命（めい）にも背いていない。

　このあたりはさすが策略家だ。

「言い訳などではございませんよ、ファラオ。私の実力と経験はファラオの比ではございませんので。ただ、ファラオの馬と比べると私の馬は少々老いぼれているというだけで」

「おや、今度は馬のせいにする気か。よし判った。将軍、馬車から降りろ」

「………」

「さあ、早く降りるんだ」

　そういうなりトゥトは自身の馬車から将軍の馬車に乗り込んだ。

「馬車を交換しよう。将軍はそれに乗るんだ」

「いや、それは………ファラオの馬車にわたくしが乗ることなど許されません」

「いいから乗れ」

　それでもホルエムヘブが躊躇していると、

「将軍、これは命令だ。国王の命に背くのか？」

様子を見ていた群衆からどよめきの声が上がった。

「おい、ファラオと将軍がチャリオットを取り替えたぞ」

「本当だ。黄金の馬車に乗っているのはホルエムヘブ将軍だ」

遠くから見ていたアイもそれに気付いた。

(あのバカ将軍は何をやっているんだ、まったく。それにしてもファラオは何をお考えなんだ……)

皆が口々に何かをささやいている中、静かにその場を去っていく者がいた。

「まずいことになったな」

「どうする」

「どうしようもないだろ、こうなってしまっては。おい、ずらかるぞ」

二台のチャリオットがスタートラインに向かった。将軍よりわずかに遅れ位置についたトゥトが胸に手をやった。

(あー、そうだった。消えてしまったんだった。なぜ急に消えてしまったんだろう)

そんなことを思っているときだった。まばゆい日差しの中、かすかに赤く光る玉がトゥトめがけて飛んできた。

赤い光の玉。

そうだ。トゥトの玉し霊が黄金の光となってシリウスからやって来たとき、先にその身を狙って飛んできたあいつだ。

結局あの時はトゥトの玉し霊にはじき飛ばされたが、再びやってきたそれは今度はトゥトの肉体に入った。

瞬間的にだがトゥトの体がふらついた。

しかし誰もそれを気に止める者はいなかった。

もしここにメンデスがいたら。

彼ならそれが何を意味するのかが判ったはず。そして、たとえどのような処分が下されることになろうが命懸けでレースを中止したことだろう。

だがメンデスはもういない。


ところがだ、メンデスは見ていた。そしてトゥトに危険信号を送ってきていた。トゥトの肉体はそれを受け急激に鼓動が高鳴りだしたが、それがメンデスからのメッセージだとはつゆ知らず。レース前の武者震い（むしゃぶるい）としてしか感じていなかった。

そこでメンデスはアンケセナーメンに信号を送ってきた。

彼女はそれに気付いた。

（何？　この胸騒ぎ。もしかしてファラオに何か災いが……そうだわ、きっとそれよ。止めさせなきゃ）

王妃は大急ぎでスフィンクスの参道の人波をかき分けスタート地点へと向かった。

〝用意はよろしいでしょうか〟

遠くからスタート準備を確認する声が聞こえてきた。

「ダメー！　止めてー！　お願い、止めてー！」

トゥトにアンケセナーメンの声は届かない。

彼女は必死に走った。そして叫んだ。

〝それではレースを始めます〟

「トゥトー、ダメー！」

〝ヨーイ、スタート！〟

合図と同時に群衆も大騒ぎである。

アンケセナーメンは力尽きてその場でへたばってしまった。


スタートの合図と共に勢いよく走り始めた二台のチャリオットは、合図を送った兵士の左右を駆け抜け一直線に一つ目の角、第一コーナーへと向った。

先行したのは将軍だった。

これもホルエムヘブの作戦のうち。

まずは先に出る。ファラオには最後に曲がる北東の角、競馬でいう第四コーナーで先へ行かせるつもりだ。

　というのも、ホルエムヘブは始めからトゥトに勝利を譲るつもりでいた。若いとはいえトゥトはもう子供ではない。これだけの群衆の前でファラオが負けたとなれば立場上示しがつかない。それに国民はファラオが強くてこそ安心するものだ。

　しかし、あまりにあからさまな手の抜き方ではファラオからも群衆からも見抜かれてしまうであろう。そこでホルエムヘブは細かな戦術を立て、若きファラオが実力で勝利を勝ち取ったと見せかけるような演出を考えていたのだ。

　スタートして一五〇メートルで第一コーナーへ入る。将軍は外壁ぎりぎりのところを通り抜けた。ここでトゥトに前へ出られては演出が台無しだ。背後からはトゥトが負けじとついてくるのが馬の足音から判る。ホルエムヘブは振り返ることなくその距離が三メートルと判断した。

コーナーを曲がりきると三〇〇メートルの直線だ。

「ヤー、行けー！」

　トゥトは握った手綱で激しく馬の背を打った。

　第十塔門の前を通過したところで将軍は後ろの様子を伺ってみた。距離が詰まっている。

（もし馬車を交換していなければ、今頃はファラオの背を追っていただろう）

　ホルエムヘブも手綱を激しく振り降ろした。

「おい、今どっちが勝ってるんだ」

「ダメだ、壁が邪魔で見えな、あっ、壁の隙間から少し見えたぞ」

「で、どっちだ」

「ファラオだ」

　それを聞いたまわりの者たちはファラオの名を叫びながら拳を突き上げた。

「やっぱりファラオのほうが速いぞ。黄金の馬車の後に将軍の馬車が通っていくのが見えたからな」

「えっ、だったら将軍が勝ってるんじゃないか」

「何で将軍なんだ」

「馬車を交換したじゃないか、マヌケだなあ」

「マヌケとは何だよ、将軍に向かって」

「このドマヌケ。将軍のことじゃないよ」

「じゃあファラオか。もっと失礼だぞ、ファラオに対してドマヌケとは」

「おい」

隣にいた老人が二人を制した。

「いい加減にせんか、二人とも」

「ヤー、ヤー、さあ将軍覚悟しろ」

同じ距離を保ったまま第二コーナーを曲がった二台のチャリオットが駆ける音が、神殿中に響き渡っている。

第三コーナーをホルエムヘブは意図的に少し大回りしてみた。おそらくファラオはイン側から抜きにかかるであろう。

案の定トゥトはそうした。

しかし、速度が速すぎて曲がりきれず、結局は外側へ膨(ふく)らんでしまった。これでは抜けない。

第三コーナーだけは特殊で、ここはアメン大神殿の北側にあるメンチュ神殿をも回りこまなければいけない。トゥトが外側へ膨らんだことを察したホルエムヘブは、ここでわずかに手綱をゆるめた。そうすることでトゥトに距離を縮めさせたのだ。第四コーナーまであと一〇〇メートル少々。


スタート地点で、つまりそれがゴールでもあるのだが、スフィンクスの参道付近に陣取る者たちの視界に二台のチャリオットが入ってきた。

「ウォー！」

もの凄い喚声がチャリオットを操る二人の耳にも届いた。

いよいよクライマックスだ。

「ハーッ！、ヤーッ！」

ホルエムヘブはトゥトとの距離がどれほどであるかに神経を集中させながら馬を打つ。

思ったより距離があるが、それはこちらの綱さばき次第で何とかなる。

第四コーナー入口へ先に飛び込んだのはやはりホルエムヘブであった。そして、コーナーへの進入角をゆるめにとることで馬車一台分のスペースをイン側に空けた。間違いなくトゥトがそこを狙ってくるであろうから。

ホルエムヘブはイン側、自分にとっての左側から抜けてくるトゥトを待った。

(そろそろだぞ)

コーナーの後半にさしかかった。

トゥトが来ない。

(おかしい。どうしたんだ)

ホルエムヘブが左側から振り返った。

いない。視線をいったん正面に戻した。

するとその時、彼の視界の右側に動くものが写った。馬だ。

(なんだって)

トゥトは最終コーナーをアウト側、つまり外側から抜きにかかったのだ。これにはホルエムヘブも不意を突かれてしまった。もの凄い速度だ。直線と変わらぬ速度でコーナーへ侵入したのではなかろうか。

「ヤー、ヤー、走るんだ」

ホルエムヘブはあっけに取られ、すぐ右側に並んだファラオの顔を見た。

しかしトゥトは真正面を見据えたままだった。

ホルエムヘブは残りわずか一〇〇メートルの距離をゴール直前までは並んで走ろうと、馬に大きな声を掛けた。が、トゥトの速度はあきらかに優っている。

トゥトの馬車は右側にかかる遠心力が馬車の耐えうる限界に達していたため安定を欠いていた。それでも彼はホルエムヘブの行く手を妨げるように、さらに左側へとかぶせてきた。トゥトのチャリオットが将軍の馬を完全に抜き去った。

群衆は大喜びだ。残るはあと六〇メートル。誰もがファラオの勝利を確信した瞬間だった。トゥトの馬車の左車輪が、わずか一〇センチばかり地面から突き出た岩に乗り上げた。左車輪が大きく跳ね、馬車は右へ傾いた。

「危ない！」

ホルエムヘブが叫んだ。

「おーっ！」

見ていた群衆も息をのんだ。

しかしトゥトは咄嗟に体重を左側に寄せたので、見事に馬車は体勢を立て直した…………ように見えた。が…………。

浮いていた左車輪が、あろうことか車体から外れてしまったのだ。通常この程度の衝撃には耐えられるはずだ。

奴らだ。奴らが唯一神アテンの復活の邪魔になるホルエムヘブを狙ったのだ。

左車輪を失ったトゥトの馬車は左側へ転倒し、同時にトゥトはそのままの勢いで地面にたたきつけられてしまった。左ひざは逆方向へと完全に折れ、それでも勢いが衰えぬ体は、一回転、二回転、三回転してやっと地に落ちた。左大腿骨も真っ二つに折れている。

今度はそこへもう一台のチャリオットが進入してきた。ホルエムヘブの操る馬は、それは実際にはトゥトの馬なのだが、無慈悲に本来の主人の胸部を前足で蹴り上げ、後ろ足で彼の足首をつぶれるほどに踏みつけた。

さらに、全身で馬を止めることに神経を集中させていたホルエムヘブの乗る馬車の右車輪が再度トゥトの胸を駆け抜け、彼の胸骨と肋骨の一部を粉々に砕いた。

　ホルエムヘブは、馬車が停止せぬうちにすでに飛び降りトゥトに駆け寄った。

「ファラオー！　ネブ・ケペルウ・ラー様！」

　ツタンカーメンの即位名だ。

　あちこちから悲鳴があがり、群衆はパニック状態だ。その中から幾人かの兵士が走り出た。アイも他の神官たちとやってきた。そしてファラオの姿をひと目見るなりひざまずいた。

　アンケセナーメンは事故を目撃した直後に気を失ってしまったので、そのまま宮殿内に運ばれて行った。彼女にとってはそれでよかった。トゥトの姿を間近で目にすることなくすんだので。

　残念なことにメンデスから送られた危険信号は活かされなかった。

　では、ツタンカーメンに襲いかかった災いをもたらしたのは何だったのであろう。

　今から十九年前、ファラオ・アキナトンの子としてこの世に生を受けることで世界を支配しようとたくらんでいた赤き玉なる玉し霊。

　奴は狙った座をシリウスから飛来したトゥトに奪われてしまったため、仕返しをする機会を待ち続けていたのだろうか。

　トゥトに気力がみなぎっているときは入り込むスキがない。自ら出す気が自身を守護するので。

　しかし、不運が重なることでトゥトから放出される気が弱まったその時を奴は逃さなかった。

　なぜそこまで執着を持つ？

　権力、地位、名誉、そして無限なる富。それらを一手に我がものとしたかったのか。

　答えは否だ。

　もしそれらを手に入れたいだけなら他国に生まれてもそれは可能だ。

　奴はどうしてもエジプトでなければいけなかっ

た。エジプトのファラオに就くことでこの国を内部から滅ぼしたかったのだ。

何かを手に入れたいのではなく、破壊を目的としていたのだ。

何でまたそのようなことを。


奴もかつてはあるところの国王だった。小さな国のため人々は助け合い、力をあわせて生きていた。武器など持つ必要がない。許し合うことが彼らの文化であったため、争うことを知らなかったのだから。

そんな彼らを突然襲った連中がいた。国土を広げ奴隷を手に入れるために。

多くの者が死んだ。男たちは手足を縛られ、抵抗するものは殺された。逃げまどう女たちは次々と辱められ、耐え切れずに自ら命を絶つ者も続出し、そこらじゅうに死体の山ができた。そこで国王は懇願した。自分の命と国中の富を差し出す。欲しければ土地もすべて提供する。だからせめて女こどもだけでも逃がしてやってくれと。

だが、何ひとつ聞き入れてはもらえず、そのあとも目の前で人々は命を奪われ、やがて国王自身も家族の前で首をはねられた。

以来、彼の玉し霊は憎悪権現大王と化し、復讐することだけが存在する意義となっていったのだ。

いつの時代のことなのかは判らない。

しかし、彼のそんな思いは理解できないでもない。いや、非難する資格など現代人にだってないはずだ。彼に対しても、また攻め入った国に対してもだ。

なぜなら二十一世紀に入った今でさえ人類は同じことをくり返しているのだから。

本気で悔い改める時期が来た。特に国連常任理事国五カ国の政府諸君。


赤き光の元国王に、殺されてしまった国民に、そしてとばっちりを受けたツタンカーメンに。

本当に申し訳ない。

その3　野望、渦巻く

話を戻す。

ツタンカーメンはまだ生きている。

馬車から放り出されたトゥトは、地面にたたきつけられた衝撃ですぐに気を失った。が、肉体から飛び抜けた意識体はしっかりしており、カルナック神殿中央にそびえ立つハトシェプスト女王のオベリスクの先から地上を眺めている。地上では彼の肉体を取り囲んで人々が大騒ぎしているというのに、まるで他人事のようだ。

トゥトは視線を地上から天へと移した。

（オベリスクは天に向かってまっすぐ伸びている。少しも歪みをもたず、ただ一点に向かって。ただ一点………歪みなくただ一点…………そうか、判った。思い出したぞ）

やっと思い出したようだ。

幼き日、アケトアテンの宮殿を抜け出し魚釣りをしているころから何者かに求められていた〝思い出せ〟が何なのか、とうとう思い出したのだ。

「アンケセナーメン、判ったよ、思い出したんだ。おい、聞いてるかい。ボクは唯一神（ゆいいっしん）への歪みを正し、人々を導くためにやってきたんだ。正しい唯一神を伝えにね。アンケセナーメン、一神教だよ。やはり一神教でよかったんだ。だからアキナトンの子という立場で今ここにいるんだ。…………あれ、アンケセナーメン。…………おい、聞こえないのかい。どうしたの………マヤ………アイ………将軍………」

しかしトゥトの声は誰にも届かなかった。

＊

「ファラオ、よく気付きましたね」

「…………あれ、母さん」

キヤがトゥトの意識体につながってきた。

「あなたはその使命を自ら志願して来たのですよ」

「ずっと知っていたの？　そのことを」

「いえ、肉体を離れた後、何年か過ぎてから知りました」

「ボクはやるよ。父の一神教を正し、本当の一神教を人々に伝えていくよ」

トゥトは誇らしげにそう言った。

「…………もう遅いの…………」

「えっ」

「あなたにそれはできないのよ。感じてごらんなさい、肉体の痛みを。…………そう、あなたはもうすでに肉体を失っています」

「そんな…………どうして、やっと思い出したっていうのに。ボク、もう一度戻るよ、肉体に」

キヤは何も言わなかった。

そしてわずかな時間ののち、トゥトは戻ってきた。

「…………無理だった」

「離してしまいなさい。いつまでも握っていては駄目。その執着が人の苦しみを生む根元なのです」

それでもトゥトはまだ受け入れることができない。

「チャンスはこれからもたくさんあります。それまで故郷に帰りなさい」

二人は同時に天を見上げた。日中のため星の輝きは見えないけれど、二人の意識は共にシリウスに向けられていた。

「母さんもあそこから？」

「そうね、直接ではないけどかつてはいました」

キヤは金星を経て地球に来ているので、言うなれば金星人ということか。

「ファラオ。いえ、トゥト。あなたがいつここへ戻ってくるのかはあなたの自由です。けど、これだけは憶えておいてください」

キヤが生前の姿でトゥトの前に現れた。

「母さん」

キヤは黙ってうなずくと続けた。

「これより約三千三百年ののち、このたびの宗教改革をあらためて行う機会が訪れます」

「さ、三千三百って………」

「そのときの大変革は今回の比ではありません。影響を受ける人々の数は今の千倍、いえ一万倍にのぼるかもしれません。人々の玉し霊も今よりずっと成熟した中での大行事。めったにないチャンスですよ」

「すごい」

「活かしなさい、黄金に輝くあなたの玉し霊を。地球規模をも超える、この天空さえ変えてしまうほどの大行事〝○と□の神祭り〟にあなたのすべてを懸けるのです」

「はい。ではそのときに再びここへ戻って来ます」

「ここではありません」

「この国じゃないんですか」

「ええ。ここからずっと東の果て〝日、出づる龍の体〟。日の民が住まう霊の元なるところです」

「龍の体………って何ですか」

「天空に満ちた渦をたどっていけば、やがて判ります。多くの人々が力を貸してくれます。いえ、手助けは人のみならず偉大なる神も」

「神が？」

「そうです。あなたを地上へと導いた神、ハトホル神が動きます」

「ハトホル神が………」

「今は封じられてしまっていますが、そのときにはあなたと共に偉大なる力を世に現すことでしょう。鈴の音と合い言葉がテーベにこだまするその時に」

*

宮殿内に運び込まれたトゥトの肉体はすでに虫の息だった。

アンケセナーメン、宰相アイ、幼なじみのイパイ、そのほかにも親しい者が集まり彼を囲んでいる。ホルエムヘブはファラオ暗殺の容疑がかけられているため、ここへ入ることは許されていない。

緊迫した空気が部屋中に漂っていた。燈(とも)されたろうそくの火がかすかに揺れる以外、何も動くものはなかった。

誰もが祈っているのだ。愛するファラオのために。治療にあたっていた医師でさえ同じことをしている。それ以外なす術(すべ)がないのだ。

そして、看病しながら祈り続けた者たちも疲れのためだろう、うとうとしはじめた明け方、トゥトは静かに息を引き取った。

身長わずか一六八センチの小柄な青年王ツタンカーメンの生涯は、こうして幕を閉じた。

享年十九歳。

トゥト、ありがとう。

*

イギリスの考古学者ハワード・カーターらがツタンカーメンの墓を発見したのは一九二二年。その経緯について書かれたものは世の中に氾濫しているためすべて省くことにして、一九二六年に彼らのチームがツタンカーメンのミイラを調査したときのことだ。

彼らはひどいことをやらかした。死者への冒涜としか思えない。

ミイラを棺から取り出す際のこと、三千年以上の年月が、ミイラとそれをくるんだ布、さらに黄金の棺を一体化させてしまっていた。取り出そうにもくっついてしまっている。

で、どうしたか。

彼らはまずミイラの足を切断した。次いで胴体を首から切り離し、黄金のマスクがかぶせられた頭部は最後に取り出した。

結局、今となってはミイラの損傷が三千三百年前からのものなのか、一九二六年に壊されたものなのか判断できない。

一九六八年の調査ではミイラのレントゲン撮影が行われた。

その際、後頭部に血のかたまりらしきものが見つかったため、ツタンカーメンは頭を殴られて殺されたという説が浮上した。

二〇〇五年一月、今度はＣＴスキャンによる調査が行われ、一七〇〇枚ものＸ線デジタル画像が撮影された。調査したのはメルハド・シャフィク博士ら放射線医学者による専門家集団だ。

〇・六二ミリ間隔でミイラの頭部を撮影したところ、血のかたまりと思われていたものはミイラ作りに使用する防腐用の樹脂であることが判り、不自然に開いた頭蓋骨の穴も脳を抜くためのものと判明した。

これで暗殺の可能性はかなり低くなった。

代わりに見つかったのが左ヒザの大怪我と両足首に巻かれたギプスのようなもの。そして胸骨及び肋骨の一部の消失である。

特に左ヒザについては「皿」がなくなっており、相当激しい衝撃によるものであることを物語っている。

この傷は一九二六年、ハワード・カーターらによるものなのか、それとも三千三百年前の当時の傷か。

専門家らにより答えが出た。

生きているときのものだと。

そして即死していたら起こりえない〝回復の兆し〟の発見がそれを裏付けた。

ツタンカーメンは負傷してから一～五日後に死亡した。これが専門家チームが導き出した答えである。

ところでＣＴスキャンが〇・六二ミリ間隔で撮影されたのは何か意図されてのことなのだろうか。

というのも、第六二番王墓こそがツタンカーメンの眠る彼の墓なのだから。

＊

紀元前一三三一年、ヒッタイト王国。

「国王、またエジプトより書簡が届きました。アンケセナーメン王妃の名が入っております」

「また来たか。ファラオが死んでからこれで三度目になる。して、内容は同じか」

「はい。我が国ヒッタイトの王子をエジプト国のファラオとして迎え入れたい。ついては自分と結婚してほしいとのことです」

国王は大きく肩で呼吸をした。

「それでザンナンザをよこせというのか。んー、お前はどう思う」

国王は椅子に腰掛けたまま高い天井を仰いだ。


ツタンカーメンの死後、アンケセナーメンはヒッタイトへ書簡を送り、お国の王子をうちのファラオに迎え入れる用意があることを伝えた。

しかし、それまでのヒッタイトとエジプトは憎き敵同士。なのでヒッタイトの国王は、どうしたものかと悩んでしまったのだ。

では、アンケセナーメンはなぜそのような行動に出たのだろうか。

それは国内に渦巻く欲望、陰謀からツタンカーメンの遺志と我が身を護るための苦肉の策なのであった。

そうか、そうか。国内には信用をおけるものがいなかったんだな。なるほど。けど、それだったらどうして同盟国の王子にしなかったんだろう。

それはだ、当時のミタンニはアキナトン時代からヒッタイトに侵略されたままで、アキナトンはそれをほったらかしにしていた。ミノア帝国も国力を失っており、エジプトの内部に入り込む余力は残っていない。つまり同盟国ではエジプトを助けることができない。

それで敵国ヒッタイトに頼らざるを得なかったのだ。

ヒッタイトの国王、シュピルリウマ一世はアンケセナーメンからの書簡の内容に裏がないかを調べるため、侍従をエジプトへ送った。

このような内容のものを何の疑いもなく「はい、そうですか」と信じるわけにはいかないのは当たり前で、それが「人を疑ってはいけません」という道徳的教えに背くことにはならない。立場上、国民を護る義務がある。能天気に何でも信じてしまうのは我が国の政府だけなのだ。

さて、ヒッタイトの王宮へ戻る。

「国王、調べたところエジプト王妃に策略の意図はないとの報告が入っております。これは我が国にとって大きなチャンスではないでしょうか。ヒッタイトこそが世界の覇者。そして国王の名は全世界に届くことでしょう。そう思われませんか、シュピルリウマ国王」

国王はこいつのおだてに辟易していた。この男こそ信用ならんと。

「ミタンニ、ミノア、そしてあのエジプト国までもが我々の前にひれ伏そうとしているのでございますよ。もはや全世界の神々も我がヒッタイトの味方につき、国王は神の許可を得てすべての領土を手に入れるのです。我が国に逆らう者など未来永劫現われやしません。さあ、国王。ご決断を」

ここまで言われるとだんだんその気になってくる。

「調査の結果に間違いはないのか」

「はい。王妃アンケセナーメン様は、ザンナンザ王子をファラオに即位させるための準備をすでに整えております」

国王は調子のいい大臣を見た。

(お前は気楽でいいなあ………)

「ど、どうなされましたか、国王」

「いや、何でもない。それよりも、すぐに用意をはじめよ。ザンナンザをエジプト国へ向かわせるための」

*

時を同じくしてテーベ（現ルクソール）。

「大司祭、お呼びでしたか」

「遅かったな。何をしておった」

アイは少々いらついていた。

「ホルエムヘブ将軍。ヒッタイトの国王が王妃の要請を承認したことは聞いておるな」

「はい。王子がこちらへ向っていることも」

「うむ。ならば話は早い」

アイはナイルが見渡せるテラスへとゆっくり歩き、ホルエムヘブもそれに続いた。

「よいか、将軍。ヒッタイト人ごときをこの国のファラオにさせるなど、この私が許さん。すぐに手を打つぞ」

「私も何とかせねばと考えておりました」

「そうか。ではすぐに行け。国境で待ち伏せするんだ」

「追い返すということでしょうか」

「バカ者。二度と我が国のファラオになろうなどと考えさせぬためにも、帰すことさえ許すでない。身の程知らずの野蛮人どもめが」

しかし、アイのこの命にホルエムヘブは異を唱えた。

「それではアンケセナーメン王妃があまりにもお気の毒では。それに、もしヒッタイトが攻め込んで来たとなりましても、今の我が国にそれを迎え撃つ力はありません。まずはあちらの王子を受け入れたふりをして、それから………」

「将軍。いつからお前はそんな軟弱な男になってしまった。それとも奴らが怖いのか」

ホルエムヘブがアイをにらみつけた。軍人としてこれほどの侮辱的な言葉はなかろう。

「これは私の命令だ。いう通りにするんだ」

しかしホルエムヘブはまだぶっきらぼうな顔をしたままで、アイと視線を合わせようとしない。

アイが静かに語り始めた。

「ホルエムヘブ将軍。あの事故が将軍の過失によるものでないことは知っている。レース直前に現場から立ち去った神官どもは、アテン信徒の生き残りだった。残念ながらもうこの世にはいないがな。奴らが狙ったのは将軍、お前だ。したがって将軍も今回の事故では被害者の一人かもしれんな」

「…………」

ホルエムヘブは黙ったままだ。

「勘違いしないでくれよ、将軍。今さら責任を追及するつもりはない。しかしだ、たとえ知らぬこととはいえ細工のしてある馬車にファラオを乗せた罪は重いぞ」

「あれはファラオから…………」

「それを証明できるのか。アメン神官たちの間では、お前がファラオの座を狙って事故を起こしたという噂で持ちきりだぞ。いいか、将軍。私にはそれを止めることができる。それとも神官たちにこう伝えようか。〝やはりあの事故は将軍が仕組んだものだった〟と」

ホルエムヘブは強く拳を握り、小刻みに震えていた。

「…………判ったな、将軍」


アイに逆らうことができぬまま国境にてヒッタイトの王子を待ち伏せたホルエムヘブは、怒りに満ち満ち一行を虐殺した。

今の彼には、相手が誰であろうが腹の奥底から湧き上がる怒りをぶつける鉾先となりうるのだ。

「こうなったのもすべてはあの狂った男、アキナトンから始まった。奴がいなければこのようなことにはならなかったはずだ。さっさと消しておくべきだった…………」

そしてホルエムヘブは、新たな野望を必ず成し遂げてやろうと固く心に誓った。

しかしだぞ。もし本当にホルエムヘブがさっさと狂いファラオのアキナトンを消してしまっていたとしたら、ユダヤ教、キリスト教、イスラム教は生まれていたのだろうか。

そう考えるとやっぱり凄いな、アダム・アキナトンとイブ・ネフェルトイティ。


さて、我が息子のザンナンザ王子をエジプトへと送ったシュピルリウマ国王だが、王子殺害の一報を耳にするとすぐに復讐へと転じた。それはレバノンに駐留するエジプト軍への攻撃を皮切りに、数年間途絶えることのない戦いへと発展することになる。

*

エジプト国内では宰相アイがアンケセナーメンとカタチだけの結婚をし、ツタンカーメンに続くファラオに即位した。長年夢見ていたその座をやっと手中に収めることができたというわけだ。

しかし、いかんせんアイは老齢すぎた。

三年と少しの日々が過ぎたころ、彼もこの世を去った。老衰なのか、彼の存在を邪魔に思う者からの毒殺なのかは謎のままである。

そんなアイも、アキナトンと同じく別の名が与えられ、現在でも数多くの人々の信仰の対象となっている。

だーれだ。

んー、やっぱ、もうちょっとあとにする。

*

アイの死により次にファラオとなったのは将軍ホルエムヘブであった。そして、彼は以前から望んでやまなかった強国エジプトの再建に着手した。

老帝アイがいなくなったとあっては、もう誰もホルエムヘブの勢いを止めることなどできない。

彼は自身のファラオ即位を正当化するため、ネフェルトイティの妹であろうムトネジュメと結婚した。

これでホルエムヘブの立場は保障されたのだろうが、快く思わぬものがいたことも否めない。アンケセナーメンである。

彼女にとっては、夫であるツタンカーメンの死も、そして助けを求めたヒッタイト王子の死もホルエムヘブが直接絡んでいるため、彼の即位は許しがたかった。

そもそも事故以前から彼女はホルエムヘブがツタンカーメンに近付くことを嫌っていた。

というのも、彼女はツタンカーメンに精神的な成長を望み、できる限り「戦う」という行為をせずして国を治めてほしかった。

一方、ホルエムヘブは神の存在の有無だとか精神論といったことよりも、とにかく強いエジプトと秩序ある社会を求めていたため、ツタンカーメンに腕力や権力の必要性を説くばかりであった。

アンケセナーメンにはそれが〝野蛮で程度の低い男〟と映ったのだろうが、ホルエムヘブ自身もそれは感じ取っていた。

して、彼がファラオについた直後、アンケセナーメンの消息は途絶えた。

新ファラオにとって、アキナトンからアイに至るまでの時代はまさに歴史の汚点であったため、その期間を後世に残さぬよう抹消しようと試みた。

そのひとつは、アクエンアテン（アキナトン）、スメンクカラー、ツタンカーメン、そしてアイの四代に渡るファラオの名をあらゆるところから削り取ってしまったことだ。

実際に、わずかな見落としがあったのみで、ほとんどの記念碑に四人の名は残ってない。

また、消されたのはファラオだけにとどまらず、アキナトンの王妃ネフェルトイティ、スメンクカラーの王妃メリトアテン、そしてアンケセナーメンもファラオたちと同じ運命をたどり、あろうことか墓までも破壊されている。

スメンクカラーは墓のみならずミイラにまで魔の手が及んでいるし、アイに至ってはそのミイラ自体が姿を消してしまい、今では痕跡さえ残ってないという。

歴代のファラオの名が連なる王名表からも四人の名は消されており、したがってそこに残る歴史はアメンヘテプ三世の次のファラオはホルエムヘブになってしまった。

そこまでせねばならぬのか。どこの国も同じということね。

難を逃れたのはわずかツタンカーメンの墓だけであった。

が、これには訳がある。たまたま破壊されずに済んだ訳ではない。

というのも、ホルエムヘブは確かにツタンカーメンを幼きころから大切にしていた。何とか理想的なファラオに育てようと努力もした。それに、よくなついてもくれた。

そんな彼が命を落とした原因が、自分への暗殺未遂によるものであるため、せめて墓ぐらいはそっとしておいてやろうという、ホルエムヘブなりの哀悼の意なのであろう。

ホルエムヘブも人の子なんだな…………と思っていたら、そうでもない説が見つかった。

ホルエムヘブがツタンカーメン王墓への冒涜を禁じたのは愛情によるものではなく、呪われた王に祟られるのを恐れたからだというのだ。どちらが真意かは判らない。けど、前者を信じることにしておく。

こうしてホルエムヘブの治世は二十七年間続き、彼の代で第18王朝時代は幕を閉じた。

野望渦巻く混乱の世であった。

＊

さて、最後にいくつか答えを出しておかねばならないことが残っていた。

まずは、アキナトンがなぜ一神教などというものを考えついたのかということ。

実はエジプト文明よりも古いシュメール文明の中に、一神教的なものが存在したともされている。が、アキナトン以前のおそらくは千年以上、そのような概念がエジプトにはなかったようなので、シュメールからの影響ではなさそうだ。やっぱりアキナトンが考えついたのであろう。

さーて、それを理解するには少々専門的な知識を必要とし、説明するのに多大な労力を要するので止めにしようかなタタタ、イタイッて、おいっ、痛いってば。

「お前なあ、そんなこと許されると思うのか。さっきは黙って引っ込んだが今度はそうはいかんぞ」

「イッテー、まだ痛いぞ、ジイ」

「自業自得じゃ。嫌なら他の誰かに書かせるけどいいか。こちらとしては誰が書こうがそれが世に出ればいいんだからな」

「判ったよ、書くよ。けど、ちょっとややこしいぞ」

「それを判りやすく解説するのがお前の仕事だろうが。自分で書きたいっていうからお前にやらせているること忘れるな、バカタレが」

「ほーい、イテッ。はいはい、イテッ。はいっ」

何から説明しようか。

あのね、分裂病とか、そううつ病、拒食症、自殺志願などの精神的病いの直接の原因は頚椎(けいつい)1番2番の歪みや可動性のなさにあるんだね。頚椎は首の骨のことでさ、可動性ってのはね、

「お前、誰に向かってしゃべっておる。友だち相手じゃないんだぞ、こら」

可動性とは骨そのものの動きや骨の周りの神経や筋肉のゆるみのことなんだが、それが無くなってし

まうと思想が極端に偏ったり、欲望や感情のコントロールが不能になることがある。また、社会への適応が困難になる場合もあるし、見えるはずのないものが見えたり、聞こえるわけのないことが聞こえちゃったりもするのさ。じゃなかった。するのだ。

では、どうして頚椎1番2番に問題が出るのか。それを見極めるのがプロの仕事なのよ、じゃなく、なのである。

生まれつきそこに問題がある場合もあるにはあるが、そればかりでなく、子供のころにブランコや階段から落ちて頭を強打しても月日が経てばそのような症状が出てくるし、普段の姿勢の悪さ、腕や肩の疲れ、内臓の疲れ、ストレスや大脳の緊張、それと目の疲れなどからも来る。特に現代人の目の疲れは有史以来最大の危機であり、したがって古くから伝わる東洋医学や民間療法の中だけでは解決できない。何しろ初めての経験なんだから。

さて、ジイにどやされるのでまじめにやる。

子供がブランコや階段から落ちて頭を強く打ったとしても、頚椎1番2番の可動性がすぐになくなってしまうようなことはない。

が、成長とともに少しずつ周りの子とは違った行動をとるようになってくる。これは薬では治らないので憶えておいていただくといいだろう。

神戸のあの忌まわしき酒鬼薔薇聖斗事件。

当初、加害者の犯行は家庭環境や両親の接し方などが原因になっていると思っていた。ところがどうもそうではない。

それで後に、加害者の両親が書いた手記を読んでみたところ、やっと納得いく答えが見つかった。

加害者は幼少時代、何かに頭を激しくぶつけている。そのときの衝撃でおそらく頚椎1番2番に歪みが出たのだろう。それが年月をかけてゆっくりと固まっていった。

幼稚園の音楽会での極度の緊張も、おそらくはそこから来ていると思われる。

そして彼の場合はその影響でホルモンバランスも崩れてしまっている。

小学校へ入学し、中学年、高学年ともなってくれば当然異性に興味を持ち出すであろうが、他の子と違って彼は女性の肉体に性的魅力を感じることがなかった。

初めて性的興奮を憶えたのは理科の授業だかで行ったカエルの解剖実験だったという。

血、肉、臓器、それらを目にすることで非常に興奮し、射精までしてしまったらしい。

すでに何かが確実に狂い始めている。

以来彼はカエルだけでは飽き足らず、猫を殺し、切り裂かれた体内を見ることで性的欲求を満たした。

もうそのころにはおそらく胸鎖乳突筋という、耳の下から首の横側を通って鎖骨と胸骨のつながり目に走る筋肉の張りも激しいものだったに違いない。

これの張りがひどくなると感情がコントロールできなくなる。

そしてついにはその対象が人へと向けられることになったのだ。

加害者によれば、犯行中に性的興奮はピークに達し、やはり射精したという。

カウンセリングでは治らない。精神に言葉でうったえるのではなく、精神に多大な影響を及ぼしている肉体を治す。そのあたりを理解していないので性犯罪者の再犯が防げないのだ。

腕や肩の疲れもやがて首にくる。美容師やエステティシャン、手打ちうどんや手造りのパン屋、マッサージ師や指圧師など多くがそれで苦しんでおり、1番2番及び頭蓋骨と首の境の張りが限界まで行くと脳卒中で倒れる。

脳卒中というのは脳の血液循環障害の総称で、脳梗塞(のうこうそく)だとか脳血栓(のうけっせん)、くも膜下出血などのことだ。不眠はこの張りを取ると治る。

また、指のしびれなどの症状なども腕や肩の疲れから出ることがあるが、そいつの場合は頚椎6番7番からその下の胸椎1番2番の問題なので今回は省く。


で、先ほども少し触れたが、目の疲れ。

とにかく、人類が誕生して以来現代ほど目に負担がかかる生活は過去に一度も体験がなく、体の他の部位に及ぼす影響は計り知れない。

目の疲れは蓄積するとコメカミあたりからもう少し上部の頭蓋骨の角っこにかけてを硬くする。

コメカミ近くには蝶形骨（ちょうけいこつ）といってホルモンに関する大切なところがある。

頭蓋骨というと、ひとつの大きな骨のように思ってしまうが、実は15種類23枚のパーツから成り立っているのだ。左右にそれぞれあるものと、ひとつだけのものがあるので15種類23枚というわけ。ホーント、判りやすい説明でしょ。


で、目の疲れにより蝶形骨の働きが悪くなると、不妊症にもなってしまうのだ。

最近の女性の不妊症の原因多分ワースト3は、目の疲れ、ストレスによる大脳の緊張、座り方の悪さ。それらが婦人系の機能を低下させている。また、女性の場合は大脳の緊張が大腸ガンを引き起こしやすいので要注意。何でそうなるのかも説明したいのだが、アキナトンの一神教とは何の関係もありゃしないので別の機会にする。

なかなか専門家らしい興味のある話でしょ。不真面目に見せてるだけで本当は立派な人であることが判ろう。

元が鉄の人はすぐに金メッキを張りたがるが、元が金なので汚して見せようとイテテテッ、判ったた判った。

目の疲れがさらに進むと耳の上あたりの側頭骨を硬くする。そのころには白髪も増えるのだが、なおパソコンやTVゲームなどをやり続けると、側頭骨の一番端っこの乳様突起を硬くして外側に広げる。耳の下のとがったところだ。

これが大問題なのだ。

心療内科の先生方はぜひ知っておいてもらいたい。今日はタダでお教えする。

今まで接してきた分裂病、そううつ病、てんかん、拒食症、自殺志願の人たちは全員この乳様突起が外側へヘルメットのように張り出していた。突然発作を起こすなんとか膠原病（こうげんびょう）も同じで、その硬さといったら岩のようだった。

乳様突起がヘルメットになるとどうなるか。

そこから頚椎1番2番へとつながる筋肉が引っ張られ、さらには硬くなり、だから可動性もなくなってしまい目まいや偏頭痛を引き起こす。キレる子もこれが原因のひとつだ。

耳鳴りなんかも目の疲れが頚椎4番まで影響してのことが多い。

そして、乳様突起の張りは1番2番の働きを妨げ、思想的偏りや幻覚、幻聴の原因ともなるのだ。時としてちょっとヤバい霊感まで持っちゃったりして、特に女性が多いんだけど、それは大脳が四六時中働き通しでちょっとも休む間がないもんだから血液が脳に集中して自ら神のメッセージを生み出している。自分で作っちゃっているのだ、無意識のうちに脳が。で、血液が脳へ行っちゃうもんだから消化器系や婦人系が慢性的血液不足となる。

胃が痛ーい。下痢や便秘がひどーい。子宮筋腫になっちゃいましたー、で来る子の多くも目と頭の疲れが原因だ。

けど、肉体的なところはいいのだ。なんとかなるのだから。大変なのは、自らが作り出した幻想や幻聴を神からのメッセージだと信じ込むことだ。私は選ばれし人、と錯覚してしまっているので始末が悪いのなんのって。

頭蓋骨は今にも爆発しそうなほどに内側から張っ

ているか、すでに頭皮がブヨブヨして中にラードが入っているかのようになっている。そばへ行くとボワーンとしたエネルギーのうっ積が感じられるのですぐ判る。

こうなってしまうと薬で治すことはほぼ不可能で、頚椎1番2番と乳様突起、そこへ影響を及ぼした元の原因を見つけ出すことが必要である。

では霊力のある人はみな頭が変なのかというと、ちっともそんなことはない。だってさっきのは霊力じゃないもん。1番2番か脳の極度の緊張が作り上げた霊力もどきだもん。

正常な状態で特殊な能力を授けられた人はたぶん頚椎5番6番のわずかなずれとして肉体に表れているのではないか。正当な神々から授かった能力であれ、邪霊・悪霊に憑(か)かられた病いであろうが、必ず肉体に物理的変化が現れている。それを知ろうとしないと哲学も科学も医学も進歩が後れてしまうぞよ。

それで5番6番のズレによる特殊な能力なのだが、1番2番の歪みから来るのとは次元が異なるため、学ぶことが多々ある。それが先天的なものであっても、死に直面するような病や事故からの生還後のことであってもだ。きっと死への直面をきっかけに授かるのだろう。

野口晴哉(はるちか)氏のところへ霊能バアさんがやって来て首の痛みをうったえたそうな。

野口氏はその場でバアさんの首を治した。するとどうだろう、首の痛みとともに霊能力まで消えてしまったそうな。

たぶん頚椎5番6番の歪みがなくなったからではなかろうか。

けどもこのバアさん、職業柄そいつがないと困る。そこで野口氏を再び訪ね、首を元に戻してもらったのだと。痛みがどうなったのかは知らぬが、霊力は戻ったのだそうだ。

すごい技術である。

歪みを正して痛みを取ることは可能だが、どうやってもとの歪みに戻すんだろう。しかも瞬時に。

まあそれはいいか。それよりもそろそろアキナトンに戻ろう。頚椎1番2番について本気で語りだすと夜が明ける。

現在残されているアキナトンの彫像は中性的にデフォルメされているため想像の域を出ないが、宗教改革の内容や芸術的感性、時には暴君へと豹変する性格から考えると彼の頚椎1番2番は正常の範囲にはなかったと思う。
また、王妃ネフェルトイティにも同じものを感じる。一般的には美しいとされる有名な胸像がある。
現在はベルリン博物館に所蔵されるその姿は、首が細く頬はこけ気味で顔を前方へ突き出している。かなり頭に緊張があったであろう彼女の背骨は、おそらく背中側にポコポコと飛び出して全体が一本の棒のように硬くなっていたと思う。
また、少々恐いあの目つきは首筋に緊張があり、頚椎1番両横の筋肉が固まってしまっている人の特徴によく似ているがどうだろう。
王妃はともかく、アキナトンには今まで説明してきた1番2番による特異性があったであろうと考えることは決して不適切なことではない。
したがって、血流が悪くなってしまったアキナトンの脳の特殊な働きは、彼にうったえ続けた。
『神は私をおいて他に存在しない
私を信仰しなさい
そうすれば私の唯一の子のお前も
私と同じように神として崇められるであろう』
と。
アキナトンの歪んだ1番2番が彼の思想を偏らせ、意識することのなかった深層心理が自己の存在を尊きものとするために生み出した幻想。それが彼に一神教を生み出させたのだ。決して気付くことのない自己弁護、自己の正当化、死後に残す栄光への保障、それらを奥底で求める心理が特異な思考パターンを組み上げた脳によって生み出されたのである。

永遠の権力が欲しかったのか。

崇拝されることでファラオとしての権威を示したかったのか。

それとも他に何かが。

しかし、どれであってもその心理のさらに奥にあるもの。それは恐怖心である。

その恐怖心から彼の中で一神教が生まれた。

が、残念ながら負の感情が原動力となって生み出されたものはやはり人々を喜びへと導くものではなく、玉し霊の成長ももたらさなかった。

それが今、この二十一世紀に入ってやっと宗教的思想改革を行う状況が整ったのだ。

ツタンカーメンは三千三百年前の当時、その改革を行いに一人でやって来た。さすがは黄金の玉し霊を持つシリウスからの使者だ。

彼が死の直前、オベリスクの頂に立つことでやっと思い出したことが一神教の伝達であった。

しかし、彼の伝えようとした一神教はアキナトンのそれとは全く違う。アキナトンによって生み出されたそれの歪みを正しに来たのだ。

ツタンカーメンが伝えたかった一神教、それは内なる神をまず第一に見よ、ということなのであった。

「はじめに内なる神ありき」

外の神を誰か一柱（ひとはしら）選んで唯一神とするのではなく、すべての人々が宇宙の根元、それを創造主としようが渦の中心のエネルギーと捉えようがかまわないのだが、そこことダイレクトにつながっていることを知る。それが「光である玉し霊＝内なる神」に目を向けることだ。

アキナトンの一神教を

〝唯一神外側信仰〟

とすると、ツタンカーメンのそれは、

〝第一神内側信仰〟

ということになる。

内なる神の開眼こそがミタマ開きであり、自身の岩戸開きなのだ。

〝大きな石〟を岩と呼ぶ。岩戸が閉じているということは、大きな石が光を塞いでいるということ。

自身の内なる岩戸が閉じてしまっているのは〝大きな意志〟が元なる光を塞いでいるのだ。まずはその岩戸を開け光を外へ出す。

それをさせないのが恐怖心なのだ。

人を受け入れることが恐い。

なぜか。

みじめな自分と人を比較すると、うまくいってない自分が可哀想だから。

自分をオープンにできない。

どうして？


活躍できない自分が見下されると可哀想なのだ、自分が。こんなに一所懸命やってるのに。

ちっともカッコ悪くなんかないぞ。どんどん見せちゃえ、恥ずかしい自分もアホな自分も。でないと開かないぞ、内なる岩戸。

外の神はそれからでいい。

絶大なる力を有するであろう外側の神々との触れ合いも、ツタンカーメン的第一神内側信仰が抜けているとただ頼るだけの信仰になる。外と内が一体とならないので生活にも作用してこない。それに、玉し霊の成長が伴わない。

ツタンカーメンはオベリスクでそのことを思い出した。

内なる岩戸が開かぬままに崇拝する師や教祖を拝むのは横側への信仰だ。横方向に神を見ている。その師や教祖が接する神仏のみを拝むのは斜めの信仰ということになる。

判るかな。

斜め上空に手を合わせているのだ。

オベリスクはまっすぐに、少しも歪みを持たず天を指している。真上にある一点を。

見上げるのは真上。

歪みのない自分だけの真上。

丸い地球に立っていれば、ウニのトゲが放射状に伸びるように、人それぞれの真上も少しずつズレが生じる。

自分の真上は自分のみの真上でしかなく、人にとっての真上にはなり得ない。

また、いかなる人の真上であっても、自分の真上にはなり得ない。

「真上」という言葉を「理想」に置き換えてみると判りやすい。

それを理解してないので「あの人は私と同じところへ向かってくれると思ったのに。裏切り者」となる。アホな。お前の勝手な期待だ。

で、その真上か否かを見極める力こそが内なる神の開眼でありマイ岩戸開きだ。

いま各自に必要なもの。マイ箸、マイバッグ、マイ岩戸開き。

自分が歪んでいると、同じ方向に歪んでいるものがまっすぐに見えてしまう。それで実は歪んでいるそれを正しいと信じてしまうのだ。ピサの斜塔を、同じ角度に傾いて見るとまっすぐに見えてしまうのと同じことだ。

ツタンカーメンはそれを伝えるために地球にやって来たのだ。

だが、残念なことに当時では人類全体の意識の幼さに加え、ツタンカーメンの若さでは難しかったといわざるを得ない。現代人よりもあきらかに大自然と共存する知恵は身に付けていただろうが、科学が未発達であった分だけ恐れることが多かったといった方が正しいかもしれない。

とにかく、当時の宗教改革は失敗に終わった。

それを今、やり直すのだ。

かつてエジプトに生きた玉し霊が、現在日本にわんさかやって来て生きているのもそのためだ。

ツタンカーメンも日本に転生して来てるかもしれない。

三千三百年以上の時を経て、いよいよ始まったぞ、人類の真なる宗教大改革。

忘れてた。もうひとつ保留にしたままのことがあった。アイだ。

いいのかなあ、こんなこと言っちゃっても。

まあいいか。フィクション、フィクション。

アキナトンとスメンクカラーが世を去った後、宰相アイは一神教信徒を国外追放した。それは間違いなかろう。

しかしそれは、国内にアメンをはじめとする多神教を復活させるのに彼らが邪魔だったとの理由からだけではない。

もちろん国内の安定を図るために必要な処置ではあった。が、同時にもうひとつ大きな思惑があったのだ。

アイは一神教信徒たちに無理矢理改教を強いたり皆殺しにしたりはしなかった。

おそらくは彼らの信仰を認めていたのだろう。自身にとっては家族のほとんどを失うといった悪魔の信仰態形であったにもかかわらず。

それで、アイが行った一神教信徒の国外追放こそが実は、彼らに新たな生きる道を与える手段だったのだ。

だから彼ら一神教信徒たちは、私物から文化的財産、それにアキナトンのミイラまでをも持ち出すことができたのであろう。

そしてカナンの地で新たな一神教国家を建設した。

ということは、追い出された者たちにとってのアイは憎むべき対象ではなく、理想郷を造るための道を開いてくれた神の使者だったのだ。

聖書作成の際、書記官たちはアキナトンと同じようにアイにも新たな名を与え、後世に残した。

その名は、ヨセフ。

第二章　金銀の鈴、鳴り響く

その1　エジプトへ

一月二日。札幌、北海道神宮。

言納(ことの)は学生生活最後の冬休みを札幌の実家で家族とともに過ごしていた。

神宮へ頻繁に通い始めたのは高校三年生の夏を終えるころのこと、あれから四年以上の歳月が流れた。

そして現れた〝52〟に導かれ言納は名古屋へ。

なつかしき日々を思い出しながら混み合う参道を本殿に向かって歩いていると、あの夏から52カ月が過ぎたことに気付き、思わずスキップしてしまった。

夕方なので幾分か人出は引いてきているが、それでも普段とは桁違いの数だ。

ゆっくり参拝できそうもないので、挨拶だけのつもりで手を合わせた。


『ここではない』


(何なの、ここではないって…………)

別のところへ来いということだ。

(じゃあ、頓宮(とんぐう)かしら……けど、今からいくのお?)

言納は少々面倒に思ってしまった。

というのも、北海道神宮には末社として「頓宮」なるものがあり、実はここが大切なところなのだが、いま言納が立っている本殿から五㎞ほども離れているのだ。移動するには地下鉄に乗らなければいけない。

すでにあたりは薄暗く、寒さは増すばかりだ。どうしたものかと迷いつつ歩いていると、体が何者かに引っ張られ、勝手に歩き出した。

向かうは地下鉄の駅の方向だ。

(ふー、やっぱり行くのね)

言納は引っ張られながらコートのポケットから赤いウールの手袋を出した。

円山公園口の鳥居へと向かう参道に入ると影はまばらになり、体は小走りに進んで行ってしまう。雪が少なくて助かった。

(ちょっとお、そんなに急がなくてもちゃんと行くってばあ)

言納はもう諦め、なされるがままに身をまかせていると、突然森の中で体が止まった。

右側にはさほど大きくない鳥居があり、奥に社(やしろ)が見える。

(えっ、ここなの?………開拓神社って書いてある)

今まで通り過ぎるだけだったので、気に止めたのは今日が初めてだった。

鳥居の前で女性が一人こちらを見ている。言納はちいさな声で〝おめでとうございます〟と言いながら奥へ入って行った。

ここ開拓神社はその名が示す通り、未開だった北の大地を開いた先人たちが祀られているため、御祭神は三十七柱の開拓功労者になっている。今では想像を絶するような厳しい状況の中で、幾多の困難を乗り越えてきたのだろう。それを思うと頭が下がる。

現代の生活は先人たちの苦労があってのこと。ありがたいことだ。

言納はそんなことを思った瞬間、暖房の効いた地下鉄で頓宮へ行くことさえ寒くて面倒だと思っていた自分を恥じた。


『52』


久しぶりに出た。

しかも今回は数の全体が白く、中央部分だけが赤くなっている。それが変化し、52はそのままで上部が赤、下部が黒、中央が白に変わった。

（色が変わった。何でだろう…………）

さらに変化し、中央の白い部分が横から縦になり、右側が赤、左側は緑になった。そして最後、全体が金色に輝き消えていった。

誰かが現れた。姿は見えないが言納にはそれが感じられる。

（誰かしら。52の後に…………ひょっとしてニギハヤヒ様）

北海道神宮の主祭神大国魂神（オホクニタマノカミ）はニギハヤヒ尊である。

（どうして今日はこちらに、あ、いえ、新年明けましておめでとうございます）

『依（よ）りしろを
携（たずさ）え参れよ　我が元へ
金銀の鈴　和合して
鳴り鳴り響く　天に地に
…………』

言納には意味不明だった。が、とにかく手帳にそれを書き留めた。今夜にでも健太にＦＡＸしよう。

陽が落ちてからの冷え込みはきつい。

手袋の上から息を吹きかけ指を温める言納に先ほどの女性が声を掛けてきた。

「あのー、もし違ってたらごめんなさいね」

「…………ええ…………」

「ひょっとして、言納ちゃん…………じゃないかしら」

「はい、そうですけど（あれー、誰だっけ）」

「やっぱりそうよね、安岡言納ちゃんよね。久しぶりだわ、うれしい。私のこと、憶えてる？」

「えーっと…………（三十代なかばかしら。見覚えはあるけど思い出せないわ。どうしよう）」

言納は目をパチクリさせながら女性の顔をながめたが記憶が蘇ってこない。

「もう憶えてないわよね。言納ちゃん、こーんな小さかったんだもの」

　女性は掌で言納の背丈を示した。

「あつ子です。ほら、ニセコにいたころ家が隣同士だったでしょ」

「えーっ、おんちゃんですかー」

「そうよー」

　二人は久しぶりの再会を抱き合って喜んだ。

　あつ子は「温子」と書くため、周りからは「おんちゃん」と呼ばれており、幼かった言納もそれを真似ていた。

　言納に物心がついたころにはすでに温子は中学生になっており、幼なじみと言うよりは母に近いお姉さんだ。

　そんな温子に手を引かれ、羊蹄山が真正面に見える尻別川の川原まで散歩に行くのが言納は大好きだった。川までの途中に小さなスーパーがあり、温子は自分の小遣いでいつもラムネ菓子を買ってくれた。

　が、小学校へ入学する前、言納は札幌へ引っ越すことに。

　それでも大好きな温子に会うため夏休みや冬休みになると母にニセコまで送ってもらい、温子の家で数日を過ごしていた。

　あれは小学校3年生の夏だった。言納は毎年恒例のニセコ行きを母にせがむと、

「もう温(おん)ちゃんはいないのよ。遠くの学校へ行っちゃったから」

　その年から温子は東京の大学へ通いだしたため、ニセコにはもういなかったのだ。

　ショックだった。

　以来数年間は言納にとって、夏休みがちっとも楽しく感じられなかった。

　最後に会ってから早や十四年、言納もすっかり成長している。

　二人は一緒に食事をすることにし、札幌の中心街へと向かった。

地下鉄の中で言納は、名古屋での出来事を夢中になってしゃべり、その間温子は笑顔で聞き役を演じていた。本当はすぐにでも話さなければいけないことがあるのだが。

「ところで温ちゃん、あそこで誰か待ってたんですか」

「実はね、そうなのよ」

さて、どう切り出せばいいのか。

果たして言納に不思議な世界の話が通ずるのだろうか。もしその手の話を嫌がったら、せっかくの再会が気まずい雰囲気にもなりかねない。

（大丈夫かな、話しちゃっても）

大丈夫だ。そっち方面についてなら言納は最前線にいる。

温子は迷ったが、思い切って話してみることにした。

「あのね、変な話なんだけど笑わないでね」

「うん」

「実は私、大晦日の夜…………って言うか元日の朝なのかな、夢を見たの。北海道神宮が出てきてね、しかも今まで一度もお参りしたことがない社（やしろ）に行くの。そしたらそこへね、誰か判らないんだけど知ってる人が来て私が何かをその人に渡したのね。それで、ちょうどそのとき、〝明日だ〟っていう声が聞こえてそれで目を覚ましたのよ」

「へー、何だか不思議な夢ですね」

よく言うぜ。お前の生きている現実はもっと不思議だ。

「変な夢だとは思ったけど元旦でしょ。忙しかったからいつの間にか忘れちゃったのね、夢のことは。そしたらゆうべも同じ夢を見たのよ」

「よくあるんですか、そうゆうことって」

「あそこまではっきりとしたのは初めてよ。それでね、今度は〝今日だ、今日の午後だ〟って。もう私びっくりしちゃって、今日は絶対に行かなきゃ行けないと思ったの。誰なのかは判らないんだけど、その人に会わなきゃって。それでね、その場所があそこだったのよ」

「すごい、すごい。もしかしてその人って私なの」

「そうよ。言納ちゃんが遠くから歩いてきたとき、まだ顔が見えないのに〝あっ、あの人だ〟って判ったのよ」

「じゃあきっと、神様が会わせてくれたんですね」

「そうね。けどそれだけじゃないのよ。あっ、ここで降りましょ。続きはどこかのお店に入ってからね」

二人は地下鉄を降り、出口へと向かった。


昼間はにぎわっていただろう中心街も、夜になると思ったほどの人出はなく、店内もわりと静かだ。

「さっきの続きなんだけどね、夢の中の人に何か渡したって言ったでしょ」

「私に？」

「そうゆうことね。けどそれが何なのか、夢の中では判らなかったの。で、おきたら机の上にこれが」

温子は和風の柄が部分的に縫いつけてある布製の手提げの中から、丸くまるめたハンカチを取り出しテーブルに置いた。

「絶対に引き出しの中にしまってあったのに。しかも金属の小物入れに入れて。なのに朝起きたときにはこれだけが机の上に出てたの」

「えー、ちょっと怖いですね」

ホンマかいな。といってもお前の経験、人は聞いても信じまい。怖すぎるもんな。

温子がハンカチを広げた。

「これよ」

「何ですか、これ」

「これね、アンク十字っていうの。何年か前にもらったものなんだけど、言納ちゃんのところへ行くことになったのね」

「じゃあ、これを私に渡すために温ちゃん昼からずーっとあそこで待っててくれたんですか。寒いのにごめんなさーい」

「いいのよ。それよりちゃんと渡せて安心したわ。だってね、本当にそんな人が来るのか不安だったもん」

それは銀製のペンダントトップで、高さが三センチほどのものだった。

本来のアンク十字は上部の楕円部分がくり抜かれているのだが、言納に手渡されたそれは空間になっているはずの部分に小さな虫が彫ってあった。タマオシコガネ、通称フンコロガシのことで、古代エジプトでは印章や護符として用いられた。スカラベという。

しかし、それが何なのか、言納にはまだ判らない。

判らないが、判ったこともあった。

はじめて目にするアンク十字を手のひらに乗せて見入っている言納に、スカラベからのエネルギーが小さな渦となって伝わってきた。

（また何かが始まる。しかも今度はとてつもなく大きなことが………）

＊

言納がアンク十字を手にしているころ、健太は自宅に生田たちを迎えてにぎやかに食事を楽しんでいた。

生田は師である厳龍の死後、一度も墓参りが叶わなかったため久しぶりに犬山を訪れ、夜は健太の家に泊まることにしていたのだ。今回は那川も一緒だ。

那川由妃。長野市在住で三十歳。信濃の山奥鬼無里(きなさ)村にある生田の住まい「一竹庵(いっちくあん)」のテラスから酔っ払って落っこち、ろっ骨を折った女性だ。

昨年の旧暦七月七日、木曽御嶽で行われた彦星天照国照彦(アマテルクニテルヒコ)と織姫瀬織津姫(セオリツヒメ)を結ぶ〝橋渡しの儀〟にも参加したので、健太や言納はその時紹介されている。

そしてもうひとり、生田の古くからの友人で、現在は健太の雇い人兼師匠の黒岩も来ていた。

健太は大学卒業後、目標として定めた「人間のプロ」になるため、生田から紹介された黒岩に育ててもらうことに決めたのだ。健太の自宅から車で十分、隣町の愛知県尾張旭市に住んでいる。

笑えることに、血液型が全員B型だった。そして四人とも酒飲みだ。

次々とビールの缶が空になってゆく。

「健太君、ご両親はどこか旅行にでも?」

「ええ。父は信州までスキーに行くって。母はヨーガの仲間と沖縄のどこかの島へ行っちゃいました」

「へー、そうなの。で、言納ちゃんも札幌へ帰っちゃったから一人寂しく過ごしてたのね」

「いえ、静かでいいですよ、たまには。ところで由妃さん、今年は長野、雪降ってますか」

「ぜーんぜん。ねぇ」

那川は隣に座る生田に同意を求めた。

「うちの村さえ、あっ、もう村じゃなくなっちゃたんだけど………」

生田の暮らす鬼無里村は隣の戸隠とともに長野市へと編入された。あの山奥も県庁所在地になっちまった。

「………鬼無里だって降ってないよ。健太君のお父さん、信州のどこへ行ってるの」

「白馬です。毎年行ってますから」

「白馬も降ってないよ、多分」

「ええ。八方尾根や五竜遠見は雪がないから、きっとコルチナあたりまで通ってますよ。白馬から毎日。ご苦労なことで」

皆が笑った

囲炉裏にかけられたおでんからは湯気があがり始めている。健太の家の囲炉裏はテーブルの中央に設けられており、足元は掘りごたつ式になっているため楽ちんだ。

生田がテーブル側面にセロテープで貼り付けてあるメモをのぞきながら聞いた。

「なあ、健太君。ずっと気になってたんだけど、これ何？　この〃古きミタマ　いま集い天鳥舟かの地に向かう………〃って」

「それですか。それ尾張戸神社で」

「今朝行ってきたのかい」

「いえ、去年の暮れ、冬至に行った初詣のときに出たものです」

健太は厳龍から「日本の神さんはな、冬至に正月を迎えなさるで、初詣は冬至に行くとええぞ」と、何度も聞かされていた。

生田は厳龍の最後の愛弟子。当然その訳は理解している。

「そのときにね、〃⊕〃が出てきたんです」

健太はメモをテーブル脇から剥すと、空いてるところに図を書いた。

「それがですね、くるって裏向きになったら⟐になったんですよ。それで『表と裏がやっと合わさる』って。何のことか判りますか？　最近はこうゆうの出なかったんですけどね、全然」

去年健太と言納は鬼無里へ生田を訪ねる途中、諏訪大社の前宮に参拝した。

そのとき、

『ここでひと幕降ろす
これからは自ら歩め
ことあるごとに触れるのは終わった』

と言われていた（『数霊　臨界点』二八五ページ）。

つまりそれは、今までのように神々がああしろこうしろ、あそこへ行けというのではなく、自分たちで考えて行動しろということだ。

したがってどこの神社へ行っても、特別何か指示されるようなことはなくなっていた。

が、久しぶりに現れた。

メモにはこう書かれている。

『古きミタマ　いま集い

天鳥舟　かの地に向かう
日之本と　和合いたす1〉1
鈴の音響き　1V1

⊕↓（裏向きにひっくり返って）⟐』

「何だと思います？　これ」

健太がメモを生田に手渡した。那川と黒岩もそれに見入っている。

誰もが酒を飲む手を止めた珍しい瞬間だった。

と、そこへ電話が鳴った。札幌にいる言納からだ。

「ああ、言。どう、そっちは？………うん、いま生田さんと由妃さん来てるよ。それと先生も。…………そう、黒岩先生。………いいよ、ちょっと待って」

健太は生田に受話器を差し出し、

「言です。みんなと話したいって」

というわけで全員代わるがわる話した後、健太に受話器が戻ってきた。

「以上これで全員。………FAX？　うん、いいよ。判った。………うん、じゃあ待ってるね」

しばらくして送られてきたFAXにはこう書かれていた。


〝あけましておめでとうございまーす。

先ほどはみなさんとお話しできてうれしかった。

今年もよろしくお願いします

一月二日、夕方。

北海道神宮内開拓神社にて。


『52』

（久しぶりに出ました。多分、大国魂ニギハヤヒ様からだと思います。挨拶代わりかしら。

ここからが凄かったのよ。

『依りしろを

携え参れよ　我が元へ
金銀の鈴　和合して
鳴り鳴り響く　天に地に
日の民集えや　138ここ
お日の祭りのはじまりぞ
獅子のおたけび聞こえぬか
138138と待ちわびて
よろこび迎えんこの時を
19・19、19』

意味が判りませーん。帰ったら解説、よろしくね。

それと、なつかしい知人にばったり会いました。十四年ぶりです。

それで、プレゼントもらっちゃった。アンク十字っていうんだって〃

最後にアンク十字が描いてあり、楕円の中には一応虫に見える絵が描かれていた。

「何でしょうかねえ、この138138と待ちわびて、とか獅子のおたけびとかって。最後の19・19、19も判んないし」

健太が誰に問うとなく聞いた。

「138ってイチノミヤのこととは違うのか。愛知県一宮市へ行くと木曽川沿いに138タワーっていうのがあるんだよ。高さ138メートル。138って わけ」

黒岩が冗談まじりに言うと、健太と生田は幾分納得したようだが那川は反応しなかった。何かに気付いたようだ。

「イザヤよ」

「えっ」

「イチノミヤじゃなくて、〃イザヤ〃よ。『日の民集えや　イザヤここ』よ。それに『イザヤイザヤと待

ちわびて　よろこび迎えんこの時を』よ」

「なるほど」

生田が感心した。

「そういえば由妃ちゃんもつい先日〝イザヤイザヤ〟って言ってなかったっけ」


それは戸隠神社の奥社横、九頭龍社でのこと。

健太と同じく冬至の朝のことだった。

那川が参拝していると、歌が聞こえてきたという。

「健太君、紙とペン貸して。ありがとう。さくらさくらよ」

受け取った紙に那川が書きはじめた。

さくら　さくら
弥生の空は
見渡すかぎり
霞か雲か
匂いぞ出ずる
いざや　いざや
見にゆかん

「子供の声で聞こえてくるのよ。けど目の前はまっ白で何も見えなかったわ。はじめはね」

「ヴィジョン付きだったんですか、声だけじゃなくて」

健太が聞いた。

「そうよ。鈴の音だけが響いて来るんだけどまわりは真っ白。それがね、〝霞か雲か〟っていうところで目の前がパーって晴れたの。霞が消えちゃったのね。そしたら空一面が白い天使で満たされてるのよ。隙間もないくらいにね」

「へー、すごいですね」

「それでね、〝いざや　いざや　見にゆかん〟のところになったら鈴の音が歌に合わせて鳴ったの。〝いざや　いざや〟と〝カランカランカラン　カランカランカラン〟が合わさって」

「シャンシャンシャンじゃないんですか」

「違ったわ。少し大き目の鈴だった。それがふたつ榊からぶら下がってた」

「鈴もヴィジョンに現れたんだ」

と、今度は生田がタコわさびを食べつつ聞いた。

「天使が持ってた。最後にチラッと見えたけど、それからすぐに消えちゃっ…………」

那川があることに気付いた。

「どうしたんですか、急に」

固まっている那川の顔を覗き込むようにして健太が聞くと、

「ねぇ、健太君」

「わーっ」

突然向き直られたので健太が怯んだ。

「は、はい」

「健太君家、聖書ある？　あったらすぐ持って来てくれない？」

あまりの気迫に圧倒され、健太は何も言わず走って二階へ聖書を取りに行った。

「イザヤ書イザヤ書、あるはずだわ…………あった、ここね。これの19章の…………19項…………これだ！」

健太の持って来た聖書の中から那川はイザヤ書の19章19項のところを探し出した。言納から送られてきたメッセージの最後〝19・19〟の答えをイザヤ書に求めたのだ。

イザヤ書とは三十九冊の書物から成る旧約聖書の中の一部分で、一般的には二十三番目に配されている。

「ほら、ここを見て」

那川が指差した。

〝そしてその日エジプトの地のまん中には主のためにひとつの祭壇がたてられ
国境のそばには主のためにひとつの石の柱が立てられた〟

「エジプトよ、言納ちゃんに降りたメッセージって。エジプトへ金と銀の鈴を持って来いってことなのよ。ほら、ここ見て。『日の民集えや　138ここ』の〝日の民〟って、きっと太陽信仰の国の民ってことね。日本はアマテラス、エジプトは太陽神ラーでしょ」

そうなんだけどもうひとつある。〝日の民〟というのは日之本の民、つまり日本人のことでもあるのだ。

「〝お日の祭り〟は太陽のお祭りのこと。それが始まるのよ。金と銀の鈴を鳴らすことによって」

男三人は目を丸くして聞いている。

「あっ」

「どうしたの、健太君」

「ひょっとして〝獅子のおたけび〟って、スフィンクス？」

「当ったりー。言納ちゃんがアンク十字をもらったのも全部つながってたのね。きっとお守り代わりよ」

さあ、えらいことになってきたぞ。

「そうか、それで納得した」

生田が焼酎の入ったグラスを置いて話し始めた。

「オレね、十二月に仕事で東京へ行ったんだよ。泊まりの仕事でさあ、ホテルは仕事先の人が取っててくれたからそこに泊まったんだ。いつも泊まるビジネスよりいいホテルだったよ」

そう言って生田はニコリと笑った。

「夜、部屋へ入るとき向かい側の人と一緒になったんで挨拶だけしたんだ、こんばんはって。外人さんだよ、その人。それで、次の朝ラウンジでコーヒー飲んでたらまたその外人と会ったんだよ」

「うん、うん」

「そしたらその人、すぐ隣に座ってさあ、〝オレはエジプトから来た。ジャパンはサイコーだ〟って言って握手してきたんだ。でねポケットから名刺出して、〝俺はギザのピラミッドのすぐ近くでパピルスの会社をやってる〟って」

「えー!」

健太と那川が同時に声をあげた。

「名刺にはちゃんとジェネラル・マネージャーって書いてあった。その名刺もパピルスだったよ」

「すごい。何でー」

「判んないよ。けどほら、ちょっと怪しいかもしれないだろ、そうゆうのって。友達になったフリして何か買わせようとしてるかもしれないからね。けど、いま判った。これも神ハカライだったんだな。その人、マデル氏っていうんだけどさあ、カイロに着いたら迎えに行ってやるから電話しろって言ってた。エジプトへ行くなんてひと言も言ってないのに」

それを聞いた黒岩はゲラゲラ笑いながら、

「どうなってんだよ、君たち」

と、あきれていた。

健太が二階から何かを持ってきた。

「イザヤ書に出てきた〝石の柱〟ってこれのことでしょうか」

それを生田に差し出した。

「オベリスクだね。おっ、重い。ちゃんと石でできてるんだ、これ。こいつのでかいののことだろうな。どうしたんだい、これ」

「もらったんです」

「もらった?」

「ええ、尾張戸神社で。誰かが置いていったらしいんですけど、扱いに困るからもらってくれないかって、宮司さんが。ああ、そうそう、冬至の日のことですよ、それ」

黒岩はひっくり返って笑っていた。

要するに、健太の受けた、

『古きミタマ　いま集い
天鳥舟　かの地に向かう』

は、かつてエジプトに生きたミタマの者たちが再びエジプトに向かう、ということだったのだ。天鳥舟には守護者たちが乗っていくのだろう。

　那川がチーズとサラミと野菜を切って運んでくれた。焼酎用の氷とビールも追加され、今夜はまだまだ続きそうだ。

「いつ行くんですか？　来年ぐらいかなあ」

　そう言う健太に那川が首を横に振った。

「そんな先じゃないわ。多分………弥生の空、三月よ。三月の十九日」

「何で判ったんだい？」

「言納ちゃんのメッセージの最後、19・19、19のうち、はじめのふたつはイザヤ書の19章19項だったでしょ。もうひとつ残ってるじゃない。19日のことよ」

「なるほどね。それで〝さくらさくら〟に出てくる〝弥生の空〟で三月十九日ってことか。けど、本当の弥生は旧暦での三月のことだぞ。旧暦の三月十九日ってことか」

「違う」

　きっぱり言い切る那川を三人が見た。

　那川は目を閉じ話し始めた。

「去年の秋、多分十一月の終わりごろだったと思う。長野市内の松代というところに皆神山（みなかみやま）っていうのがあってね、登っていくと皆神神社があるの。山自体がピラミッドだなんていわれている、ちょっと特殊な磁場エネルギーを持ったところよ。その皆神神社の境内にある〝天地（アメツチ）カゴメ之宮〟って書いてある小さな社の前を通った瞬間にね、

『日之本だけなら冬至でよいが
　世界基準は春分にしろ』

って。そのときは別に気にせず通りすぎたんだけど、その意味がいま判ったわ」

「判ったって、何が」

　黒岩が問うと、

「今回は日本国内だけのことじゃないでしょ。日本とエジプト同時に〝お日の祭り〟が始まるんだから、

春分が出発点になるってことよ。日本だけならお正月を冬至としても深い意味があるけどね」

迎えている。

厳龍が教えたように、日本の神々は冬至に正月を迎えている。その日から日に日に太陽が高く昇るようになるのだから、一年の始まりにするにはもってこいの日だ。しかし、日本ではこれから昼間が長くなっていくというその日、南半球では夏至を迎え、日々太陽の位置が低くなっていく。太陽の昇る方向も北半球と南半球ではバラバラだ。

ところが春分を基準にもってくると、その日は全世界で太陽が真東から昇り、昼の長さと夜の長さが同じ、正確にいえばほぼ同じになる。ワールドスタンダード、世界基準とするのに最適である。

そう考えると現在一般で使用されているグレゴリオ暦、つまりフツーのカレンダーの暦における1月1日の初日の出は、太陽、地球、月の運行上ちっとも重要な意義が見出せない。日々の感謝はいつの日であっても大切なことだ。しかし、初日の出に特別な思いを寄せ、「御来光」を拝むんであれば冬至か春分でないと意味ないじゃーん。

「じゃあ、春分の日に出発するってことですか?」

「ちょっと違う。春分の日には現地にいなきゃいけないの」

「太陽暦での三月十九日に出発」

「そうゆうこと」

健太がビールの入ったグラスを持ち上げた。

「謎が解けましたので乾杯します。それでは、弥栄(いやさか)」

「弥栄」

神道の世界では「カンパーイ」ではなく「イヤサカー」で盃をくみ交わす。

「おい、生田」

黒岩が空になったグラスをドンと置きながら聞いた。

「さっきから鈴、鈴って言ってるけど、どこの鈴なんだ？　それは」

「あー」

「そっか」

「まだ判んねーや」

　三人が顔を見合わせた。まだ解明できてないのに、おめでたい連中だ。さすがＢ型。


　黒岩が笑いながら聞いた。

「由妃ちゃん、心当たりないの？」

「んー、ない」

「健太君は」

「ひょっとすると、青麻（あおそ）神社だったりして」

「仙台のかい」

「そうです。以前〝光の都の青き麻〟で瀬織津姫がお出ましのときも鈴が鳴ってたし、その後には金龍と銀鳳が揃ったでしょ。今回も金銀の鈴、ということだから」

　それを聞いた生田が突然思い立った。

「健太君、電話借りるよ」

　時計に目をやるとすでに十一時を過ぎているが、躊躇する様子はない。

「生田です。おめでとうございます。夜遅くに申し訳ないけど、どうしても聞きたいことがあったので」

　相手は仙台のこころだ。

「今でも青麻神社の社務所へ手伝いに行ってるの」

「ええ。昨日も本日も行ってまいりましたわ」

「よかった。青麻神社で売ってる鈴ってどんなのがあるか教えてくれないかなあ」

「鈴、ですか。青麻様のお鈴は金と銀の鈴でございます。ここにもひとつございますよ」

　そういって〝チリンチリン〟と受話器の向こうで鈴を鳴らした。

　落としそうになった受話器をあわてて持ち直した生田がそれを三人に伝えると、本当に三人とも倒れた。

　生田が鈴の大きさや鳴らしたときの音を説明する

と、ちょうどいいのがあると言う。たこ焼きより少し大きめのサイズと言っていたので、それでいいだろう。

数日後、仙台から健太宅に金銀の鈴が送られてきた。振ってみると確かにカランカランと音がする。あとはどうやってエジプトへ榊を持ち込むかだ。

それにしても名古屋と仙台の〝表と裏〟の関係はよくできている。『臨界点』にて52と22が表と裏だと説明した。時計を見れば判る。デジタルじゃないぞ。針が回るやつだ。52分の正反対は22分だ。名古屋と仙台がぴったりこれ。名古屋の市外局番は052、仙台のそれは022。神はあらゆるものを有効に利用する。

こころとの電話を終えてから生田が黒岩に懇願するように尋ねた。

「健太君をしばらく休ませてもらったら駄目かあ、十日間か………いや二週間」

黒岩は何も言わず左手でＯＫのサインを出した。さすが話が判る男。

それにこういった自由度もサラリーマンと違っていて融通が効く。その分、保障はないが。

要は〝不自由だけど安定を望む〟か〝不安定だけど自由でいたい〟かの違いだ。あとは不安定さの全体を底上げすればよい。悪いときでもサラリーマン以上。いいときには三倍四倍の収入なら世の奥方もモンクはあるまい。

金銀の鈴が届いた日の夜、言納も札幌から帰ってきた。電話を受けた健太が「今から鈴を持って行こうか」と聞くと、その必要はないと言う。

「その鈴、健太が鳴らすのよ」

「オーレーがー？」

「そうよ。あれからもう一度北海道神宮へ行ったとき、榊に付けた鈴をラクダに乗った健太が振ってるヴィジョンが見えたもん」

だそうだ。

「それよりもさあ、本気でお金を貯めないといけないでしょ。私さあ、おばあちゃんの知り合いから頼まれてた中学生の家庭教師、引き受けることにしたわ」

しっかりやれえ。

*

三月に入ると厚手の上着が必要ない、暖かな日が続いていた。春の訪れが年々早くなってきている。

しかし、そんな天候に反して健太の心に浮かび上がった疑問は大きくなるばかり。エジプト行きまですでに二週間を切っているというのに、どうしても腑に落ちないことがあるのだ。

仕事での師、黒岩は全面的に理解してくれているし、両親も、めったにないチャンスだから行ってきなさい、と旅費の半分を負担してくれた。一緒に行くメンバーに至っては、今の健太にとってこれ以上の組み合わせはない。なのに心にかかった霞が晴れない。

それである日、黒岩から頼まれた仕事で外へ出た帰り、途中の道沿いにある猿投(さなげ)神社へ寄ってみた。手前のコンビニでおにぎりとお茶を買い、静かな境内でお昼を取りながら気持ちを整理しようというのだ。

愛知県豊田市山中に鎮座する猿投神社には左鎌を奉納して祈願する信仰が現在でも続いており、普段は人気(ひとけ)の少ない清々しい神社である。

主祭神は大碓命(オホウスノミコト)。神話ではヤマトタケルの双子の兄である。が、ヤマトタケルが景行天皇の子とされる史実はにわかに信じ難いためまだまだ謎が多い。

健太は本殿で挨拶を済ませると、ずーっと右方向奥に移動し、出雲の神々が祀られている社の前に立った。そして、手を合わせて自問自答を繰り返した。

(本当にエジプトまで行くべきなんだろうか。行く必要がないから気持ちが晴れぬのか。それとも行くに際して何か大切な心得を忘れてしまっているからか。ならば何に気付くべきなのだろう。いや、答えは今いるところにあることを知っているくせに外へ目を向けてしまったことへの戒めが罪悪感となって………）

『お前は何をそんなに深刻になっているのだ』

（ん？）

『山の仲間だ』

（あー、お久しぶりです）

『オレは別に久しぶりじゃないぞ。それより、お前はナゼそんなに苦しむ』

（それが判らないから悩んでるんだろ。本当にエジプトへ行ってもいいの？）

『当然だ。流れを変えようとするな。悪しき流れとの区別ぐらいしろよ。エジプトはお前が行くべき流れだ』

（じゃあ、本当に行ってもいいんだな）

『もちろん』

（ひょっとしてあんたも行くのか）

『そうだよ。そのために天鳥舟も用意してある』

（アメノトリフネ………東谷山の尾張戸神社で出たあれだ。〝天鳥舟　かの地へ向かう〟っていう）

『そうだ。オレたちはそれで行く。動くのは自分たちだけでないことを忘れるなよ』

健太の心はこれでかなり楽になった。

（ありがとう、教えてくれて。本当に助かった）

『喜んでもらえればうれしいよ』

（えっ、君たちみたいな存在でもそうゆう感情を持ってるの。喜ばれたいとか愛されたいとか判ってもらいたいって）

『お前、まだそんなところにいるのか。あのなあ、神々守護者だって同じだ。人類に対しこのように歩んで欲しいと願っていることや、大切に思っているからこそ守護しているんだ、ということを判ってもらいたいし、判ってもらえれば嬉しいに決まっているだろ。天界・神界・高次元から三次元の老若男女に至るまで〝判ってもらいたい〟〝愛されたい〟というのは共通した望みだぞ。それが判ってないと神々の思いは理解できないし、エジプトでやろうとしていることも判らぬままだ』

なるほど。話はありがたい。が、体がもたなくなってきた。

（座ってもいいかなあ）

『かまわないよ』

健太は地面にあぐらをかいた。

（名前だけでも教えてほしいんだけど。昔、白山の麓で共に生きた仲間なんだろ）

『…………』

（どうして駄目なの）

『名前から不必要な固定観念を作り上げるからだ』

（けど、漠然としすぎて相手の想いを判ろうにもつかみ所がないじゃんか）

『やれやれ…………カズヒだ』

（カズヒっていうんだ。ひょっとして数霊って書くの）

『違う。今はそれ以上聞くな』

かつて白山で健太のミタマとともに修行し、現在は天狗となって健太を守護及び指導する〝山の仲間〟が自身の名をカズヒと名乗った。

（なんでこんなことになっちゃったの？）

『褒美だ』

（ほうびって…………ご褒美のこと？）

『そうだ。お前たちは玉置神社の玉と剣山の御神水を持ち、仙台で瀬織津姫の封印を解いた。さらには金龍を出現させ、銀鳳をも世に出すことができた。今だから言うけどなあ、かなり危険なことだった』

（……そうだったのか。だから多くの神仏が陰で動いてくださったんだ。お陰様にありがとうございますだね。けど、答えを外に求めるなってことで、以前はネパールやチベット行くの許可してくれなかったのに、何で今回はエジプト行ってもいいの？）

『お前たちは今の環境から逃げるためにそこへ行きたがってるわけでもなければ、外側で目にしたものに惑わされて意識が玉座を見失うこともないところまで成長したからさ。内に立った芯が揺るぎないものとなった者は外を見ることも必要になってくる。それが内への探求をさらに深め、己れのあり方に信念を持つことができるからだ。つまり、褒美といっても玉し霊を成長させるためのものだ。判るよな。それに大切な仕事もあるしな』

（えっ………ああ、鈴を鳴らすことか）

『そうだ』

（それって、もの凄く大切な仕事なんだろ）

『ああ』

（何でまたそんな大役をボクにやらせるんだ）

『たまたまだ』

（………）

『たまたまお前がそこへ行くことになってたからだ』

（たまたまって………えー、そうなの？　そんな大切なこと、たまたまで決めていいのかよぉー）

健太はがっかりしたのとプレッシャーから解放されたのとで全身の力が抜け、そのままうしろへ倒れこんで空を仰いだ。

（小鳥のさえずりが聞こえる。空は青く広くまばゆく慈悲深く、そしてオレは〝たまたま〟だったんだ。あー………大空よ、オレはたまたま王子だ、見くびってくれちゃあ困るぜ、あぁー………）

健太も壊れた。

『たまたまといってもなあ、誰でもいいってわけでもないんだぞ。それに相応しい精神力とミタマ磨きができていなければ与えられない。一応合格点をもらった者だけだ。けどな、うぬぼれてはいけないぞ。合格点の基準はそれほど高いところに設定したものではないし、本人の成長度合いよりも先祖の徳によるところが大きい』

（………うん、判った）

健太は何とか起き上がり、気のない返事をした。が、そんな健太にかまわずカズヒは少々厳しい教えを伝えてきた。それは健太を狙う魔にスキを与えないようにするためである。

守護者がどれほど気を張っていようが、本人がスキだらけではすぐに魔の手に堕ちる。

『間違っても自分は神から選ばれし者、神が選んだ唯一の人間だなんて思うなよ。思った瞬間神はお前から離れ、神を名乗るカタリが憑く。人はな、お役をもらうと初めは素直に喜んでいるが、やがて自分は絶対であると錯覚し、うぬぼれ、傲慢になり、人々から無責任に持ち上げられることで己れを見失う。ふり返り自身を見つめることを忘れ、盲信し、やがて大きくころぶんだ。お前はそうならないでくれよ。オレもつらい、それではな』

（気を付ける。けど、いつも神はたまたまで決めちゃうわけでもないんだろ。もっと相応しい人だっているだろうに）

『まだそこに引っかかっているのか。………お前、正月にパートナーが札幌へ帰ったとき、おみやげにチョコレート頼んだろう。中にイチゴが入ったやつを』

（そんなことまで知っているのか………まあいいや、頼んだよ）

『それは、彼女しかその役に相応しくなかったから頼んだのか。他の人にはその役ができる能力がないのか。彼女はそれを頼まれるという天命を持って生まれてきているからなのか』

（何だか大袈裟だなあ）

『どうなんだ』

（う、うん。別にそんなわけではないよ。言（こと）が札幌へ帰るっていうから……あっそうか）

『たまたまだろ。彼女が札幌へ帰る。だからついでに頼んだだけで、もしそれが両親であってもかまわないわけだろ。他の友人でも同じように頼んだはずだ、違うか』

（頼んだと思う）

『なっ。もしお前が何か楽器を習いたいと思ったら、世界で最もすぐれた奏者を探し出して直接教えてもらうのか』

（そんなことはあり得ない。多分、身近にいる人でその楽器ができる人に頼む。まずはその人でいい）

『理解したようだな。だからな、神からお役を頼まれたことを喜ぶのはかまわないが、〝私も人類がよくなるために一緒に働かせてもらう〟にしておけ。〝私が人類を救うキーマンだ〟なんて一瞬たりとも思い浮かべるなよ。知らねーぞ、そうなったら』

（あんまり脅すなよ）

たしかに。しかし、カズヒの伝えてきたことに狂いはない。その通りなのだ。

『おーっ』

（どうしたの）

『お前のパートナーに降りるはずだったメッセージがここへ来た。代わりにお前に伝えておけばいいとのことだぞ。いいか、よく憶えておけよ。えーっ、なるほど……』

（何だよ、早く言ってくれよ）

『ちょっとキツいぞ。けど必要なことだ

何様（なにょう）の
事のありとも　このたびは
怒りは大敵　心して
腹を立てぬと誓われよ

怒りの波動は何にても
多くの怒り　呼び寄せし
こたびの大事　心して
おつとめなされよ日の民よ

和をもちて　事にあたれよ
それこそが
日の民なれこそつとめうる
大事な御役と心得よ

金銀の鈴　和合して
鳴り鳴り響く　天に地に
これぞ合図と神々は

次なる道の扉開け
１８３来たれと人々に
光の道を指し示す
お日の祭りぞ　１３８１３
１８１８３４
１３８１３

何ほどの
事の起きても　日の民よ
怒りおさえよ　愛にて語れ』

伝え終わるとカズヒは何も言わずに飛び去って行った。

言納が北海道神宮で受けた『依りしろを　携え参れよ　我が元へ………』と同じ口調なので、カズヒの言う通り本来は言納に降りるものだったのであろう。しかし、実際には健太がカズヒを通して受けた。ここにも神ハカライというものが働いているのだ。

メッセージの二行目「このたびは」と七行目の「こたびの」は、〝この度は〟と〝この旅は〟の両方の意味を含んでおり、健太が受けることになった最大の理由が二行目「事のありとも」と、最後から二行目の「事の起きても」だ。

「事の」は〝言納〟でもある。

つまり、この度（この旅）の行事においては、言納がいかに振舞おうが、あるいは何をやらかそうが絶対に怒りを持つな、ということが含まれているのだ。言納については健太に対する課題のため、言納ではなしに健太に降りた。何かやらかすのだろうか。

『１８３来たれと』

は、イヤサ来たれと。

『お日の祭りぞ　１３８１３
　１８８３４
　１３８１３』

は、お日の祭りぞ　イザヤイザ
　イヤイヤサーヨ
　イザヤイザ、だ。

イザ出陣。

時計を見ると二時を過ぎていた。

「ヤバイ。先生に叱られる」

おにぎりは車の中で食べることにして、健太は急いで立ち上がった。

そして前方にある出雲の神々のための社に向かって大きな声でこう言った。

「行ってきます、エジプトへ」

その２　お日祭り

言納たち四人の乗ったエジプト航空９６３便はあと三十分程でカイロに到着する。現在日本時間で三月二十日、朝五時二十分。

「もういや、死んじゃいそう」

言納がぼやいた。

関西国際空港を昨日午後二時に飛び立ってからすでに十五時間以上が経過していた。ぼやきたくなる気持ちも判る。

言納も健太も海外は初めてのため、飛び立ってしばらくは機嫌が良かった。

機体右側に広がるゴビ砂漠はどこまで行ってもゴビ砂漠、いつまで経ってもゴビ砂漠、ずーっとゴビ砂漠、まだゴビ砂漠、もういいぞゴビ砂漠、いい加減にしろゴビ砂漠だったがそれでも二人にはものめずらしかったし、出発して四時間半ほどで今度は左側の窓から雪を戴（いただ）くヒマラヤ山脈の姿を目にしたときには、反対側の空席まで移動して美しき地球の姿に見入っていた。

が、それからさらに十時間。ついに限界のようだ。

963便はルクソール経由のため、いったん機体は着陸したが外へは出られない。

言納が、

「私、もうここで降りる」

と言い出した。

健太も疲れているためそんな言納の態度に苛立ちを覚えたが、怒りを持たないと約束しているため精一杯なだめた。

はじめからこんなことでは先が思いやられたが、それもあと三十分で終わる。やれやれだ。

*

空港にはこころの知人でエジプト国内大手のツアー会社のスタッフが迎えてくれる手はずになっていた。

今回のツアーはこころの計らいで、すべてを現地の会社に任せてあったのだ。

「どの人だろう、迎えの人は」

到着ロビーに出ると生田がそれらしき人物を探した。現地時間で夜十一時を過ぎているため人影はまばらだ。

「あの人かなあ」

ひげをたくわえ黒いサングラスをした男がこちらを見ている。プロレスラーのような体つきだ。

健太もその男を見た。

「まさか、あの人じゃないと思いますよ。どう見てもGIAだもん、あの男」

言納も、

「怖そうな人」

と小さくつぶやき健太の影に隠れるようにした。

GIAとはエジプトの諜報組織、ジェネラル・インテリジェンス・エージェンシーの略で、別名ムハバラッド・エルアマともいう。アメリカのCIA、イギリスのMI6と同じに考えていい。アラブ地域ではイスラエル問題があるため、ぬるま湯につかって平和ボケしてしまっている日本人に彼らの存在は不気味だ。

するとGIAのエージェントがスーツ姿の男を連れ立ってこちらに向かって歩いて来る。外務省の役人だろうか。

「げっ、こっちに来ますよ、生田さん。いきなり捕まっちゃうんですか」

四人に緊張が走った。マジ、やばいかも。

「ミスター・イクタですね。ヒシャムです。よろしく」

男が手を差し出した。

生田は一応GIAの手を握ったが、自分たちの置かれた状況がまだ理解できてない。

次に外務省が手を差し出した。

「私はヤセルです。このたびはセブンツアーズをご利用いただきありがとうございます。父がセブンツアーズの代表をしておりますが、今日は代わりに私がお迎えにあがりました」

なんだ、〝若〟か。どうりで品のある顔立ちをしているはずだ。

二代目が続けた。

「ミス・ココロより皆様のお世話をことづかっています。どうかすばらしい旅を」

みんな力が抜けてしまった。

「ヘーイ、ミスター・イクウタ」

マデル氏だ。

東京のホテルで生田に声をかけてきたパピルスの会社の社長マデル氏も迎えに来てくれたのだ。

くったくのない笑顔で出迎えてくれた彼はどこか怪しげでもあるが、しかし人の良さは無邪気な表情にもにじみ出ている。

結局生田だけはパピルス氏のメルセデスに乗り、他の三人は二代目氏の用意したバスでギザのホテルへと向かうことになった。

さあて、いよいよ始まるお日の祭り。

＊

翌朝、健太は生田の声で目を覚ました。

「おい、健太君。起きてちょっとこちらへ来てみなよ」

部屋に生田の姿はなかった。

二代目氏の好意により与えられたスィートルームの奥の部屋、そこはテラスに通じているのだが、健太もそちらの部屋へ入った瞬間、一面ガラスのその向こうにそびえ立つ大ピラミッドの姿が目に飛び込んできた。

「うっわー、すっげー」

子供のころから一度は行ってみたいと夢見続けてきたそれがいま、すぐ目の前に本当にある。

健太はしばらく呼吸さえ停止して窓の外に見とれていた。

生田は早速テーブルを移動させて祭壇をこしらえ始めた。おあつらえ向きに、ちょうど高さ1メートルほどの台もある。きっと食事を置くためのものだろうが、高さといい幅といい木製であることも含め、そのまま祭壇として使用できた。

三角に折った半紙を何枚か台の上に敷き、左右にはふたつずつ朱塗りの盃を並べた。盃には金文字で〝寿〟と入っている。

中央左寄りには日本から持って来た昆布と干し茸を添えて、海の幸、山の幸とした。

健太が金銀の鈴を結えた榊を持ってきたのでそれを祭壇中央に置き、準備完了。

後は女性二人を起こさねば。言納が赤い和ローソクを持ってきているはずだ。


十五分後、言納と那川がやって来た。思ったよりも早い。

「よくこんなに早く起きられるわねえ。ゆうべ夜遊びに行ったくせに」

いきなり那川が攻撃してきた。


実はゆうべホテルでＧＩＡ氏と二代目氏〝若〟にスケジュールの説明を受けた後、パピルスマデル氏が男二人を外へ連れ出した。

向かった先は活気の無い商店街のようなところ。色彩に乏しいアパートが並んでいるが、一階はどこも商店のようで、こんな時間でもところどころネオンが灯いている。

連れて行かれた店も店内はコンクリートむき出しで、簡素なテーブルと鉄パイプの丸椅子が置かれているだけだった。

「日本語で〝シシャ〟は死んだ人のこと。エジプトではこれのことね」

マデル氏が指差したのはテーブル脇に置かれた水タバコだった。

まわりの客もそれを吹かしながらめずらしそうな目で健太たちを見ている。

店員がやって来てソフトかハード、どっちにするんだ、と聞いた。

そんなこといきなり言われたって………。

マデル氏はいつものやつを頼むぜ、と合図をしただけだ。

「どうします」

迷ったけど結局二人ともソフトにした。

縦にビヨーンと引き伸ばしたランプのようなものからチューブが出ていて、先はおもちゃのラッパのようになっている。そこから吸うようだ。

店員がランプのような本体の上に赤く燃える小さな炭らしきものを載せて準備をした。

「もう少し待つんだ。慌ててはいけない」

別に慌てちゃいないけど。

戸が開け放たれた店内は外を通り過ぎる車の中からも良く見えるようで、時々こちらに向って何かを叫びながら走り去って行く連中がいた。誰にでもあるあなのだろうか。

車はどれもポンコツで、ボコボコボコという音を残していく。日本だったら九割の車が整備不良で警官に止められる代品(シロモノ)だ。いや、日本ならすでに廃車になってるか。

生田がぼそりと

「東南アジアもこんな感じ」

と言った。

「さあ、ゆっくりと吸い込むんだ。こうしてな」

マデル氏が手本を見せ、体内に煙をため込んだ。二人も同じようにやってみたが、特に刺激があるようなものではなかった。

楽しめるようになるにはどれだけかの経験がいるのであろう。

それで、帰ったのは三時近かった。

＊

四人が揃ったところで和ローソクに火が灯けられ盃には御神酒が注がれた。

隕鉄に穴を開けた磐笛(いわぶえ)を吹いた生田は、次に祝詞(のりと)を献上した。

「ヒフミヨイムナヤコトモチロラネシキルユヰツワ

ヌソヲタハクメカ………」

ヒフミ祝詞に独特の節をつけている。

指で何かの印を結ぶと

「イロハニホヘトチルヌルヲワカヨタレソツネナラム………」

今度はイロハ歌だ。イロハ祝詞と呼ぶのだろうか。

最後は、

「ト・ホ・カ・ミ・エ・ヒ・タ・メ」

の言霊をそれぞれ八方にひとつずつ通した。

神道では「トホカミエミタメ」に「遠祖神恵(とほかみえ)み給め」を当てはめているが、実は四方八方を指す言霊でもある。五番目だけ音が違う。

これで「ヒフミ」と「イロハ」が和合した。

表と裏、陽と陰、数霊と言霊、日の力と月の力が合わさり日本とエジプトを結ぶ〝お日の祭り〟がいよいよ始まるか。

「健太君、鈴を振って」

祭壇とその向こうにあるピラミッドに一礼した健太が榊を手にした。

カランカランカラン、カランカランカランカラン。

「依りしろを
携え参れよ　我が元へ
金銀の鈴　和合して
鳴り鳴り響く　天に地に
日の民集えや　イザヤここ
お日の祭りのはじまりぞ
獅子のおたけび聞こえぬか
イザヤイザヤと待ちわびて
よろこび迎えんこの時を」

自然に出てきたので最後まで続けた。神から人へのお言葉を再び神にお返ししたことになるのか。

さらに、

「人が堅く誓い立て

二見の浦から
世に向け出づれば
慈しむ　愛が人々
結ゆ絆
八重に折り
七重のひざを
個々の直霊（なおひ）が迎える夜明けは
足りぬ慈悲なき世となれる」

ヒフミ祝詞の言納バージョンだ。

最後に榊で〝⊕〟を描くと健太の脳裏に〝◈〟が表れ、中央に「和合」の文字が見えた。

そして「81＋20」と。

よかったじゃないか、漢字で。あれがアラビア文字で出されたら何ともならない。

これで一応「お日の祭り」の始まりの挨拶はおしまいで、四人はそれぞれ御神酒の入った盃を手にすると、「弥栄（いやさか）」で盃を干した。

「和合」と「81＋20」についてはすぐさま言納が解説してくれた。

「〝81〟は日本の国番号でしょ。エジプトの国番号は〝20〟だから、合わせて101。でね、〝101〟は和合なの。ワ＝46、ゴ＝52、ウ＝3で101。日本とエジプトが和して合わさったの。それとね、『日の民集えや　イザヤここ』の〝日の民〟は日之本の民なのよ。だってヒ＝30、ノ＝22、モ＝32、ト＝17で101だもの。おめでとうございまーすね」

さすが言納。

けど、まだ⊕と◈の関係は判らない。

那川がテラスに出た。

「あら、何でよ」

天を見上げている。

何とまあ、雨が降っているのだ。

確かに冬の季節はエジプトでも時々雨が降る。が、いきなりこれだ。龍神でもいるかと思って探したけど、このときはいなかった。

　龍の姿はなかったけどすごい風が吹いてきた。その風は大地の砂を天に舞い上がらせ、あっという間にピラミッドの姿を消した。砂嵐だ。ちょうどこのころから砂嵐の季節に入るとはいえ、またまたいきなりかよ、だ。

「ちょっとー、何も見えなくなっちゃったじゃない。せっかく写真撮ろうと思ったのにー、もう」

　言納はぼやいていたが、那川は砂が舞い上がる先を見つめている。

（あっ、まただ）

　さくらさくらが聞こえてきた。

「ねえ、健太君。鈴持ってきて、早く」

『さくら　さくら
　弥生の空は』

「振って！　あっちに向かって振って！」

『見渡すかぎり
　霞か雲か』

「わー、すごい！」

「消えちゃった」

「マジかよー」

健太が鈴の付いた榊を振ると砂霞が見る見るうちに消えていき、空一面が白い天使で満たされた。

弥生の空が晴れわたり、お日の祭りが始まった。

祝いの御言葉、降りたり。

『長き時空の旅の果て
　現身（うつそみ）を
　運びてはるか　ゆかりの地
　身に受けたるは　王国の
　栄枯盛衰　その響き

痛みに耐えて　悲しみに
耐えて築きし　これまでの
人の歴史をかえりみて
これより始むる真の世の
　礎（いしずえ）なりしと思ほえば
知らず涙し　手を合わせ
魂（たま）はふるえん　ありがたや

金銀の鈴　和合して
お日もお月も大調和
星はますますきらめき増して
しんなる歴史の扉ひらかん』

いよいよとんでもないことになってきた。

『しんなる歴史』とは〝真なる歴史〟と〝新なる歴史〟、ふたつの意味がある。

　前者は歪められた歴史を正し、真実を表に出すこと。後者は新たな人類の歴史を刻んでゆくこと。その双方の扉が開かれたのだ。

　ここでも岩戸、開きたぞ。

　それにしてもだ、金と銀の鈴を振り鳴らしたことが新たに始まる真の世の礎（いしずえ）になるということで
『知らず涙し　手を合わせ
　魂はふるえん　ありがたや』
と神々が涙を流しつつありがたがって下さるとは、なんともありがたやだ。
『人を生かすは天なれど
　天動かすは人なるぞ』
とはこのことだ。ありがたや。

＊

「キャー、落ちるー、キャー」

　言納の乗ったラクダがまず後ろ足を立てた。その瞬間はしっかりつかまってないと前方へ落ちそうになる。

「死んじゃうかと思ったわ」

まわりを取り囲む現地の人々がニヤニヤしながら見ていたが、ちゃんと前足も立ち上がり事なきを得た。いちいちハラハラさせられる。

昼からはパピルスマデル氏の世話でラクダに乗ってのピラミッドめぐり、キャメルライディングを楽しむことになった。

請求された金額は相場よりも少々割高に感じられたが、そんなことよりも大切な目的があるので値切ることなく了承した。

特に健太はカズヒから
『人類の行く末が懸かった大行事だぞ』

と知らされていたため、相場の二倍だろうが三倍であろうがそんなことはどうでもよかった。

なのに言納が隣りで、

「もう少し値切ってみたら？　高いわよ、その値段」

なんて言ってくるもんだから、またまた怒りが湧き上がってきてしまった。

（駄目だ、駄目だ、怒るな。『何様（なによう）の　事のありとも　このたびは　怒りは大敵　心して　腹を立てぬと誓われよ』だ）

健太は必死にこらえた。

〝たまたま〟のわりには責任が重い。

ラクダはばらばらに動かぬようにと前後がそれぞれロープで結ばれているため、四人は砂漠を旅するラクダ隊のように一列になって進んで行く。

みやげ物屋が並ぶ路地の角をいくつか曲がると視界が開け、いよいよギザのピラミッドエリアへと入って行った。


ある。

今、目の前にある。クフ王、カフラー王、メンカウラー王のピラミッド、そして『獅子の雄たけび聞こえぬか』のスフィンクスが。

誰も何も話さない。

馬に乗って先導する青年がエリア入口に立ってい る警官らしき男に何かを握らせた。多分ワイロであろう。青年はチケット無しのためこのようにしてエリアに入る。大変だね。

渡された紙幣が少額だったのだろうか、警官が青年に怒鳴った。

すると青年は「それで充分だろ、ばーか」と言って逃げた。みんなたくましいねえ。


ピラミッド内部へは後日入るため今日は周りをラクダでめぐるだけだ。

あちこちに同じようなラクダ隊がいる。生田隊が向かったのはカフラー王のピラミッド。

ゆっくりとした歩調だが、確実に近付いている。

「でかい！」

一番うしろを行く健太が叫んだ。


頂上付近に化粧石が残るカフラー王のピラミッドは高さ一四三・五メートル。

健太が頻繁に登る東谷山が一九八・三メートル。名古屋市内では一番高い山だ。とはいっても駐車場が標高六〇メートルのところにあるため、実際に登るのは標高にして一四〇メートル足らずである。

「東谷山と同じかよー」

健太は榊を振る手を止め、そのでかさに見とれながら進んでいると馬の青年が隊を止めた。

「ここから写真を撮れ」

命令するな。

いかん、いかん。怒っちゃいかん。

先頭の生田がカメラを出した。健太も首に下げた一眼レフのファインダーをのぞきアングルを定めている。

が、那川はうしろを振り返り、もっとこっちへ来いと言納を手招きした。

とはいってもラクダは動かない。

すると先頭のラクダのロープを徒歩で引っ張っている少年がその様子を見ており、言納のラクダを那川のすぐ横まで動かしてくれた。やさしいな、君は。あの命令野郎とは違って。

那川が指で軽くつまんだ何かを言納に渡そうとしているが、指先には何もない。

「言納ちゃんが持ってて、これ」

「えっ、何を?」

何もないので持ちようがない。言納が戸惑っていると

「そうだ、人差し指出して」

言納が言われるままにすると、那川はその指先に紐を結ぶようにして何かを巻きつけた。最後にそれが解けないようにギュッと引っ張り、

「はい、これでよし。スカラベよ」

スカラベは古代エジプト語で「ケプレル」と発音され、それが創造の神「ケプリ」に似ているため神の使いと考えられていた。

〝永遠の生命を保障〟する力を持つとされるこのスカラベこそが、北海道の温子から言納が授かったアンク十字に彫られている虫なのだ。

那川によると、ピラミッドエリアに入ったところでこれが飛んできたのだという。

ブーンと羽音をたてて飛ぶコガネムシに糸を結びつけて、その端を言納の指に結えたのだ。

「道案内してくれるって。エジプト版サルタヒコ神ね」

馬の青年は〝大丈夫か、こいつら〟という目で見ている。カラカラ鈴を鳴らしたり、空気を指に結んだり。

まあ、仕方あるまい。本人たちだってよく判ってないんだから。

ラクダが歩きだすと健太も再び鈴を鳴らし始めた。

頂上部分に残る化粧石が陽の光を反射して黄金に輝いている。現在ピラミッド表面に化粧石が残っているのは、わずかここだけだ。

かつては全体があのように輝いていたのだろう。まさに黄金の山だ。

（金か…………確か金の原子番号は79だったよな。79…………ホアカリが79、セオリツも79…………）

ホアカリはニギハヤヒ尊。

健太はニギハヤヒ尊を彦星に、瀬織津姫を織姫に見立て旧暦七月七日に行った〝橋渡しの儀〟を思い出していた。

すると、瞬間的に健太の意識がピラミッド上空に飛んだ。いや、ただ上空から見たピラミッドの姿を無意識のうちに想像しただけかもしれないが、とにかく真上からピラミッドを見下ろした。

「あっ」

その姿はまさに〝⟐〟。

（そうか、倭国日之本が⊕。エジプトが⟐で、このふたつの国は表裏の関係にあったんだ）

そうだよ。けど、〝⊕〟と〝⟐〟が表すのはそんな程度のことだけではない。やがて判るだろう。

謎を解いたつもりになって喜んでいると前を行く言納が振り返った。

「あのね、

『心鏡（しんきょう）は
　お日に輝く　今、さらに
　磨き磨きて
　日の神となり』

だって」

だってって。あのねえ…………まあいいや。

〝心鏡〟とは心境が写し出される鏡のことだ。心を整え、玉し霊が発する思いに誠実であればその〝心鏡〟は、太陽の光が当たると黄金のピラミッドのように輝く。

さらに磨きをかけ、自ら日の神のように人々や世の中を照らしてまいれ、ということだ。なるほど。

メンカウラー王のピラミッド近くまで行った生田隊はそこで折り返し、来た道を戻った。

途中、健太の乗ったラクダが前を行く言納のラクダに鼻をぶつけたり言納の足をくわえたりと暴れだしたため、馬に乗った青年が鈴をしまえ、とてで大げさなジェスチャーをした。

ストレスになっていたんだな。ずーっとカランカランやられちゃたまんない。

言納が振り返り
「今日はスフィンクスのそばへは行かないの？」

と聞いた。

「少し離れたところから見るだけだと思うよ、多分ね」

健太が答えると小さくうなずき姿勢を戻した。何か感じているのだろう。ここへは後日もう一度来る。

それにしてもあのスフィンクス、全体のバランスが悪い。正面からだとそうでもないのだが、側面から見るとよく判る。頭部に対して体が大きすぎるのだ。いや、逆だ。体の大きさに対して頭の部分が小さすぎる。

一度壊されたため、後から急遽取り付けたのではなかろうかとさえ思えてしまう。古代エジプト人の感性が作り上げたものではない。

ところでスフィンクスはどこを向き、何を見つめているのだろう。

一説では日本のある山に向いているとされるが、その手前に巨大なユーラシア大陸があるため、どこか途中かもしれない。

が、ひとつだけ確実なことは、スフィンクスのすぐ目の前にあるピザハットとケンタッキーフライドチキンも視界には入っているということ。時々宅配ピザを注文するらしい。

けどピザやチキンだけで驚いてはいけない。

一本裏通りには何とハードロックカフェがあるん

だぞ。

店内にはガンズアンドローゼズのサインやボンジョヴィのギターなんかが飾ってあるかもしれない。そもそもここはハードロックカフェ何店だ。ギザ店か。ピラミッド店か。それともスフィンクスが見てる店なのか。

そのあたりを確かめたかったのだが何しろラクダに乗ったままなので店内に入れなタタタ、イタイって、おいイタイぞ。

判りました。ごめんなさい。


さて、パピルス氏の使いの老人が待つ駐車場まで戻ってきた隊に、馬の青年が問いかけた。

「君たちのリーダーは誰だ」

生田は一旦他の三人と目を合わせ
「ボクだ」

と言うと、青年がチップをよこせと手を出した。

エリア入場料もキャメルライディングの代金もすでに払ってある。それらとは別で案内料を要求したのだろう。払わないとラクダから降ろさないつもりらしい。

生田はカチンと来ていた。が、それを察した那川がうしろで、

「腹を立てぬと誓われよ」

と笑顔で言った。

仕方なく少々多めの額を青年に渡すと、徒歩で隊を引っ張ってくれた少年にもチップをやれと言う。

彼にだったら喜んでやる。生田は嫌味もこめて同じ額を少年に握らせた。

すると、〝ええ、こんなにもらっていいの？〟という顔をして礼を言った。

ところがだ、それを見た馬の青年が何かブツクサ言いながら少年から紙幣を取り上げようとしたもんだからついに生田が怒鳴った。

「お前にやったんじゃない、いい加減にしろ………けど、切れてないよ」

途中で〝しまった〟と思ったのだろう。最後は笑いにもっていた。

三人はラクダに乗ったまま爆笑した。

パピルス氏の店舗兼自宅に戻ると豪華な食事が用意されていた。

もっと食べろ、これも食べろで難行食う行だったが楽しかった。

食事を運んでくれた年頃の娘は品が良く、幼い末っ子のスーシーは日本語で四人を歓迎してくれたが、奥さんは最後まで台所から出てこなかった。

イスラムの世界では既婚女性が無闇に他人の前へ出てはいけないのだろう。このあたりは文化の違いを感じる。

＊

陽が暮れてからのカイロ駅はアジア臭さが漂っている。

「カルカッタみたい」

と那川がつぶやいた。

ここから八時発の寝台列車に乗り、十二時間かけて南下する。明朝八時ごろにはアスワンに到着しているはずだ。

アスワンへはＧＩＡ氏が同行してくれるので心強い。見送りには二代目若氏と美しいアラブ美人が来てくれたが、その女性は仕事で来ているのか誰かの彼女なのかは謎のままであった。

列車は二十分遅れてるらしい。二十分遅れなら時間通りだ。やるじゃないか、エジプトの鉄道職員。

夕食は車内で弁当が配られ、ついでにビールも飲んだのだが言納は中々寝付けずにいた。なるべく音を立てぬようにそーっと寝返りを打つが、そのたびにベットがミシミシと軋む。

「眠れないの？」

下段の那川が声をかけた。

「ごめんなさい。起こしちゃいましたか」

「大丈夫よ、私も考え事してたから。ねえ、言納ちゃん、良かったら降りて来ない？」

那川のベッドに腰掛けた言納は窓のカーテンを開けた。ちょうど、どこかの小さな駅を通過したところで、駅舎のまわりに四、五軒の商店らしきものが見えた。

「スカラベどうしてる、元気？」

と聞きながら那川は残っていたビールの栓を抜いた。

「あーっ、忘れてた。けどいないから寝てるのかしら。それとも逃げちゃったのかなあ」

そんなことはないでしょうに。

「由妃さんね、昼間、スカラベは道案内だから猿田彦神だって言ったでしょ。私ね、出発する前の日、ちょうど猿田彦（さるたひこ）神社へ行ってきたんです」

言納屋敷は犬山城のすぐふもと、風情ある城下町にあり、城へは徒歩五分とかからない。

城の入口には針綱（はりつな）神社、三光稲荷神社に並んで猿田彦神社もあるのだ。

「エジプトでも道案内やお導きお願いします、ってご挨拶しに行ったんですよ。そしたらね、

『道案内は道案内のお役が果たす
ワシはエンタの神だぞ
エンタの神とはワシのことぞ』

っておっしゃるんです。大きな目ともっと大きな鼻の人で、ガッハッハッハッて笑ってましたよ。その人、人っていうか神様が本当に猿田彦神なのか眷属さんなのかは判りませんでしたけど」

那川はビールが吹き出ないように口元を両手で押さえて笑っていた。


最近猿田彦神の力、エネルギー、想いといったものが表に出てきている。それが顕著に現れているのが〝お笑い〟と〝マジック〟なのだ。昨今のこの二つのブーム、人を笑わせる、楽しませる、喜ばせる、

感動させるということで芸人とマジシャンは猿田彦神の力の中にある。そもそも〝エンタの神〟だなんて番組名そのままが猿田彦神ではないか。

これからは猿田彦神に参拝したら、挨拶の後に一発芸とか小話をするといいかもしれない………のだけど、いくら猿田彦神が祀ってあっても三重県鈴鹿市の椿（つばき）大社のような厳かな空気の中では、あまりふざけたことは慎もう。

つくづく不思議な世界だ。不思議だけれど日本の神々って最高。

「ねえねえ、言納ちゃん。北海道神宮で受けたメッセージ、ニギハヤヒ尊からだって言ってたでしょ。大国魂ニギハヤヒだっけ」

「はい」

「きっとよ、初めの〝52〟はニギハヤヒからのものだと思うわ。よく来たなあって感じで出られたのね。けど、それからの『依りしろ………』なんだっけ」

「『依りしろを　携え参れよ　我が元へ　金銀の鈴和合して』のことですか」

「そう、それ。実はねニギハヤヒ尊からじゃないのよ」

「………」

「『依りしろを　携え参れよ　我が元へ』でしょ。我が元とはエジプトのこと。ニギハヤヒ尊がエジプトで待ってるわけ？」

「そっかー」

「『我が元』とは太陽神の元へってこと。つまり、ニギハヤヒ尊よりもさらに高次元の存在、というかエネルギー体。それは古代エジプト人が信仰していた神であり、同じところを日本ではニギハヤヒ尊も信仰していたと解釈すべきよ」

「なるほど、そうだったんだ」

言納は素直に納得しているが、それはただ言納が深く考えなかっただけなのだ。その理由も那川は見抜いている。

「言納ちゃんがニギハヤヒ尊を想う思いは判るわ。一八〇〇年前、一緒に九州を旅立ったんでしょ、言納ちゃんのミタマの親神様って」

「言依姫(ことよりひめ)っていうんです」

「凄いことね。今でも想い続けられるなんて。けどね、もうニギハヤヒ尊の姿を追っては駄目」

「自身の内なる神を見よってことですか」

「それは一番大切なこと。けどそれについてはあなたも健太君もしっかりと見つめているから大丈夫。私が言いたいのはね、ニギハヤヒ尊に自分の心や体を向けるのではなく、ニギハヤヒ尊と同じ方向に心と体を向けることということ。世の中に何かをしていこうとしているニギハヤヒ尊の前にあなたが立ち、同じ方向を向いて、それは同じ志の元で共に歩むということ。あなたがニギハヤヒ尊の三次元での代理人をするのよ。背後にはニギハヤヒ尊がしっかり護ってくれてるんだから心強いでしょ」

「そうですよね」

「神々に対して何かをするときはニギハヤヒ尊のうしろに立つの。同じ方向を向いてよ。それで言納ちゃんもニギハヤヒ尊が見据えているところを一緒に見るの。ニギハヤヒ尊の向うに何があるのか、何を信仰していたのかをね。判る？」

言納は黙って二度うなずいた。

「対峙するのはもう卒業。これからは歩調を合わせるの。呼吸を合わせるって言ったほうがいいかな。そうするとね、見えてくるのよ、ニギハヤヒ尊の想いが。もし、あなたの中でニギハヤヒ尊と同じ想いが湧き起これればね、それを同調って言うんだけど、同調した分あなたのここにニギハヤヒ尊が存在することになるのよ」

那川は言納の胸に手を当てた。

言納は少し涙ぐんでいる。

「いい、言納ちゃん。ニギハヤヒ尊もここにいるの。あなたは小宇宙。大宇宙のすべての要素はこの小宇宙の中にもある。そこには私もいるし健太君もいる。

ニギハヤヒ尊も太陽神も創造主もよ。大宇宙にあるもので小宇宙にないものは何もないの。だからこそ同調することが大切なのよ。引き出すことができるのだから。同調すれば必ず認識できるわ。それができればよ」

那川は少し和らいだ表情で言納の顔を覗き込んだ。

「それができればニギハヤヒ尊が何をどう見ていたのかも判っちゃうのよ。その想いのままであなたが行動すれば、ニギハヤヒ尊が動いたことにもなるの」

言納が本格的に泣き出した。

「ニギハヤヒ尊はすでにあなたの中にいる。三次元にいながらにしてニギハヤヒ尊と同じ神々の波動領域に生きることができるのよ。それが肉体を持ったまま高次元に暮らすということ。言納ちゃんの思いが神の創造と同調する。神の想念で物を考えることが今のあなたの課題よ」

那川はビールの残りを飲み干した。

言納は下を向いたままだ。

那川が言納の膝の上に手を置くと、照れくさそうに顔を上げ、視線をすぐに窓の外へと移した。その瞬間、

『人々よ
己れの意識が己れの世界
つくりておると　知りたれば
日々の想念それこそが
いかに大事か　大なる鍵か
わかりてくるぞ　人々よ

己れこそ
何を望みて今ここに
現れたる身か　そを知れば
気付きた事を今ここで
カタチにすること　それこそが

己れの魂（たま）の刻印なりし

人の身は
想念カタチにすることの
ためにありしと思ほえよ

人々よ
いかなる想念持ちたれど
行動なければ　ただよう雲よ
いつか消え果て忘らるる

人々よ
日々清き　心を持ちて世の人の
救いとなるべく輝ける
御身（おんみ）使えよ　惜（お）しまずに』

またまた来たぞ、すごいのが。

三次元に現れることは、己の意識がカタチになったもの。写し鏡であるぞよ。

何を思い生きているのか、それが大事であるぞとの教えだ。

想念カタチにすることこそ三次元での大仕事。やがて降りてくる、というよりも喜びのエネルギーを臨界点に達しさせ降ろす精神的高次元は、今よりもさらに想念がカタチになる世界。今から訓練しておかなくては。

また、いくらすばらしき想念持ちておりても、世に向け踏み出す一歩がなければただよう雲よ。勇気を持って自分色の風を吹かせることが必要なのだ。どのような想いにて世に挑むか。それはまさに今、那川が言納に語った通りのバス通り。

那川という女、ただものではないな。

*

一方、健太はしばらく生田と飲んでいたが、すでに上段のベッドから発せられる生田のイビキが狭い室内に響いている。なので健太は日記を付け始めた。

日記や禁煙は、始めるには大きな決意が必要となるが、辞めてしまうのは何の決意も必要ないし次々と自身を正当化する言い訳が思い浮かぶ。だから何度でもできてしまう、途中挫折なんて。

で何だっけ。そうだ、健太の日記だった。

長い一日だったので出来事を頭の中で整理し終り、いよいよ書き出したらカズヒがやって来た。

『カズヒだ』

(カ　ズ　ヒ　だ、んっ?　何だカズヒか。書いちゃったじゃないか、日記に)

『お前の〝⊕〟と〝⟐〟の解釈は最も表面的なことでしかないからな。そこで追究やめたら何も判らないままで終ってしまうぞ』

(ほかにまだあるの?)

『…………やれやれ。求めようと思えばどこまでも答えは存在し続ける。他にも答えがあるか否かはお前しだいだ』

(そうか、なるほど)

『〝○〟と〝□〟』

(えっ)

『〝+〟が入ってない〝○〟と〝□〟を理解することが今回の旅の目的のひとつだ。そいつをカタチに表し活用するんだ。その意義は大きいぞ。人類の生活にひとつ知恵を注ぎ込むことになるんだからな。それを行う人はどこの国の人であろうが宇宙の鼓動を肌で感じることができるようになるんだ。だからな、〝○は心〟で〝□が体〟ついでに〝△が血〟だとか、〝○が水〟で〝□は米〟〝△は塩〟のことだったなんてゆう程度で終らせるんじゃないぞ。子供を育ててんじゃあるまいし。けど〝○〟と〝□〟はまあいい。今は〝⊕〟と〝⟐〟だ』

(う、うん。判ったけど判んない、まだ)

『ではひとつ教えておく。〝⊕〟は精神性についてを表してもいる』

(精神性かあ)

『ならば〝⟐〟は何か判るか』

(⊕がメンタルなら⟐はフィジカルな面のことだろ)

『何?』

(フィジカル)

『欧米か』

(何で知ってるんだ、そんなこと)

『お前の想念の中に出てくる。時々一人でそれ使って笑ってるからな。もういい。それより〝⟐〟は何だ』

(肉体面だろ)

『それが浅いんだ。いいか、〝⊕〟と〝⟐〟は表裏の関係にあることは判ったな。〝⟐〟はサイエンスだ』

(欧米か)

『いいぞ、その調子。ゆとりを持って考えるんだ。〝⟐〟は科学、判るか。神の力は科学によって具現化される。片面は精神力。もう片面が科学力だ』

(精神力と科学力が表裏の関係って、すごいね)

『三次元にいながら精神性は高次元と同じ想念で暮らすこと、それが〝⊕〟であり、神の智恵を科学的に活用し、進歩させることが〝⟐〟だ』

(すっごーい。科学って神の智恵なんだ)

『智恵だけではない。慈悲だ。神の慈悲が科学を発展させる』

(慈悲が科学を………)

健太は神の慈悲と科学の発展がどうしても頭の中で結びつかなかった。

『もし、自分の力では歩くことができない子が生まれてきたら、親は神に何を望む』

(それは……この子を歩けるようにしてください)

『なぜ歩かせたがるんだ』

(えーっ、なぜって。んー、やっぱりあっちへ行っ

たりこっち へ来たり……つまり自分の意志通りに移動することで生きる世界が広がるし……）

『まあ、そうゆうことだな。では聞くが、今のお前が歩く能力を完全に失ったらどうする』

（治療したりリハビリで……）

『完全に失ったらと仮定しているだろ』

（ああ、そっか。そしたら車イスに乗る。そうすれば歩けなくても移動が……あっ、なるほどね。歩けない子でも車イスで移動することができれば、そのこの親の願いは叶ったに等しくなるってことか）

『そうだ。苦労はあるだろう。しかし一人での移動が可能になったのだから、親の望む〝自分の意志どおりに移動する〟力は一応手に入るわけだ』

那川以上にカズヒも深い。

まだ続くぞ。

『両腕を失った者。百年前だったら字を書くことができなかっただろ』

（そうだな。筆を口でくわえるとか首にはさむとかしないと無理だな）

『それだって誰かの手助けがいるだろ。硯に水を入れたり墨をすったりするのに。では今ならどうする』

（パソコンだ。タイプライターやパソコンがそれを可能にした）

『他にもたくさんあるだろ。太古の昔、大陸を徒歩で移動して新たな暮らしの場を求めていたころのことを考えてみろ。何年もかかって移動していた距離を飛行機なら半日で飛んでしまう。江戸の人々が数週間、数カ月かけたお伊勢まいりだって、今なら東京から日帰りで行けてしまうだろ。〝どこでもドア〟とどれほどの違いがあるんだ、えーっ？〝タケコプター〟より早いんだぞ』

（よく知っているなあ。そんなこと）

『お前、子供のころよく見てただろ』

（一緒に見てたの？）

『見てない。だからあ、お前の想念から拾い出してるんだってことをいい加減に判れ』

へー、そうゆうことできるんだ。それは健太に判れったってまだ無理だろう。

『お前は嫌がるけど、〝ケータイ〟や〝デジカメ〟だってそうだぞ。平安時代の人になあ、デジタルカメラで写真撮ってその場で写った写真見せたら、それは神の奇蹟以外何者でもなく、そいつを使いこなすお前は神そのものだぞ。怖れられて斬られるかもしれないけどな』

（…………）

健太はどう答えていいのかわからず黙っていたが、確かにそうかもしれない。当時そのような物を見せれば、神として扱われるか斬られるかのどちらかであろう。

『ならば科学はこのまま進歩し続ければいいかというと、これがとんでもないことになる可能性が大だ。それは〝⟐〟の裏側〝⊕〟に問題がある。科学を使いこなすだけの精神力が育ってないんだ、今の人類には。精神的成長を伴わずに科学的進歩だけが一人歩きをしてしまったのだ。なのでデメリットが多々残る開発や使い方をする。効率性のみを重視した生産体制や、人体や精神に及ぼす影響を無視した素材や品質。どれもこれも歪んだ競争社会へと進んだのは人類の低精神性によるものだ。それを正せということだぞ、〝⊕〟と〝⟐〟が表裏一体というのは。〝⟐〟を退化させて合わせるんではないぞ。〝⊕〟を進化させるんだぞ』

（よーく判った。ありがとう。けどさあ、カズヒ。大自然がどんどん破壊されてしまったのは科学の使い方が悪いからだとすれば、⟐が科学力で⊕は自然力としてバランスを保たなければいけないいんじゃな

いのか）
『お前、いいところに気付いてくれたなあ、オレは嬉しいぞ。あのな、〝⊕〟は精神性、裏返しして〝◇〟が科学力。もう一度裏返すと〝⊕〟は自然力で、さらに裏返して〝◇〟が肉体性になるんだ。身土不二（しんどふじ）とも言うように大自然と肉体は表裏一体なんだからな。もし〝⊕〟の精神性を裏返して〝◇〟を肉体的としてしまうとな、決して間違いではないが薄っぺらな捉え方で終ってしまうだろ。深くにある真理に触れることはできないってわけさ』

健太はカズヒの教えをメモするためうつぶせのままでいたが、ここでペンを置いた。そして仰向けになり組んだ手を枕にして天井を見た。といっても天井は手の届くところにあり、その上では生田が大イビキで寝ているためちっとも解放感はなかったが。

『科学力〝◇〟は奪うために使うな。分かち合うために使うんだ。支配するために使うのではなく、尊び合うために使え。武器に活かしているうちはまだ破滅への未来の可能性、残したままだ。

人々に
「強制」するのは　魔への道
「矯正」いたすは　己れの心
「共生」ありきは　弥栄（いやさか）なり
惟神（カムナガラ）　霊幸倍坐世（タマチハエマセ）　日の民よ

だ』

（ん？　めずらしいこと言うじゃんか）
『今のはオレではない。お前の守護者の誰かがオレに伝えてきただけだ。ともかく〝⊕〟と〝◇〟のバランスを取ること。精神性と科学力のな。

それができると大自然を最大限に活かしつつ大自然を保てる。大きな犠牲を大自然に与えずともすむわけさ。〝⟐〟と〝⊕〟が共生するからな、科学力と自然力が。そうなれば人体に負担の少ない社会が実現でき、大自然も人も寿命が延びるってことさ。〝⊕〟と〝⟐〟、大自然と肉体の生かし合いだな。おい、聞いてるのか』

（うん。感動してた）

『まだまだずーっと続くんだぞ、表と裏の関係というのは。けど、今はここまで判ればいい。明日はアスワンだろ。先にアブ・シンベル神殿で待ってるからな。………あっ、場合によっては「人払い」するかもしれないぞ』

（人払いって、おい、カズヒ………）

行ってしまった。

カズヒが去った後も健太は眠ることができず、ぼんやりと窓の外を眺めていた。すでに明るい。

ヤシの木が川に沿って並び、痩せた細った牛が畑で作業を強いられている。人の肌は茶色へと変わり顔つきもアフリカンだ。

「アフリカだ」

健太は思わず声に出してしまった。そう、もうここはアラブではない。サバンナの風が吹くアフリカなのだ。健太はこのとき初めて自分がアフリカ大陸にいることを実感した。

＊

列車は八時ちょうどにアスワンに到着した。大きな荷物はホームにいたボーイがまとめて運んでくれたので、手荷物だけを持って駅舎を出ると男が一人生田隊を待っていた。

「イサム氏だ。今日のガイドを頼んだ」

と、ミスターＧＩＡが紹介した。

待機していた小型バスに乗り込む際、言納の脳裏に何か引っかかるものがあった。

「何かしら」

あたりを見回したらそれが何かがすぐに判った。車のナンバープレートだ。

〝109V〟と書いてある。

「ねえ、イサムさん。〝109〟は判るけど〝V〟はアルファベットのVなの？　それとも数字なの？　ほら、あの車、ワン・ゼロ・ナインの次のV」

「オー、あれね。Vはセブンだよ。けど、0はゼロではないよ。0はファイブだ。だからあの車のナンバーは、ワン・ファイブ・ナイン・セブン、1597さ」

「そうなんだ」

健太も生田もいまや二人の会話に聞き入っている。

「じゃあ、ゼロはどう書くの？」

イサムが他の車のナンバーで探した。

「あれだ」

〝Σゝ0〟と書いてある。

「あれのまん中がゼロだ」

こちらでは〝ゝ〟がゼロ、つまり〝零〟だった。日本で〝ゝ〟は神を表す。それが0の代わりとは面白い。

「フォー・ゼロ・ファイブ。Mを横にしたのは4だ。OK。1から10までを教えよう。何か紙あるかい」

それで判った。健太が東谷山で受けた
『古きミタマ　いま集い
天鳥舟　かの地に向かう
日之本と　和合いたす1ゝ1
鈴の音響き　1V1』

で、〝1ゝ1〟は101。和合そのもののことである。かの地＝エジプトと日本が和合するのだ。

生田の解釈では1ゝ1の両端にあるふたつの1がそれぞれひとつの国、この場合は日本とエジプトのことだが、それをゝ＝神が結ぶのではということだった。意味としては間違ってない。

〝1V1〟は171。

言納が〝天鳥舟〟の言霊数が171になることを瞬時に見抜いたが、『鈴の音響き　天鳥舟』では意味が判らない。

これもやがては判るだろう。


バスが目的地に着いた。

イサムが車内で色々と説明してくれたが、健太も言納も頭の中は171だから何も聞いてない。せっかく次の行き先の解説をしてくれたのに。

バスを降り、土産物屋が並ぶ先のゲートを抜けるとゆるい下り坂になっており、エンジン付きのボートがひしめき合って観光客を待っていた。

海ではないが海のようだ。岸に建つ家々は壁がオレンジ色に塗られ、庭に植えられた木の緑が映える。

「地中海みたいね」

と那川が言った。

「イサムさん、今からどこ行くの？」

言納が罪のない顔で聞いたので彼は最初ムッとし、次に驚き、しまいには笑い出しこう答えた。

「ＯＫ、ＯＫ、次はこのボートに乗ってアルゼンチンまで行くんだ。ちゃんとパスポート持ってるね」


ポンポン船のようなボートで十分ほど進むと、水面ぎりぎりのところから大きな神殿が建つ小さな島が見えてきた。

フィエラ島のイシス神殿だ。他にも小さな神殿がいくつか建っているため、全体をフィエラ神殿とも呼ぶ。

言納によると島全体を渦のエネルギーが取り囲んでおり、スパイラルを描いてわずかな光が天へ向かっていたという。

これらの神殿はアスワンダム構築により一度は川底へ沈んでしまったものを、ユネスコが引き揚げこの小さな島に再築したのだそうだ。ガイド氏はイタリアのチームが引き揚げたといっていたが、ガイドブックにはユネスコの手によるとあった。どっちだろう。

　船着き場から石段を登っていくと、見事な石柱が左右に並ぶ石畳の広場に出た。正面にはイシス神やホルス神らしきレリーフが彫り込まれた巨大な塔門がたっており、見る者を圧倒する。

　イシス神の名は古代エジプトの神々に触れる折りには最初に耳にする神のうちの一柱だ。

　イシス、オシリス、セト、ネフティスの四兄弟姉妹に含まれており、最もポピュラーな神なのだが、それを説明しだすとガイドブックみたいになってしまうのでやめる。

　ただひとつ。イシスはあのホルス神の母である。日本の神話と比較するとイシスこそが伊弉冉尊（イザナギノミコト）、伊邪那美尊（イザナミノミコト）、そう、イザナミに当たるのではなかろうか。ともかく母神だ。

　なお、イシスの夫オシリスは、どのガイドも「オザイリス」と発音していたので、今後出てくることがあれば現地仕様でいく。

　ただ、彼らの英語、すべての〝R〟を〝ル〟と発音するので理解するのにいちいち考え込まなければならないのだ。

　車＝ＣＡＲはカル、空港＝ＡＩＲ　ＰＯＲＴはエルポルト。何言ってんの、エルポルト。メゾ・フォルテみたいな音楽用語かと思ったぞ、エジプト人。

　ファザーはファザル。マザーはマザル。ブラザーはブラザル。ファザル、マザル、ブラザルって……
……見ザル聞かザル言わザルかって。

「あっ、アンク十字がいっぱい」

　今度はイサムの説明を聞きながら門から中へ入ると、どの石柱にも隙間なくヒエログリフが刻まれていた。

　その中に、石柱をぐるりと一周アンク十字が彫られているところを言納が発見したのだ。

が、柱の裏へ回るとその一部は削り取られ、代わりにコプト教の十字やローマカトリックの十字らしきものが深く彫り込まれていた。

奪い、奪われ、支配し、支配されて栄枯盛衰を繰り返してきたのだろう。

健太はゆうべのカズヒの教えを思い出し、奪い合いや支配は衰退への道、分かち合いや共生こそが弥栄への道であることを肌で感じさせられた。

一番奥まったところの壁、ここが祈りの場のようだ。当時ここまで入ることを許されたのはファラオや高官だけだったらしい。

厳かな空気を感じた。

するとスカラベがブーンと壁に向かって飛んで行き、言納を引っ張った。

壁のすぐ正面に立つと、レリーフの描かれている壁がスクリーンのようになり、そこに大きなアンク十字が白く浮かび上がった。

「わーっ、綺麗」

といっても言納にしか見えてない。

そこから言納にアンク十字の意味するものが次々と発せられた。

『Ｋｅｙ ｏｆ Ｌｉｆｅ。生と死。生命そのもの。ナイル川と川の東側・西側の大地、そしてデルタ地帯に分けられたエジプト全土。地・水・火・風・光。金星。紫微宮（しびきゅう）への入口の鍵……

……』

中でも最も大切なのは〝Ｋｅｙ ｏｆ Ｌｉｆｅ〟。キー・オブ・ライフ、それは人生の鍵。その鍵を使って何の戸を開けるのか。それは我が内に詰まっている神の智恵を出すための戸であり、大いなる大自然との共生の記憶を呼び覚ます戸である。

そしてそれら一部始終を見護っている者こそが太

陽神ラーでありアマテラスなのだ。

今日は三月二十一日、春分だ。マヤ暦ではこの日を「太陽の日」と呼ぶ。

帰路、健太は船から東谷山の湧き水をナイルに注ごうとしたが、スカラベがそれを止めた。ここではないのだろう。それにエンジン音がやかましい。ならば鈴だけを。水面まで手を伸ばし榊を振ると、ゴーゴーうなるエンジン音に混じってカランカランとなる鈴の音が、ナイルの川面に溶けていった。

その3　ナイルからの知らせ

レセプションで手続きを済ませると、係の女性が部屋まで案内してくれた。

映画に出てきそうな古めかしいエレベーターのドアは手動だった。

「一度乗ってみたかったんですよ、鉄格子のエレベーターに」

健太が嬉しそうに言った。

通過するフロアーで下りのエレベーターを待ってる客と目が合っちゃたりもしちゃう。こっちからあっちはスケスケだし、あっちからこっちも丸見えなのだから。

絨毯（じゅうたん）の敷かれた廊下を進むにつれ、何だか様子が尋常ではないことに皆が気付き始めていた。

「ねえ、健太。ここってちょっとすごくない？　だって今通った部屋の入口に〝アガサ・クリスティー・スウィート〟って書いて、えーっ、こっちは……」

「〝ウィストン・チャーチル・スウィート〟だって」

若い二人が緊張するのは当然で、ここは名門中の名門、オールド・カタラクトなのだ。

アガサ・クリスティーが『ナイルに死す（ナイル殺人事件）』を執筆したことで知られており、実際映画にもこのホテルは出てくる。

先ほど通り過ぎた部屋に彼女は滞在していたのだろう。

「お客様、こちらでございます」

チャーチルの隣、ここは〝ブルー・ナイル・スウィート〟になっている。

「ミス・ナガワ、ミス・ヤスオカ、お部屋の鍵をお渡ししますわ」

那川と言納は開けられたドアの前で目を見合わせあっけに取られている。

「さあ、お入りください」

言納は大喜びで入って行った。が、那川は入ろうとしなかった。

「健太君、入って。荷物も全部持って入るのよ」

「えっ」

健太は那川が何を言ってるのかが判ってない。

「ここはあなたと言納ちゃんが使って」

「由妃さんはどうするんですか」

「私たちは大丈夫よ。それよりあなたたちが別々にいる方が不自然よ」

それを聞いていた言納が部屋の中から、

「何だ、やっぱり由妃さんと生田さんは恋人同士だったのね」

と言ったがちょっと違う。子供にはまだ判らないのさ。

「そうかもしれないわね」

と言い残し、那川は係の女性にもうひとつの部屋を案内させた。

「健太君」

生田が廊下から呼んだ。

「あとでボクたちの部屋も見においでよ。部屋番号は…………あっ、あそこだって」

那川が突き当たりの部屋へ入って行った。

「ついにお前もその手のものが書けるようになったか」

生田もあとを追い、

「いよいよ若い二人はあれか」

「ジイか。あんたホントにエロジイだな」

「おい、夜が楽しみだなあ」

「あんたが期待してるような描写は出てこないってば。そういったたぐいの物語じゃないんだぞ。読みたければ本屋の18禁コーナーへ行けって。それと今から結界を張ってやる。エイッ」

「ウッ、ウッ、アーッ」


ロビーのオリエンタルなムードとは一転して、部屋の中は中世ヨーロッパ調の家具で統一されていた。


丸く光沢のある木製のテーブルには、これまた高級そうな菓子が用意してあり、一輪の花が添えてある。菓子の入ったバスケットは一見籐製品かと思ったが、よーく見るとそれも食べられる。

「これって食べちゃってもいいのかしら」

「………いいと思う」

「あとから請求来ないかしら」

「………多分来ない」

「ねえ、どっちなのよ」

言納は怒ったが、健太だって初めてなので仕方ない。

でね、タダだってば。

が、不安が残ったため一度生田たちの部屋を訪ねてみることにした。


「うっわー、こっちもすごいですねえ」

生田の部屋は間に仕切りがないためとてつもなく広い。窓側の一面は建物の角をうまく利用して丸く弧を描くように作られているため、広くナイルが見渡せる。そのナイルには多数のファルーカが帆を張って流れていた。

ファルーカとはヨットのことだ。アスワンでは誰もがこれに乗ってナイルの散歩を楽しむ。

言納が景色に見とれていると那川が隣にやって来て、

「イスタンブールみたい」

だって。

「おい、健太君。こっちへ来てみなよ」

生田がバスルームから呼ぶので行ってみると大理石のそこはおとぎの国のような光が差し込んでいた。

不慣れなためか、風呂場がこんなに広いとかえって落ち着かない。

「ボクがいつも仕事で使うビジネスホテルの部屋よりこっちのほうが広いんだもんなあ、やんなっちゃう。テント張れちゃうぞ、これだけ広いと」

「本当ですね。机と椅子並べたら学習塾とかもできちゃいますよねえ。こっちの壁に黒板掛けて」

「これだけの距離があればダーツ大会もやれるよな」

「できますできます。で、ダーツやってる横でここらへんに卓球台も置けますね」

「ダーツ&卓球選手権 in バスルームってな」

際限なくエスカレートしていく生田と健太に那川がもの申した。

「ちょっとー、さっきから聞いてたら何よ。テント張るだとか塾ができるだのって。こんなに広いベッドルームがこっちにあるっていうのに、何が悲しくてお風呂にテント張るわけ。アホらしいから行きましょ、言納ちゃん。ねえねえ、こんな人たち放っておいて外を散歩してみない？」

那川が言納の腕をつかんで外へ行こうとしていると電話が鳴った。

レセプションからで、ああ、レセプションってフロントね。で、全員ロビーに降りてきて欲しいとのことだった。

＊

「こちらへどうぞ」

マハムッドと名乗る男に連れられホテルのテラスを抜けると、そこにはナイル川へと降りて行くための階段があった。途中に護衛が立っており、川からの侵入者を防いでいる。さすがオールド・カタラクト。

　岸にはファルーカが一艇接岸されており、民族衣装のぶかぶかワンピース、ガラベイヤを着たアフリカ系の青年が一行を出迎えてくれた。

　日本ではこの民族衣装、ガラベイヤと紹介されているが、彼らの発音ではゲラビーアに聞こえた。

「彼はハマダです」

とマハムッド氏が紹介した青年は邪心のない澄んだ目をしていた。敬虔なイスラム教徒らしく、ファルーカの船尾に置かれたカセットテープレコーダーからはコーランが流れている。

「皆さん、今日はナイルのクルーズを楽しんでください。ミス・ココロからのプレゼントです」

「えー、こころさんを知ってるんですか」

　言納が日本語で聞くと、マハムッド氏は内容を察したらしく、

「私もハマダもミス・ココロの友人です」

と英語で返した。

「世界中どこでも知り合いがいるのね」

と那川も笑っている。那川もこころとは木曽御嶽の〝橋渡しの儀〟で一度会っているので知っていた。

　ファルーカは風の力で水面を走るため、エンジン音がない分ナイルの鼓動とひとつになれて心地良い。

　対岸はのどかな風景が続き、水辺に繋った葦の中で白鷺のような鳥がたわむれていた。土手にはアザミのような植物の群生も見える。

　葦の繁みが尽きるとエジプシャンバッファローがのどかな夕日を浴びながら草を食む姿が見えた。

　ここは本当にエジプトなのか。いや、確かにエジプトではある。が、上エジプトはサバンナの香り漂うのどかな時間(とき)が流れていた。

　勢いよくモーターボートが近づいて来て、すれ違

いざまにボートの青年がハマダ君に向かい早口で何かを叫んだ。

するとハマダ君もすぐさま大きな声で彼にふた言み言返し、笑顔で手を振って別れた。

生田がマハムッド氏に尋ねた。

「彼らは何て言ったんですか」

するとマハムッド氏は〝ああ、あれね〟と少し笑いながら答えた。

「むこうの青年がハマダに〝お父さんは元気か〟〝お母さんは元気か〟と言ったんですよ。そしたらハマダも彼に同じことを言い、最後に〝弟は元気か〟と付け足したんです」

それで二人は笑って別れたのであろう。

なんて素敵な挨拶なんだろう。これが彼ら流の挨拶なのか。生田は感動を覚えた。

ところで、日本では挨拶代わりに天気の話をする。こちらではどうなのかと聞いてみたところ、いつも大体同じ天気なので会話として成り立たないようだった。何しろアスワンは一年に一度しか雨が降らないというのだ。

「毎年同じで、雨が降るのは一日だけ」

なのだそうだ。

「じゃあ傘なんていらないですね」

「傘？　傘、傘って何だろう？」

「えーっ、傘ってほら雨が降ったらこう広げて……」

ジェスチャーを交えて説明すると、

「ああ、傘ね」

やっと判ったようだ。

「持ってないよ、そんなもの。ここに住んでると必要ないからね。そーか、あれは傘っていうんだったなあ」ってさ。

ナポレオン何世だかの辞書には「不可能」という文字がなかったというが、アスワンの人の辞書には「レインコート」という文字はない。「雨宿り」もないんだろうな。「雨天決行」なんて絶対ないと思う。

しばらく走ると前方左側の乾いた丘の上に教会のような建物が見えてきた。

健太がカメラを向けると
「あれはアガ・カーンのお墓さ」

とマハムッド氏が教えてくれた。

イスラムの世界ではかなりの有名人らしく、誰でも知っているとのこと。

一九五七年に亡くなったアガ・カーンはイスマイル派ムスリムの最高権威者として人々から敬われていたようで、驚くことに亡くなってから半世紀が過ぎた現在でもパリから毎日バラの花束が届くらしい。

すごいね。

スカラべが健太をつついた、そうだ。本人は気づいてないが、言納がそう言ったのだ。

「どうしたんだろう」

「多分、水よ」

「そうだ。忘れてた」

健太はショルダーバックから榊とペットボトルを取り出した。

生田もポケットから磐笛を出すと、船首に立って吹き始めた。

〝ヒュ――――〟

やわらかな風に乗って遠くまで響いていきそうだ。

〝ヒュ――ウウッ、ヒュ――――〟

背後からはハマダ君が流すコーラン、前で生田が磐笛、健太も腕を伸ばして榊が水面に触れるほどの高さでカランカラン鈴を鳴らし始めた。

言納がゆっくりとしたリズムでヒフミ祝詞をうたい、那川は天を仰いで何か印を結んだ。

驚いたのはマハムッド、ハマダ両氏で、この人たち何を始めたんだろうと目を丸くしていたが、やがてハマダ君は日本式のお祈りか何かだと理解したようで、一緒にコーランを唱え始めた。さすが信心深き人だ。本来信仰心に国境はない。

言納がイロハ歌をうたいだすと健太は榊を置き、ペットボトルのキャップをはずした。

今回のたびで最も緊張する瞬間だ。頼むからボトルごと川へ落すでないぞ。


傾けられたボトルから流れ出る水は、全く何事もなかったかのようにナイルに溶け込んでいる。

ゆっくりと、ゆっくりと注ぐ東谷山の湧き水が、はるかなるアフリカ大陸を流れる母なるナイルに帰って行ったのだ。

「私たちも帰って来たのね」

那川が言うと、健太も黙ってうなずいた。

「東谷山とナイル川が水で結ばれるなんて素敵ね。東谷山のニギハヤヒ尊も太陽神ラーの元へ帰ったのかしらね」

言納は自分で発した言葉に感動し、うっすら涙を浮かべている。

思えば半年前の秋分の日。言納と健太は早朝汲みに行ってきた東谷山の水を、名古屋の中心街にある空中浮港オアシス21に注いできたのだった。あの日も今日と同じで日が傾き始めたこんな時間だった。

天に浮く港、オアシス21にはやがて予想だにしなかった来客がある。


コーランが流れる中、誰も口を開くものはいない。四人は思い思いの方向をただぼんやりと眺めつつ物思いにふけっいるときだった。

「わーっ」

「何よ、今の」

光った。川底をもの凄い勢いで青白い光が駆け抜けたのだ。

バラバラの方角を向いていたにもかかわらず全員が気付いたのだから、かなり強い光だ。

マハムッド氏らも気付いたようで川底を覗き込ん

でいる。

「キャー、すごい。何なの、これ」

　言納が騒ぎながら手帳を出すと、勢いよく何かを書き取っている。視線はナイルの川面に向けたままで、無造作に写しているのだ。

「何、何？」

　ハマダ君がマハムッド氏に問いかけたが、氏は何の反応も見せず言納の様子をうかがっている。

　どえりゃーことになってきた。

　ナイルの川面に表れたのは年表だった。以前東谷山の尾張戸神社に出たものと同じだ。

『１９９８（平成10）　２月
　冬季長野五輪
　＝
　素盞嗚尊（スサノヲノミコト）と諏訪の龍神の祭り
　期間中、諏訪湖に御神渡り

２００２（14）　６月
日韓共同開催W杯
＝
白山妙理大権現菊理媛（ハクサンミョウリダイゴンゲンククリヒメ）の日韓くくり祭り

２００５（17）　３月25日――９月25日
愛知万博――愛・地球博
＝
天照国照彦天火明櫛玉饒速日尊（アマテルクニテルヒコアメノホアカリクシタマニギハヤヒノミコト）の復活祭
ニギハヤヒ尊、再臨

２００６（18）　10月８日
一八、十、八（イワトビラキ）＝岩戸開き
＝
瀬織津姫　封印解除

２００８（20）　立春
お鏡開き

２００８（20）　２月26日
日之本開闢
祝　八百万神（ヤオヨロズノカミ）　祝　八千万人（ヤチヨロズビト）

２００８（20）　８月26日
日之本神宮　奥の院開き――沖縄上空
お札（ふだ）は「日之本大麻」

２００８（20）　11月７日
戸隠神社奥社で〝奥の戸〟が開く
古代イスラエルとの繋がりが明るみに

２００９（21）　１月17日
１９９８ＣＳ１――０・０２８４Ａｕ
１月17日↓７月17日

２００９（21）　２月18日
１９９９ＡＱ10――０・０１１８Ａｕ
２月18日↓８月18日

２００９（21）　６月10日
１９９４ＣＣ――０・０１６９Ａｕ
６月10日↓12月10日

２００９（21）　７月17日
〝光の遷都〟
異次元ポータルの首都が日之本上空に移転

２００９（21）　９月９日
七福神の宝船　52に飛来
〝清めておけ〟

２０１０（22）　春分
球暦元年――地球暦始動

２０１０（22）　８月８日
二二、八、八
二二八八れ十二ほん八れ
ゝ⃝の九二のま九十のゝ⃝のちからを
あら八す四十七れる

２０１０（22）　10月10日
「１７１」　〇祭り

２０１１（23）　４月10日
「１７１」　□祭り

２０１２（24）　６月６日
「77――１０７――１７１」祭典

２０１２（24）　冬至
出雲に銀河の神々集う
「八三花一八三花一〇七サミット」』

ね、どえりゃーことでしょ。

これらが金文字で現れたのである。

「もう、これが出ると大変なの、いつも」

言納があきれた顔でぼやいた。

というのも、札幌から戻り久しぶりに学校へ行った帰りにも熱田神宮で同じようなものを受けていたのだ。

本殿で新年の挨拶を済ませ、例の楠に会いに行った。琴可（ことか）と出会った場所だ。それに健太と各地の神々を訪ね、教えを受けることになった原点ともいうべきところである。

あの時、楠は言納にこう伝えた。

『どうか地球を救ってください…………このままでは地球が駄目になってしまう…………77は苦しいものだ…………』と。

冷たい風にさらされながらそんなことを思い出し

ていた。

（懐かしいな………琴可さん元気にしてるかしら……）

　ホント懐かしい。確か『日之本開闢』の原稿を書き出したのも冬だった。足元に置いた電気ストーブに当たりながら真夜中までペンを走らせイテテッ。

「お前の思い出話は必要ないんじゃないのか、おい、こら」

「ジイか」

「思い出に浸っているのは主人公で、お前は関係ないだろうに、アンポンだなあ」

「アー、痛いって。判った判った、ちゃんとやるからもうやめフー、死ぬかと思った」

　楠の枝から一匹の蝶が飛び立ち言納を導いた。

（こんな寒いのにどうして蝶が………）

　とにかく導かれるまま歩いて行くと本殿正面の参道に出た。蝶は参道を本殿とは反対方向へと飛んで行く。

　他の参拝客には見えないらしく、すれ違う人は誰一人ひらひら舞いながら飛んで行く蝶に気付くものはなかった。

（あっ、曲がった）

　蝶が右へと曲がった先には特に摂社・末社があるわけでもなく、従って人の姿は全くない。

（あら、どこ行っちゃったのかしら………見つけた。げっ、何これ。何でこんなものがここにあるわけ?）

　言納が驚くのも無理はない。なにしろ道案内の蝶が止まったのは高さが一二〇センチほどある大理石の台に乗っかった、約九〇センチの遮光器土偶（シャコウキドグウ）だったのだから。

　土偶といってもこれは銅像なのだが、まさに宇宙服を着た宇宙人の姿である。蝶は土偶の頭の上で羽をヒラヒラヒラヒラと揺らしてから森の中へと飛んで行った。

（ちょっとー、どうゆうことなのよ。そもそも熱田神宮の参道沿いに遮光器土偶なんておかしいじゃない…………）

大理石の台には〝眼鏡の碑〟と刻んである。何、眼鏡の碑って。メガネの神様として祀ってあるってことかあ。よく判らん。

言納はあきれた思いで土偶を見上げていると、土偶の胸のあたりにある〝ダイヤル〟のようなつまみから渦のエネルギーが発せられた。小さな渦は外側に向かってどんどん大きくなり、やがて言納の体は完全に巻き込まれた。

『封じられた縄文の気が
放たれしとき土(と)が開く
各地開闢　祝いの宴
開け開けよ　縄文の渦気(うずき)

平成一八　立春
　尾張開闢物語　鎮守の森の宴＝尾張開闢

一八　秋
　札幌開闢
一九　春
　宮崎開闢
一九　夏
　美濃開闢　佐賀開闢
二〇　春
　福岡開闢　滋賀開闢　茨城開闢
二〇　夏
　北海道開闢　熊本開闢　埼玉開闢　兵庫……
二〇　秋
　青森開闢　京都開闢　島根開闢　神奈川……

二一

和歌山　香川　静岡　岡山　福井……』

書き取る手が追いつかなくなり、言納は叫んでしまった。

「あー、もう判らない」

各地が開く時期の年表なのだろう。ただし、これは暫定的なものであり、その地に暮らす人々の意識いかんによってどのようにでも変化する。絶対的に確定されたものではないとゆうこと。

ついでなので触れておくと、予言とはそいつが予想された時期の人々の意識や行いが、その後も変化なくそのままであれば十年先にはこうなるであろう、二十年先にはこんなことが起こるであろうという予測なのだ。

神々からのメッセージや警告も同じこと。

この調子でいけばこの先、うまくいくであろうということであって、努力せずでもうまくいくということではないし、警告も、必ずそれが起こるということではない。

悪しきことは外すためにある。回避できればすばらしい。が、回避できたのは結果的に外れた予言があったから。もしそれがなければ人々が危機感を持つこともなく、回避する努力もしなかっただろうから大きな災いを招いていたかもしれないのだ。

が、悪しき予言というのはあまり大っぴらに言挙（ことあ）げしない方がいいあるね。

というのも、予言を公表してしまうと世間から〝当たりましたね〟と評価されたいがために予言通りの悪しきことが起こるよう願ってしまうからだ。『数霊』（たま出版）で触れたことの繰り返しになるが、悪しき予言が当たるよう望むことは、人の不幸、苦しみ、悲しみを利用して名声を得ようとしているわけで、それで玉し霊の喜びは得られない。確実に自身を破滅へと導くぞ。まっしぐらに。

開闢年表に戻ろうか。

北海道開闢はサミットに合わせて七月七日なのだが、うまい具合にサミット会場のウインザーホテルは洞爺にある。

洞爺、とうや、十八。十八はトビラキ、十八(トビラキ)なのだ。札幌以外の北海道は洞爺から開くという神ハカライであった。

北海道が開くちょうど半年前。年対称日の一月七日、福岡東高校がラグビーで強豪近畿勢の十大会連続Vを阻止し、見事初優勝を果たした。福岡県勢としては四十年ぶりの全国制覇だ。大会直前にレギュラー選手を列車事故で失うという悲しみを乗り越えての快挙である。

この優勝は努力と実力、そして友を想う気持ちから得たものであろうが、それ以外にも理由があるように思う。

運気だ。大いなる運気が福岡に流れていたのだ。

ナイル年表に出ていた、

２００８（20）　立春

お鏡開き

とは福岡を中心にしての鏡開きだったのだから。したがって二〇〇七年秋ごろから福岡のエネルギーがジワーッと高まってきており、半年前の年対称日、二〇〇七年七月七日に開いた佐賀からうまい具合に運気を呼び込んだのであろう。

佐賀については後ほど述べるが、県番号41の佐賀から郵便番号の頭が81の福岡市へと流れたエネルギーの移行だった。

〝鏡〟はカ＝6、ガ＝51、ミ＝35で、92になる。

鏡が開いてお国も開くのだが、〝０９２(おくに)〟を市外局番に持つ福岡市こそが「お鏡開き」に際して最も重要な役割を担っていた。

その象徴ともいうべきもの……というより場所といった方がいいな。それは二見ヶ浦だ。

二見ヶ浦といえば全国的に知られているのは伊勢にある二見ヶ浦であろうが、鏡が開き鏡写しになったことで〝二見が裏〟になった。

伊勢の名の陰に隠れ全国ではそれほど知られてなかった、日本に33箇所ある二見ヶ浦の中で唯一〝沈む夕陽〟を祀る二見ヶ浦が福岡市と志摩町の境にある。志摩町って……「伊勢・志摩」の志摩と同じだ。

鏡は左右あべこべに写る……ように見える。上下はさかさまにならないが、左右は逆だ……と人は認識している。

鏡が開き東西も逆になった。すべてではないが、今まで〝裏〟だったものが〝表〟となる。

言納がうたった〝天の数うた言納バージョン〟を憶えておられるか。ヒト・フタ・ミ・ヨ……を織り込んだ歌だ。

人（ヒト）が堅く誓い立て
二見（フタミ）の浦から
世（ヨ）に向け出づれば
慈（イツ）くしむ　愛が人々
結（ム）ゆ（ユ）絆
七（ナナ）重のひざを
八（ヤ）重に折り
個々（ココ）の（ノ）直霊（なおひ）が迎える夜明けは
足（タ）り（リ）ぬ慈悲なき世となれる

（『臨界点』一五三ページ）

解釈については『臨界点』をご覧いただくとして、途中に出てきた〝二見の浦から〟の二見ヶ浦とは、当時伊勢の二見ヶ浦をうたったものだった。表玄関はあそこだったのだから。

ところが鏡が開かれたことによって、二見ヶ浦も〝二見が裏〟、西方を向く福岡二見ヶ浦が表になったようなのだ。

ユーラシア、アフリカ、中南米からやってくるであろう様々なエネルギーの関所なのかもしれない。

というわけで、二〇〇八年立春の「お鏡開き」とは福岡開闢のことだったわけである。

けど、それも当然といえば当然で、福岡が開く理由は以前からたくさん世に現れていた。

二〇〇五年愛知万博が瀬戸に決定したのは〝いよいよ瀬戸際ぞ〟との知らせであり、それなりの心構えが必要だと感じていたところ、万博開幕を五日後に控えた二〇〇五年三月二十日、福岡と佐賀を震度6の地震が襲った。

震源地は玄界灘。

〝もう限界ぞ〟ということだ。

玄海島では限界を超える揺れにより二百棟が損壊した。福岡が犠牲となり全国に〝もう一刻の猶予もない〟ことを示してくれたのだ。

神戸にしても福岡にしても、その地域の人たちだけに問題があるのではない。全体の問題だ。

犠牲といえば他にもある。

可愛い盛りの幼い三人の命が絶たれることでやっと人々が本気になった。

酒気帯び運転だ。

残念なことだが、人々の意識を変えるには、大きな悲劇が必要となってしまった現代、あのような悲惨な事件・事故が起こらない限りは変化がもたらされない。それほど鈍感になってしまっているということだ、人の心が。

それをほんの小さな三人が日本全体の意識を変えた。

報道を聞く限りにおいては加害者の行動に弁護の余地はないように思うのだが、近いことは今まで多くの人がしてきているはずだ。

ということは、たまたま直接の加害者にならなかっただけのことで、実は酒気帯び運転をした人や、それを黙認する風潮を許してきた社会全体が加害者なのだ。

もう絶対にしない。

今それをしてはあの幼い三人にあまりにも申し訳が立たないではないか。

あなたたち三人が命を張ってまでして愚かしき大人に教えてくれたこと、決して忘れません。

本当に本当にごめんなさい。そして、ありがとうございました。

この意識改革も発信源は福岡だった。福岡は日本を育ててくれている。

なので福岡の運気が高まるのは当然なのだ。

祝　福岡開闢

＊

夕日を浴びて赤く染まった帆を風に押されながらハマダ君の操るファルーカは岸へと方向を変えた。

夕ぐれまでにすべてのファルーカはクルージングを終えなければいけない。そのような決まりなのだ。

それにしても春分の夕ぐれどき、ナイルに浮かべたファルーカでコーランを聞きながら磐笛を吹き、鈴を鳴らし、イロハ歌をうたって日本から持ち込んだ湧水を注ぐ……。なんてイキなシチュエーションなのだろう。誰かにプロポーズしたくなる。

「お前なあ」

はい、はい。やめますよ。


ホテルに戻った生田隊は、ひとまずテラスバーの席に腰を下ろした。夕陽よけのために下げられたサンシェイドの隙間から、オレンジ色のまぶしい光がテーブルの中央を照らしている。

「言納ちゃん、さっきのあれ、ちょっと見せてくれないかしら」

「うん。けどちゃんと書き直しますね。そうしないと由妃さんには読めないと思いますから」

言納は殴り書きで写したページを全部破り取ると、別のページに今度は日本語で書き始めた。さっきのはアラビア文字に近い。

そして書き写しながら解説を入れることも忘れなかった。

「えー、長野オリンピック、サッカーのワールドカップ、それと愛知万博はもう判ってることだもんね。それで、２００６年の岩戸開きと瀬織津姫様のことも済んだからいいわよね。えー、次のお、２００８年立春の鏡開きは福岡開きのことだったし、２月26日の日之本開闢、これもうまくいったわよね。同じ日に滋賀も開いたんだったでしょ。だからあ、これもよし。琵琶湖がこれできれいになっていくのよねえ。女性性解放の大切なところだし、龍体日之本の子宮なんだから汚しちゃ駄目よねえ」

〃ねえ〃と、手帳に向かって同意を求める姿が滑稽だったため生田が大笑いした。

『祝　八千万人』は八千万人だけのお祝いではない。〃たくさん〃を表す数なので、一億二千数百万人、すべての人のお祝いである。

「次のお、８月26日、日之本神宮奥の院開きは沖縄上空、これもよし。沖縄かあ。チーコさんのライアまた聞きたいな。そうそう、ここには出てこなかったんだけどさあ………」

言納がふいに顔を上げて話しはじめた。

「奥の院って本当はひとつだけじゃないのよ」

「そうなの？」

健太が問うと、

「うん。琵琶湖上空や富士山の上の方にもあるみたい」

ということらしい。

「さーて、次からが問題よね。２００９年９月９日っと。この日に七福神のお、乗った宝船があ、52へ飛来、よし」

書き終えて肩の力を抜いた。

「ねえ、この52って名古屋のことなの？」

那川が聞くと言納は即答した。

「そうです。けど、この52はオアシス21のことです、名古屋の場合は」

「名古屋の場合は？」

「全部で9艘来ます。来るのは日本だけじゃないみたいで、52の数霊力が表に出てる聖地に降りるようですよ。その中の一番中心になってやってくる船はオアシス21なんですって。どうやって清めればいいのかなあ、ねえ生田さん」

「えっ？」

突然振られても判んないって。

「そうだなあ、うん………まあそのときになれば判るから大丈夫だよ」

そうそう、そうゆうもの。計画や予定を立てることは〝今〟に生きながら〝未来〟を活かすためのものであり、心配や不安というものは起こってもいない未来の恐怖に捉われて〝今〟を失うことなのだから。


「おい、言。9月9日の前に出てる数字ばかりのやつ、飛ばしちゃってるぞ。何なの？　この数字」

「これね、これ彗星」

「彗星？」

「そう。彗星に乗って見えない意識体がたくさん地球にやって来るの。三次元の物理現象を利用してくるのよ。けどね、何がどう変化するのかはぜーんぜん判りませーん」

悪びれた様子も見せず、まるで他人事のように言った。

しかしこれは重大なことだ。特に日之本にとっては一大事で、これについてはふざけるとジイが怒るのでまじめに説明する。ちょっと長くなりますぜ。


何から話せばいいのだろう………

そうか、まずは「日月神示」からか。

先ほどのナイル年表にも出ていた、〝二二八八れ十　二ほん八れ〟で始まる日月神示は、昭和19年6

月10日に突如岡本天明氏に降りた自動書記である。
〝富士は晴れたり　日本晴れ〟と読む。
ナイル年表、平成22年8月8日のところに出ている、

『⦿の九二のま九十の⦿のちからを
あら八す四十七れる』

というくだりは、

『神の国のまことの神のちからを
あらわす世と成れる』

と読む。

〝あらわす〟は〝表す〟でもあり〝現す〟でもある。

さて、このように数字が多用された日月神示、発売禁止になったものを含めると50巻分あり、昭和38年に天明氏が亡くなるまでの19年間断続的に降ろされた。

詳しくは『数霊』（たま出版）の中の「その7〝天明と木星〟」で述べたが、必要なのでかいつまんで話すと、天明氏が帰幽した直後の初めての木曜日、太陽系内を回るオテルマ彗星が木星に近付きすぎて軌道が変わってしまった。木星の重力に引っぱられたのだ。それで、それまでは約8年の周期で回っていたのが約19年へと変化した。

まあ、それはいい。ただそれだけで天明氏と彗星や木星を結びつけることもなかろう。

日月神示の中にはあまりにも複雑怪奇なため専門家らにも解読不能な箇所があったが、神示の中に「天明96歳7カ月に開く」ともあり、実際その通りになったというのだ。

天明氏は昭和38年に65歳で帰幽されているが、生きていれば96歳7カ月は１９９４年の7月。

まさにこのとき難解だったところが解読されたのだ。

そしてこの7月、シューメーカー・レビー第9彗星が20個以上に分裂し、次々と木星へ衝突していった。7月17日から22日にかけての出来事であった。

分裂した彗星の中で最も大きなG核が突入したのは7月18日、旧暦6月10日である。日月神示が始まったのも6月10日。

日月で示す神の力である。奇しくも現在6月10日は時の記念日。やはり日時に係わる日なのだ。

さて、彗星が衝突し始めた7月17日、これが現代においては非常に重要な意味を持つ。素戔嗚尊（スサノヲノミコト）のまつり〝祇園祭り〟はこの日を中心に行われているし、2007年のこの日は全世界が同時に地球生命体への祈りを捧げた〝ファイアー・ザ・グリッド〟の日でもあった。古くはノアの方舟がアララト山へ漂着したのがこの7月17日とされている。あっちはシオン、こっちはギオン。何かありそうだな。

で、この7月17日の年対称日。太陽を中心にして反対側の日は1月17日。

シューメーカー・レビーが突っ込むことで木星に大激震が走った半年後、7月17日の年対称日に阪神・淡路に大地震が起こった。

117が意味するところは『数霊』を読んでいただくことにして話を進めると、いま出てきた数字が2009年にも再出している。

1月17日と6月10日と65歳。

あっ、65歳についてはまだ話してなかった。

これも長くなる。けどここからは『数霊』には出てこない。

まずですね、2007年の5月17日のことでした。名古屋の東隣り、愛知県長久手市で男が元妻を人質に取る〝拳銃立てこもり〟事件が発生。男に撃たれた息子と娘が一一〇番したらしい。駆けつけた警官も撃たれ、結局29時間もこう着状態が続いた。愛知万博長久手会場のすぐ近くで起こったこの事件、大きな気付きを残した。

まずは事件が起きたのが、5月17日木曜日。

犯人の名は

大林。
人質になった元妻は
　森。
犯人に撃たれ殉死されたＳＡＴメンバーは
　林隊員。
現場へ急行し、撃たれて負傷された警官の名が
　木本。

いかがですかね。

木曜日の木を筆頭に、大林、森、林、木本、全部で木が９つ出て来た。この９つにも大きな意味があるのだが、それについてはずーっと後に触れることにして、今は〝木〟以外に注目する。

大林、森、林、木本の中で〝木〟を省くと残りは〝大〟と〝本〟そう、出口王仁三郎氏率いる〝大本（おおもと）〟の名がここに出てくる。

岡本天明氏と大本の関係は今さら述べる必要もない。もし判らなければ専門の書がいっくらでも出ているのでそちらを。

で、三重県菰野にて引き継がれてきた天明氏の「至恩郷（しおんきょう）」が２００７年６月３日、活動停止となった。日月神示の始まりから63年後のことだ。そして、日月神示開始の６月10日と日を合わせて解散式が行われたと聞いた。〝木〟ばっかり事件の直後のこと。どうも天明氏は木星といい木曜といい、木と深いつながりがあるようだ。

また、ここへ来て大本（おおもと）本体も活動が縮小されつつあるようで、いち時代を築いた大本のお役がそろそろ終わりを告げるのかもしれない。

王仁三郎氏も、
〝美濃、尾張が開けばよし〟
と残していたらしく、この意味するところは美濃開闢、尾張開闢のことなのかもしれない。

美濃・尾張が開かねば、身の終わり、なのだ。

しかし尾張は２００５年の愛知万博及び２００６年立春の尾張開闢物語で、美濃は２００７年７月１

日、中津川市加子母で行われた美濃開闢まつりを機に、現在では完全に開いた。正確にいうと完全ではないが、大きく開いた。

　ときを同じくしての大本や至恩郷の動きを考えると、今まで数十年間神事を支えてた陰の立役者たちのお役が、平成十八年十月八日の岩戸開き後、一般の人々へ移行したのではないだろうか。

　言い換えれば、それだけ一般の人々の中に気付いた人、目覚めた人が増えてきたということで、実に喜ばしいことである。

　陰にて長年神事を支えてくださった方々に心より感謝。今後はみんなでその想い、引き継いでまいります。


　ところが、それでは終わるまい。

　天明氏は今生三次元で65年間生きた。

　ということは、至恩郷が閉鎖されようが「日月神示」だって65年は有効なはず。いや、ずーっと残ることは残る。が、少なくとも65年は作用し続け、〝日・月〟で事を示す。

　昭和19年6月10日より数えて65年後はいつだ。

　2009年6月10日だ。

　その日付、ナイル年表に出ているぞ。

　しかも同じ年の1月17日もだ。

　木星、彗星、1月17日。

　これはただ事ではない。

　ちょっとここで言納が飛ばした部分を説明すると、

『2009（21）　1月17日
　1998CS1——0・0284Au
　　　　1月17日→7月17日』

は、2009年の1月17日に、1998年に発見されCS1の番号が付けられた彗星が地球に最接近し、その距離は0・0284Auということだ。

　AUは天文単位で、1Auは1億5千万km。

　地球と太陽の距離がそれで、そいつを1Auとしたのだ。
したがって０・０２８４Ａｕは４２６万ｋｍ。
うっ、ちょっと気にかかる数字が出たぞ。
426だ。

１９８６年４月26日
チェルノブイリ原発事故
死者四千人以上、被災者計測不能

１９９４年４月26日
名古屋空港で中華航空機墜落
死者二六四人

２００１年４月26日
小泉政権発足
死者不明、被害者日本国民一億以上

ね、嫌だろ。

で、話を戻すと、２月18日　１９９９ＡＱ10彗星が地球からの距離１７７万ｋｍ地点を通過し、６月10日には１９９４ＣＣが２５４万ｋｍまで接近するとゆうことである。

１７７万ｋｍとか２５４万ｋｍというのは人間の生活環境からいえば遥か彼方の距離だが、宇宙空間においてはすぐ目の前である。

問題は１月17日と７月17日。１９９４年、９５年と逆のパターンだ。あのときは彗星が７月17日、今回は１月17日。そして日月神示が始まった６月10日。

こういった日付が天明の寿命と同じ65年の時を経て現れるのも何か神ハカライではなかろうか。しかもこれらを示した〝木〟だらけ事件と木星の関係も木になる。じゃない、気になる。

が、美濃も尾張も開いた。２００９年までには次々と各地が開闢する。

したがって、これら神がかりの日付をすばらしき記念日にしてしまえばいい。

人々の意識さえ変わればできると思う。
またまた楽しみになってきた。
さあて、なにをしようかしらん。

あー長かった。

けど、これでやっとナイル年表に戻れる。

場所はアスワン、オールド・カタラクトのテラスバーだ。

言納は………あれっ、いない。誰もいないぞ。

そうか、あんまり長くなったので生田隊はみーんな酔っ払ってしまい、一度部屋へ戻って夕食まで休むことにしたようだ。

やれやれだ。こっちは一所懸命解説してたというのに。

悔しいのでビールでも飲みに行くことにイーッテー。

はーあ。判りました。書きます。書けばいいんでしょ。ったく。

言納たちは部屋で寝ているので代わりに続きをやる。

あいつらスイートルームだもんなあ。気持ちいいだろうなあ。くそっ、やっぱりビールでも飲んでー、ウー。

「お前、往生際が悪いなあ。不正が発覚した企業の社長みたいだぞ」

「………」

「それとも汚職が摘発されたときの政治家や官僚みたいにこのまま逃げるか」

「一緒にするな」

「だったらやれ」

「………、判った」

彗星ラッシュの次は何だっけ。七福神か。これはもう終った。その次は………2010年の春分だ。

球暦元年――地球暦始動

これについては健太が⊕と⟐を解くうえで徐々に判ってくる。

平成22年8月8日もすでに済んだ。

富士は晴れたり　日本晴れの日だ。めでたい日にしよう。

次。おやっ、次以降もまだ今は判らないものばかり。日本へ帰るころにはいくつか判明しているだろう。

なんだ、結局終わってたじゃないか。もういいだろ。よし、ビールだ。

「待て、まだだ。なぜ七福神の宝船飛来がその日なのかが抜けておる」

「そうだった」

『数霊』（たま出版）に27方陣というのが出てきた。タテ・ヨコ・ナナメにそれぞれ27マスずつの方陣で、１から７２９までの数が１つずつ入っていた。

あれはタテ・ヨコ・ナナメそれぞれの方向に27マスあるから27方陣で、言い換えれば７２９の陣で成り立っていることになる。

７２９の陣、これが七二九陣、つまり七福神であると。

２００９年９月９日は９が３つ並ぶ。これも同じようなもので、９×９×９が７２９になるのだ。ただし27×27の７２９よりも９×９×９の７２９の方が圧倒的に数霊力が強いし、７２９に至るまでが純粋だ。

９×９×９は、７２９の前に81×９になる。光に四方八方プラス中心点を合わせた９を掛けるので、全方位を光で照らすという意味の過程を経て七福神に至るからだ。

81は光であり、人間であり、日之本の国番号でもある。

そんな訳で、毎年やってくる７月29日よりも９年

9月9日が飛来の日に選ばれたんじゃないかなあ。

それで、八角形型に並んでやって来る船団の中心にいる船が空中浮港オアシス21に着水するということは、名古屋が52の力を最も持っているのと同時に女性性解放の祝福をも込めてのものだろう。

翌年名古屋は開府四〇〇年を迎える。

名古屋と52についてはくり返し書いたのでもう触れないでおこうと思っていたが、新しいネタができたのでそれだけ書いておこ。

２００７年10月22日の夜、ちょっと調べ事があったので熱田神宮へ行った。ひっそりとした中で目的のものを調べ、ついでなので本殿でも挨拶をしようと歩いて行くと、いつもは電気が点いているのにその日は本殿前だけが真っ暗だった。

目をこらすと本殿手前に張られたロープの前で数十人の参拝客が真っ暗な本殿を見つめている。いや、見守っているといった方がいい雰囲気だった。

「何してるんですか？」

警備員に聞いたところ、本殿修復のため御神体を仮殿に移すための儀式をしているとのこと。

熱田神宮の御神体といえば、言わずとも知れた「草薙神剣（クサナギノミツルギ）」である。

それを宮司らが厳かに移動させていた。

見ていたってただ真っ暗なだけなのでその日はさっさと帰ったのだが、翌朝の新聞が笑わせてくれた。

「熱田神宮で御神体を仮殿に移す『仮殿遷座祭』。御神体の移動は52年ぶり」だって。

ついでにもうひとつ。読者からの手紙。

「徳川家康の九男義直が一六一〇年に初代藩主となった尾張藩は61万石。ですが、城下町名古屋だけに限っていえば52万石でーす」とさ。

悔やまれるのは二〇〇六年の日本シリーズ。

中日ドラゴンズが優勝してれば52年ぶりの日本一だったのに。

けど、あのころはちょうど札幌開闢の時期だったため、地中から湧き出るエネルギーがあきらかに札幌のほうが強かった。なので仕方ない。

さあ、もういいだろう。

「まだだ」

「なんでやねん」

「判らんか。なら教えてやる。〝降臨〟の話が済んでおらん」

「そうね、ホントだ」

前作『臨界点』に、

『一八(イワ)、一〇(ト)、八(ビラキ)　で封印解かれ

二〇、二、二六　日之本開闢

二二、一二、九　降臨

うまくいかねば二二(富士)、一二(火噴)　九(く)』

というのが出てきた。

最初のふたつはそのままでいい。問題はうしろのふたつ。

平成22年12月9日、高次元エネルギーが降臨するが、もし人々の意識が高まらず高次元エネルギーを降ろすことに失敗すれば富士山が火を噴くぐらいの天変地異が起こるかもしれんぞよ。

というものだった。

これ、なくなった。

なしになりました。

もういいんだって。

訳を話そう。

結論から言うと、すでに降臨した。精神的高次元が降臨したのではないけど、祝福の光が世に出たのでそれでいいのだと。

『聖なる光　第一巻〔降臨〕』がそれだ。

（監修　美内すずえ、撮影・奥聖、発行・プロダクション　ベルスタジオ）

まるまる一冊、神々の光の写真集のそれは、多くが祝福の光だった。

縄文時代の人々が感じていただろう渦のエネルギー、名の付く神々となる以前の山神・土地神のエネルギー、太古の昔の神々の姿が２００８年２月26日の日之本開闢を前にし、祝福を伝えてくれたのだ。

『聖なる光〔降臨〕』が発売されたのは２００７年７月７日。

この日は佐賀開闢の日で、見事重なったと思っていたら表紙の写真は佐賀県で取られたものだった。

恐れ入りました。

確かに以前から兆しはあった。

ベースギター芸人はなわ君が全国放送で〝佐賀県佐賀県〟と叫び、がばいばあちゃんは大々ヒット。

宝くじ当選ご利益で有名になってしまった宝当神社のある唐津も佐賀県だし、佐賀牛なんて今や高級ブランド。地元の人でも高すぎて食べられないとぼやいていた。

そして７月７日の開闢後、甲子園で佐賀北高校が優勝。全国四〇八一校の頂点に立った。

あれはよかったね。

野球部員全員が地元の中学校出身なんでしょ。硬式野球なんて高校へ入ってから初めてやったっていうじゃない。

原点に戻れってことだな。

全国から有力選手集めてるところなんて応援してるの関係者だけだよ。

関西に住むある男性が言ってた。

「地元の子が頑張っとるんやったらいろいろな面で協力させてもらうかもしれませんけどな、ほとんどおりませんのや、地元の子が」って。

〝一〟に〝止〟まる〝今〟の〝心〟の〝場〟

これをくっつけると〝正念場〟。

いまいちど初心にかえり、あり方を見直す時期なんでしょうね。

　天地が望む思いと佐賀北高校の精神が合致した上、佐賀開闢のエネルギーが彼らに流れた。

　これを〝運気をつかむ〟という。

　企業も政治家も官僚も、彼らを見習え。今ここで彼らから学ばなければ今後はもっとやばいですぜ。

　足りぬところがあろうとも、与えられた環境の中で不足言うことなくベストを尽くす。

「一途（いちず）」

　彼ら十代の青年が残してくれた教えだ。


　で、『降臨』の発売が「二二、一二、九　降臨」と結び付くのはお判りであろうが、何が「うまくいかねば二二（富士）、一二（火噴）、九（く）」の富士山につながるのか。

　〝千〟という数字はおめでたい数字で〝千代に八千代に〟といった具合に、〝永遠〟を表すための方便としても使われる。

　この〝千〟から聖なる光の発売日を引く。

　１０００―７７７＝２２３
　富士山が現れた。２２３（フジサン）

　そしてめでたいのはその富士山の姿が世界中同時に各国のテレビに映し出されるはずであったということ。

　同じ年の秋、モータースポーツの最高峰Ｆ１ＧＰ（グランプリ）が三十年ぶりに富士スピードウェイに戻って来た。Ｆ１ＧＰは、オリンピック、サッカーのワールドカップと並び世界中で最も多くの人が観戦するスポーツとされており、少なくとも数億人が同時にテレビを観る。

　そこに〝降臨〟済んだ日之本の象徴的姿、富士山が幾度となく姿を見せるのだ。

「サムライ、カミカゼ、フジヤーマ」の富士山だぞ、外人。

　ところがだ、予選の土曜もレースの日曜も雨。雨、雨、大雨、雨、大雨で、富士山の姿なんて見えやしなかった。

モータースポーツが現代の世の中の流れにそぐわないから雨、雨、大雨だったのではない。

傲(おご)り、慢心、傲慢、うぬぼれ、選民意識がお祭りを台無しにしてしまったのだ。

その運営体制の酷(ひど)さは史上最悪で、それまでF1GPを行ってきた三重県の鈴鹿サーキットでは考えられない不手際、ふしだら、配慮のなさであった。

主催する大企業の常日ごろの思い、行いがあのようなカタチで表れたのだろう。

暗雲たちこめ、先き行きに困難待つぞとの暗示であること忘れるでないぞ、怖れを知らぬ大企業。

当日会場で何が起きていたかは書き出すとキリがないので、当時の専門誌を誰かに借りて見てくだされ。どんな状況だったのかはすぐ判る。何しろ各誌こぞって特集を組んでたのだから、観戦者からの苦情の。

大きな力にうぬぼれて、真心、誠実さ、思いやりを無くすとどうなるかの勉強になった。

ありがとう。

富士の姿よ、次こそは映し出されてくだされ、世界中に。

*

夕食はメインダイニング「1902」へ。

言納も那川もドレスを着ての登場だ。

二人が案内された席へ向かう途中、何人ものヨーロッパ人の男たちが二人の後姿を目で追った。

映画の世界に足を踏み入れたような豪華な雰囲気とシャンパンとクラシックギターの生演奏が、心地よい酔いへといざなう。

そして夜、生田に抱かれている那川の脳裏に、古代エジプト時代の記憶がはっきりと蘇ってきた。

第三章　時空転送

その1　健太の失われた記憶とヘブルの合言葉

　レセプションへ鍵を返しに行くと、入口付近にGIA氏が立っており、こちらに手を振っている。

　相変わらず黒サングラス姿で威圧感があるが、笑った顔は宍戸錠だ。

　錠氏が丸メガネの男を紹介した。

「今日から四日間、君たちのガイドをするミスター・メディハットだ」

　生田と握手をしながら
「メディハットです。けど発音しにくいのでニックネームで呼んで下さい。ミモって」

「メモ？」

「ミモです。M・E・M・O。ミモね」

　メモだけどミモだった。

　ミモはこれまで生田隊が接してきたアラブ人ガイドたちとは違い、ヌビア人の風貌で愛嬌たっぷりの男だったため、言納も健太もいっぺんに彼を気に入った。


　今日はバスで南へ下る。が、ナイルは北へ流れているため南へ遡る。

　走り始めてすぐにナイル川を渡ると、もうそこからは広大な砂の大地が視界の効く限りまで広がっていた。

　いくら子供に遊び場が必要だからって、こんなに大きな砂場を作らなくていいのにと思っていたら、ミモがリビア砂漠だと言った。

　なんだ、砂漠か。

えっ、リビア砂漠？

エジプトの砂場、じゃなかった、砂漠といえばサハラ砂漠じゃないのかあ？

疑問に思い地図で確認したらサハラ砂漠は二〇〇〇ｋｍも西、アルジェリア、マリ、モーリタニアにまたがる砂漠のことで、ここは正真正銘リビア砂漠だった。

名前の付け方で喧嘩になったりはしないのだろうか。

「リビア砂漠だ」

「黙れ、エジプト砂漠だ」って。

だって、日本海なんて〝日本海〟って呼んでるの日本だけでしょ。そりゃ、他国は認めんわなあ。もし日本海を北朝鮮が〝北朝鮮海〟とか〝偉大なる金（キム）正日同志（ジョンイルトンム）の海〟って名付けても認めないでしょ、日本は。

まあいいや、そんなこと。


三時間のバス移動では途中どこにもトイレがない。

「ねえ、ミモ。トイレ行きたいんだけど」

「トイレ？　ＯＫ」

運転手に何か耳打ちをすると、バスは数ｋｍ走ったのち、二メートルほどの砂山の横で止まった。

あの山の向こうでしろというのだ。

はじめはしぶってた言納も、那川と一緒ならということで、男も女もみーんなそこで用を足した。砂漠のまん中、地球と一体になれたすばらしき小休止だった。

左側に蜃気楼が見える。

あれはどう見ても水があるようにしか見えない。水に後ろの岩山が写ってるじゃないか。

もし道に迷ってしまったら、あれは蜃気楼だという知識があってもあっちへ向かってしまうだろう。

んー、やっぱり水だ。本当はあるんじゃないの。

ねえ、あるんでしょう。

ああ、もう飽きた。いい加減にして、ゴビ砂漠もリビア砂漠もと思っていたら検問所のようなところがあった。

特に厳しく通行を規制している様子は見られなかったが、テロを警戒してなのか。

少しずつ緑が目に映るようになってきた。

間もなく目的地に到着する。

連れて行かれた「セティ・アブ・シンベル・ホテル」は花と緑に囲まれた、絶対にエジプトとは思えないホテルだった。

鮮やかな赤や白い花はあちこちに咲き乱れ、ナセル湖へ向かう下り坂の先にはレンガ造りの円形舞台がある。

舞台背後の壁には大小さまざまなアーチ型の出入り口があり、青く大きなナセル湖が見渡せた。

言納と那川は代わるがわる舞台上でポーズをとり、その姿をフィルムに納めている。

「エーゲ海みたい」

那川だ。

ここはスーダン国境までわずか五〇kmのアブ・シンベル。健太がピラミッド以上に楽しみにしていたのがここだ。

が、神殿へ行く前に昼食だ。

レストランへ行くと日本人がいた。考えてみれば今回の旅で同じホテルに日本人がいるのはここが初めてだった。

「あーあ、ここもバイキングか」

言納がぼやいた。スパイスがあまり得意ではないのだ。

「気分でも悪いの？」

浮かぬ顔をする言納を那川が気遣った。

すると言納の代わりに健太が答えた。

「違うんですよ、由妃さん。言(こと)は香辛料が全般的に駄目なんです。何しろお婆ちゃんにもらった唐辛子せんべいを洗って食べた女ですから」

那川と生田が笑う声はレストラン中に響いた。

言納は仕方なくパン、ハム、チーズと山盛りのフルーツポンチを両手に持って席へ着いた。

*

「さあ、行きまっしょ」

片言の日本語を話すミモに健太が別の日本語を教えた。

「ミモ、こういうんだ。〝イクゼ、ヤロードモ〟って」

というわけで三五エジプシャンポンドのチケットを各自が受け取りいよいよ神殿に向かう。

「イクゼ、ヤロードモ」


歩き出すとすぐにオーストラリアのエアーズロックを縮小したような岩山が見えてきた。アブ・シンベル神殿だ。こちらは裏側で、岩山の右側を回りこんで神殿の正面へと行くようだ。目の前にはアスワンハイダムによってできたナセル湖が広がり、陽ざしは強いが風が気持ちいい。

第19王朝時代のファラオ、ラムセス二世によって建設されたこの巨大岩窟神殿はダムの完成に伴い水没する運命となった。

しかし、紀元前一二五〇年ごろからこの地に存在し続けたウルトラサイズの芸術品を失うことはあまりにももったいない。

そこで、一九六八年に日本を含む三十五ヶ国が資金援助をし、元の位置から六二メートル高い現在の場所へと移されたのだ。

神殿は一〇四二個のブロックに切断しての移築らしいが、よくこんな巨大な岩窟が再建できたものだ。この神殿にしてもピラミッドにしても、とにかくスケールがでかい。


歩き出すと健太の鼓動が徐々に高まってきた。が、本人はまだ異変だとは気付いてない。楽しみにしていたところなので少々興奮しているのだろう程度に考えていたのだ。

しかし、ラムセス二世の待つ正面へと近付くにつれ、その高まりは増すばかり。

『人払いをする

ヘブルの合言葉を用意しろ』

（ん？……何？　あっ、駄目だ。それどころじゃない）

何か聞こえた。しかし健太は息苦しさのあまり無視するしかなかった。

ミモが立ち止まった。

「ストーップ。いいかい、ここからは合図があるまで右側の湖を見ながら歩くんだ。決して左側の神殿を見てはいけない。判ったね。では一列になってついて来て下さい。イクゼ、ヤロードドモ」

ミモは後ろ向きのままでナセル湖の説明をしながら歩いた。

このころになると健太は心臓がバクバクと血液を動脈に送り出す音が聞こえており、もうまともには歩けない。

三〇メートル………四〇メートル………。

（まだか。もうだめだ）

そう思った瞬間、ミモが合図した。

「OK。左側を見てもいいよ」

四人は一斉に神殿を見上げた。

「ウッワー、スッゲー」

「すごすぎー、何これ」

「えー、ちょっとおー」

アブ・シンベル神殿正面に並ぶ四体の巨大ラムセス二世像を目にし、各々が感嘆の声をあげた。

驚く生田隊をしばらくニコニコと眺めていたミモが神殿に向かってゆっくりと歩き出した。

生田たちもラムセス像を見上げたままミモに続く。

「ちょっと待って」

健太だ。苦しくて動くことができない。

健太の声に皆が振り返ると、握ったこぶしを胸の前で交差させて直立不動のまま固まっている健太の姿があった。

「どうしたの健太、ツタンカーメンみたいだよ」

言納が咄嗟にそういった。

確かにそっくりだ。しかし、ツタンカーメンでなくとも男性のミイラはどれもあの姿勢をとっている。

一方那川は健太の姿を見て、何か思い出しているぞと心の中でニヤけていた。

『人払いをする
ヘブルの合言葉を忘れるな』

(またただ。人払いって、まさかここで大雨が降ってくるわけでもあるまいし。…………それにヘブルの合言葉って何だよ…………)


以前も同じことがあった。健太は言納と二人で奈良県十津川村の玉置神社へ参拝した後、和歌山県新宮市の神倉神社へ向かった。

その途中、『人払いをする』と何度も言われたのだ。結果ドシャ降りとなり、確かに人払いにはなったが本人たちはビショ濡れで参拝させられた。

また大雨になるのかな、砂漠の国のエジプトでも。


しばらく立ち止まっていると胸の高鳴りもおさまり気分が楽になってきた。

「うおー、でかい」

ラムセス像を見上げて感激する健太に向かってミモが言った。

「遅い」

うん。遅い。

高さ二一メートルある四体のラムセス像のうち、左から二番目の像の頭部が崩れ落ちて足元に転がっていた。

「何であのままにしてあるの？」

　健太が聞くと、ミモは中学生用の単語ばかりを選んで説明してくれた。那川以外の英語力はみな中学生並だからだ。

　彼の話では、移築以前からああなってたのだそうだ。移築の際に修復することも可能であったがそれをせず、以前と同じように足元に転がすことで訪れた人々が時の流れを感じ取る。そこに意義があるのだろう。

　やるじゃん、エジプト人。

　ラムセス像の前にもずらりとエジプトの神々の石像がラムセスを守るように並んでいたが、やはりほとんどの像は頭部が欠け落ちていた。こちらに関しては意図的に破壊されたようにも思えた。

　入口では民族衣装のガラベイヤを着た老人が、金色の大きなアンク十字を持って立っている。先が鍵になっていてまさにＫｅｙ　ｏｆ　Ｌｉｆｅだ。

　写真を撮ったらどうだと催促されたが、どうせチップを要求されるだろうから後回しにする。

　ミモが簡単に説明してくれた。

「まずは左側から見て下さい。ヌビアサイドといいます。壁に描かれた人々はヌビア人の特徴がよく出ています」

　おそらく奴隷として描かれているのだろう。

「奥へ行くと真横に延びる通路があるからそちらへも行くといい。壁にはびっしりとヒエログリフが刻まれているからね。至聖所の前を通り右側へ行くとヒッタイトサイドだ。ヌビア人は丸い顔に縮れ毛、分厚い唇だけどヒッタイト人はぜんぜん違うからすぐに判るさ。ＯＫ、では僕はあそこで待ってる。ゆっくり楽しんできて下さい」

　ミモは中へ入らないらしい。おそらくチケットを買ってないのだろう。公認のガイドなのでエリアに入ることは許される。しかし入館となると別のようだ…………と思う。

彼らガイドは国家公務員だ。試験を受けるまでに四年間ほど勉強するのだそうだ。合格しなければこの国でガイドはできない。が、資格を得ることができればある程度の高収入も保証されるようだ。

ミモは職業でガイドをやっているというよりも、古代史が好きでそれをしているように見えた。

しかし聞いてみると、もっと収入を増やし「セカンドワイフ」を持つことが夢だと言っていた。何だ、お前もか。

健太は榊をしっかりと握り神殿内へと入って行った。正面通路には左右四体ずつのラムセス像が立っており、その姿は先ほどのミイラ健太と全く同じ姿勢をしている。

「あっ、さっきの健太と同じ」

言納が独り言のようにつぶやいた。

左側通路の壁には馬車に乗る勇敢なラムセスが描かれている。その図は馬の動きの早さを表現するために、それぞれの足が少しずつずらして複数本描かれていた。このような手法が取られたのはこの図が初めてだという。

再び健太の心臓が高鳴りだした。

「やばい」

健太は胸の辺りを押さえつつ生田に続く。

神殿内にはカランカランと鈴の音が響き、西洋人たちは物めずらしそうにして鈴を指差すが、健太には相手をする余裕などなかった。

二〇メートルほど進むと奥へと延びる入口があり、通路と直角になるかたちで二つの石室があった。

「ここへ入ってみよう」

振り返り三人がいることを確認した生田が手前の石室へ入って行くと、他の三人も続いた。

左右の壁にも天井にも、そして突き当たりの壁にも隙間なくヒエログリフが刻まれており圧巻だ。

子供のころから魅力を感じて仕方がなかったヒエログリフに囲まれていると思うと、健太の体は小刻みに震えだし、そして何かが蘇った。

(何だろう、この罪悪感は。それに強烈な後悔の念。何、何が起こってるの………?)

たまたま石室内に他の観光客がいなかったので健太は鈴を振り始めた。

そうしていないと自身が保てない。

「大丈夫?」

言納が声をかけたが、健太は何も言わずただうなずいただけだった。

ふたつ目の石室へ入った。

「うー、ここです。ここでやります」

健太は全身の力を振り絞って突き当たりの壁の前まで進むと、両手で握った榊を胸の前でリズムよく振りつつヒフミ祝詞を唱え出した。残る三人は気を効かせて入口付近に陣取り、他の客の侵入を防いでいる。

「ヒフミヨイムナヤコトモチロラネシキルユヰツワヌソヲタハクメカ………」

三度繰り返すと次に、

「イロハニホヘトチリヌルヲワカヨタレソツネナラム………」

イロハ歌も三度くり返した。

これは健太に目的があってのことではなく、どうしていいのか判らなかったので生田を真似てそうしただけだ。しかし、結果的には鎮魂の歌となっていた。かつて犯した大きな罪への懺悔となるレクイエムに。

力が抜けてしまったのだろう、健太はそのまま座り込んでしまい、鈴の音が止んだころ大勢の観光客がドヤドヤとやって来た。ここで人払いが行われていたのだろうか。

石室から出てきた健太の顔から緊張感が消え、その分脱力感がありありと出ていた。

本人も懺悔と鎮魂のためにやらされたことを感じ

ていたようで、
「相当悪どいことをしたようですね、ヌビア人たちに」
と、照れ臭そうにしていた。

至聖所の前では団体客がガイドの説明を聞いていた。中へ入るガイドもいるんだね。

ここは年に二回、二月二十二日ごろと十月二十二日ごろに朝日が入口から神殿奥深くまで進入し、五五メートル先にある至聖所を照らし出すことことで知られている。

至聖所には四体の神の像が彫られており、一番右は頭上に日輪を戴く太陽神ラー・ホルアクティ、二番目は神格化されたラムセス二世、次は古代エジプトで最も重要な神アメン・ラー、そして宇宙の創造神プタハの順に並ぶ。

このうち年二回のサンライズショーで照らされるのはラー・ホルアクティ、ラムセス、アメン・ラーの三体だけだ。プタハには陽の光が当たらない。設計上のミスか。

いえいえ、そうではございません。

宇宙の創造神プタハはまた、闇の神でもあるために太陽が照らさないようになっているのだ。恐るべし、古代エジプト人。

ミモがいうには、ユネスコが神殿を六二メートル持ち上げて組み直したのはいいけど、太陽光が至聖所を照らす日が一日ずれたのだと内緒で教えてくれた。

君はすばらしい国家公務員だなあ。出世させるよう外務省にいるヒシャム前日本大使に伝えておこう。

ただし、サンライズショーがなぜ春分と秋分ではなく二月と十月なのかを聞いたところ、二月のショーはラムセスの誕生日で、十月のは彼がファラオに即位した日だと言っていた。

これには疑問符が付く。

暦上、太陽が同じ位置から昇るのは、夏至と冬至を除いて一年にたった二回。それが誕生日と即位にぴったりと当てはまるだろうか。

おそらくこれは〝後付け〟だな。

言納は至聖所の前で他の客にまじって何か祈ってたが、健太はチラッと中を覗いただけで通りすぎた。ヒッタイトサイドには先ほどのような直角に延びる石室が四つもある。

そのうちのひとつを覗くと、生田がいたので健太も入って行った。

ここも美しいヒエログリフがびっしりと壁に刻まれている。

これが読めると格段に楽しさが増すのであろう。

遅れて言納と那川もやってきたので、揃って次の石室へと向かった。

修復途中のようで、地面に細長い板が置いてあるが入っていけないとはどこにも書いてない。それで板をまたいで中へ入っていくと突然、神殿内すべての電気が消えた。

真っ暗で何も見えない。

遠くで女性の叫び声が聞こえた。また別方向からは名前を呼び合う声もする。笑い声も聞こえてくる。

健太は手探りで石室の入口まで行ってみると、すべての観光客が唯一光の見える神殿入口へ向かって歩いているのが見えた。

「生田さーん、いますか」

「ここだよ」

すぐうしろにいた。

「どうしますか」

「ちょっと待ってれば点くんじゃないか。由妃ちゃんたちはどこ?」

「こっちだけどーおーお、どこ行くの?」

那川の腕にしがみついていた言納が、いきなり腕をつかんだまま歩き出した。スカラベに引っ張られているのだ。なので那川も一緒に引っ張られて行った。

それほど長い時間ではなかった。三分か、それとも五分か。ともかく電気が点いた。

その瞬間、健太は思わず声をあげてしまった。

「ゲッ、誰もいない」

いるのは四人だけ。他の客は一人残らず外へ出て行った。

「人払いってこれのことかよお、おい」

そうだ。雨ではない。それに、こんなところで大雨が降ればすべての人が神殿内に逃げてくる。それでは人払いにならない。人寄せだ。

「健太君、前でやって」

那川に言われるまま一番前へ出ると健太は榊を左右に大きく振り、金銀の鈴を鳴らした。

誰もいないので音の大きさを気にする必要はない。

カラカラカラーン、カラカラカラーン。

神殿中に響かせながら、

「ヒトフタミイヨ、イツムユナナヤ、ココノタリー、ヒトフタミイヨ　イツムユナナヤ　ココノタリー…

………」

と、十回ほど続けた。

理由は判らない。勝手に出てきたのだ。

健太が十回目を言い終わると言納は、「ガシャ」という音を聞いた。

そしてすぐ直後、健太への言葉が言納に降りてきた。

「健太、そのままでいいから聞いて。健太へのものよ、いい？

『汝気づきておられしか………』」

那川が気を利かせてメモをしはじめた。

『汝気付きておられしか

王国の
栄華のあとを知るにつけ
己れの魂（たま）は悲しみに
ふるえておるということを

現身（うつそみ）は
知らずにおると申せども
すべては必然　今ここで
己れの魂と対話しつ
王国の
栄枯盛衰その真を
ひもときわかりて欲しきもの

今さらに
勝者も敗者もなきことを
すべては調和に導くために
時空を越えて起こりしことぞ

今、さらに
ここから始むる大舞台
いかに大事かわかりたか
大調和なり
大調和なり
肝（きも）に命じてお暮らしなされ』

この御言葉の意味するところを健太はまだよく理解できなかった。

しかし、栄華を極めたエジプト国が衰退してしまったことを健太の玉し霊が悲しんでいるということは伝わってきた。

同時に、アスワンへと向かう夜行列車の中でカズヒから受けたレクチャーが頭をよぎった。

他の国、他の民族を力で支配し、奪い、殺し、強ければそれが正義だと錯覚していた古代、健太もそれに加担していたのだろう。

しかもある程度の地位をもった上でだ。

もしどれだけかファラオに、あるいは軍のトップに意見できる立場であったのなら国の暴走を食い止めることができたかもしれない。

が、当時の健太はそれをしなかった。

しようとはしたが力及ばずできなかったのかもしれない。

しかし、少なくとも心の奥底では気付いていたのだろう。間違っていると。そして玉し霊は何千年も詫びたがっていた。

それが時空を越えて先ほどのヌビアサイドでの鎮魂の儀式になったのだ。

カズヒが伝えてきた、

『「強制」するのは　魔への道
「矯正」いたすは　己れの心
「共生」ありきは　弥栄なり』

とは、今後の課題だけではなく、過去の自分への戒めでもあったのだ。

それに気付いた健太はあふれ出る涙をこらえることができずとにかく詫びた。申し訳なかった。すまなかったと詫び続けた。

すると、そんな健太の思いに感応したものがあり、至聖所の奥から健太に対し詫びる思いが伝わってきた。

何と、驚いたことにラムセス二世だ。

ラムセス二世は現在でもエジプトでは最も人気のあるファラオだ。

なぜ彼が人気ナンバーワンなのか。

簡単だ。強かったからだ。

それが彼を〝The God of God〟〝King of King〟と呼ばせる所以である。

〝神の中の神〟〝王の中の王〟というわけだ。

ところがだ、エジプト国民にとっては強いファラオこそが神の御子として誇らしげに思うのであろうが、周辺諸国にとってはどうだ。恐怖の存在以外何者でもない。

神ですと？　冗談じゃない。悪魔だ、悪魔。

実際彼は次々と領土を広げていった。

そんなファラオもやはり慚愧にたえない思いを残していたのかもしれない。

それとも健太の蛮行はラムセスの指示のもとに行われたのか。

それは判らなかった。しかし双方の玉し霊は今度こそ悔いのない国造りを望んでいることは確かなようであった。


ここで断っておくが、ラムセス二世はただ野蛮なだけのファラオであったわけでは決してない。腕力によって相手を支配していたのは若かりしころのことで、後には貿易などによる他国との国交を盛んに行っていたようだ。また国家事業としても多くの業績を残している。

ただ、自身の力を後世にまで残したがる名誉欲への執着からは生涯抜け出せずにいたようで、エジプト全土そこらじゅうに彼の像やオベリスク等が残っている。

余談だが、ラムセス二世は生涯で七人の王妃と数十人の愛人がおり、子供の数は一三〇人とも二〇〇人とも言われている。息子だけでも判っているだけで52人いたそうだ。

それなのでFoxy Manと呼ばれている。

キツネ男。毎年次々に女を代えるという意味らしい。


この話を聞いて出雲の大国主尊を思い出した。大国主尊も一八一柱の神の親、つまり子供を一八一人残したことになっているし、国作りの神なので日本版ラムセス二世かもしれない。違うのは、領土を力で奪ったのではなく、無理矢理奪われたことか。

あれ、ひょっとして過去生で逆のことをしたから因果がめぐって奪われたのか？　だとすると大国主尊の過去世がラムセス二世？

まさか、それは考えすぎだし短絡的だった。

それはともかく、エジプトで出会った幾人かは、自分もラムセス二世の子孫だと誇らしげに語っていた。

至聖所では健太とラムセス二世の想いが合わさることで空気中に振動が起きた。時空の壁が破られたのだ。

振動は徐々に増幅し、三十秒も経ったころにはグォーと大地が揺れだした。

「地震だ！」

生田が叫んだ。

言納も那川にしがみついている。

しかし揺れたのは神殿内だけで、外にいる観光客は何も感じてない。

揺れが納まると健太とラムセス像の中間に赤い光の玉が現れた。

（何だろう）

健太が凝視していると、初めはドス黒い赤色を放っていた玉から少しずつ濁りが消えてゆき、やがては透き通った美しい赤へと変わり、内側からの光が増したように思われた瞬間にはわずかにピンク色も加わった。

（何？　この綺麗な光）

その美しさは明らかに高次元のもので、健太の背後で言納たちも感じ取っていた。

赤い玉が動いた。

健太とラムセス像の間、数メートルのところをグルグルグルと勢いよく回転した後、サーっと上空へと消えていった。

一部始終を見ていた健太でさえそれが何だったのかは判らなかったが、ただひとつ伝わって来た思いがあった。

それは喜びだ。

〝判ってもらえてうれしい〟という喜びの念だ。

憶えているだろうか。大切なことなので思い出してほしい。

今の赤い玉の正体、それは三千三百年以上の時を遡ったころの話。ツタンカーメンの代わりにファラオとして生まれたがっていたあの赤い光だ。

そう、「許す」文化を民族の誇りとして生きてきた小さな国家の国王の玉し霊。

突然現れた軍隊にすべてを破壊され、奪われ、男たちは無条件で殺され、女は辱めを受けた後にやはり命を奪われ、子供たちさえも同じ運命へと陥(おとしい)れられ滅ぼされた国の王の怒れる怨霊だ。

その怨霊が光へと変化した。

数千年間抱き続けてきた遺恨(いこん)の念が喜びの思いに変わったからだ。

彼の国が誰に滅ぼされたのか、今となっては判らない。少なくともツタンカーメンやラムセス二世以前のことである。

しかし、今ここで古代エジプトを代表するファラオ、ラムセス二世と、やはり同じように弱きを支配し苦しめてきた立場の健太、この二人の心底からの詫びの念が時空を越えた浄化と鎮魂を行ったのだ。

それで滅ぼされた国の王の玉し霊は憎悪の念から解放され、本来の光の姿となって天昇したのである。

新たな国造りにおいての最も大切なことは未来に向けての神事(かみごと)よりも、過去に対する鎮魂なのかもしれない。

〝今〟生きている人たちに判ってもらえることが「許す」を生むのだから。

裁判などのニュースを見るたび常々思うことがある。

人は本来「許す」ことを前提としてプログラムされているということを。

〝加害者を絶対に許さない〟と誓い、いつまでも恨み続けるということは、そうでもしないと可愛想な自分が保てないからだ。

(この事件または事故に関しては)何の罪もない私がどうしてこんな目に遇(あ)わなければいけないのか。

（今生(こんじょう)の三次元においては）何も悪いことをしてないうちの子供がなぜこんなことになってしまったのか。

それで加害者を恨む。当然だと思う。

もし同じ立場になれば、たとえ自らが犯罪者になろうが恨むだけでは済まさないかもしれない。

したがって、当事者になってもいないくせしてこのようなことを言う資格はないかもしれないのだが、あえて言う。

人の玉し霊は憎み、恨み続けることを望んでいない。いい加減苦しくなる。

それで、この苦しみから早く解放されることを玉し霊は求める。たとえ顕在意識は恨み続けようと誓ってもだ。

しかし、ただでは許せない。許したら相手は得をし、私は損をするだけと考える。

けど、いくら恨み続けて相手に得をさせないようにしたって失ったものは返って来ない。

時が戻らないのは判っているのだから。

そこで加害者からの謝罪の言葉を求めるのだ。自分を楽にしてやるための。

謝罪の言葉は、加害者が被害者に許しを請うためだけのものではない。

むしろ被害者が加害者の言葉を通して、恨み続ける自分を解放してやるためのものなのだ。〝もう許してもいいんだよ〟と。

「この苦しみが判りますか」

「あなたの不注意で私はこんなに苦しんでいるんですよ。なのに私はあなたを許そうとしている。だから、せめてこの苦しみを判ってほしい」

「私と同じ思いになり、心から詫びてほしい」

「自分の犯した罪に苦しんでほしい。私以上に苦しんでほしい」

「もしその苦しさが判ったのなら詫びる気持ちを生涯持ち続けてほしい」

「この苦しみが死ぬまで私から離れないことを忘れないでほしい」
そんな思いを納得させるだけの悔悟（かいご）の念と謝罪の言葉を求めているのだ。
それがあってやっと自分を自由にしてやるための門が開かれる。
門から外へ出るには？
それは許すことを自身に許可できたら出られる。
「許す」
それは〝損得の人〟から〝尊徳の人〟に変わる瞬間なのだ。
繰り返しになるが、
「玉し霊は恨み続けることを望んでない
玉し霊の望みは許すこと
許すことを許可できる自分であること」
なのである。

かつて滅ぼされた国の王は今、数千年の恨みから解放され、恨みの門から旅立った。

そうなる元になったのは健太が過去の過ちを素直に詫びるその思いからで、それがラムセス二世と共に過去を変えた。

元国王の赤い玉し霊は現在、エジプト領土となったかつての国の上空から人々の幕らしを見守り続けている。今となってはエジプト人が生きるその地域を。

そして人々の間に争いごとが起こると、彼は天から念波を地に送る。許しなさいと。


人は愚かか。

確かに人は愚かだ。

しかしそれ以上に人は美しい。

すごいぞ、人類。

三次元、大好き。

高次元の諸君、三次元はすばらしいぞ。

ザマーミロー。

このときはまだ気付いていなかったが、健太の胸には四センチほどのアンク十字の形をしたアザが浮かびあがっていた。

＊

ラムセスの神殿から二〇〇メートルほど東には彼の第一王妃ネフェルタリの小神殿が建っている。

正面にはやはり大きなラムセス像が彫られているが、王に挟まれるようにして同じ高さのネフェルタリもいる。

ミモによると、女性がファラオと同じ大きさで表されたのはこれが最初だという。

それまで王妃はファラオの足元に小さな小さな小人のようにしか彫られてこなかったが、ラムセス二世がそんな習慣を覆した。

これは画期的なことである。

エジプト大使館の文化参事官氏とエジプト行きの日程が重なったのでカイロのホテルでお会いした。その際に大学のお弟子さんで品のある若い女性を一緒に連れてこれらた。

参事官氏はカイロ大学の教授なのだ。

それで、彼女にネフェルタリについての質問をしてみた。

「それまでは完全な男社会だったため、王妃の存在はファラオの影に隠れていたようですが、ラムセス二世が自分と同じ大きさの王妃像を造ったことで女性の地位が上がったりとか女性がもっと大切にされるようになったりしたのですか」

しかし彼女は何も答えない。

何か失礼なことを言ってしまったのかと思っていると、

「あなたのおっしゃったことは、今はじめて考えました。今までそのように考えたことは一度もありませんでしたので」

ああ、よかった。ただ考えてただけだったんだ。

「きっと、あなたが日本人だからこそ気付いたのでしょう」

と言う。彼女は少し照れたよう微笑んで、

「そう考えると女性としては嬉しいですね。まだよく判りませんけど、帰ってからそのことについてゆっくり考えたいと思います。すばらしいご意見に感謝します」

ときた。

賢い人はやはり違う。

ここでひとつ注意。

古代エジプトは現在のイスラム国家とは違い、女性もわりと自由だったようだ。それは壁画にも残されており、夜になると女性たちがワインを飲んだり踊ったりする姿が描かれている。

神殿に戻ろう。

こちらの小神殿はネフェルタリのための神殿なのだがハトホル女神に捧げられている。

ここにもいた。入口にガラベイヤ&ターバン姿でアンク十字を持ったおじさんが。

「写真はあとでね」

と言納が日本語で言うと、おじさんもオウム返しに同じことを言った。

神殿中央の列柱室には六本の四角い柱があり、ハトホル神の顔がすべての柱に刻まれている。

「みっちゃんだ」

「えっ」

「ほら、あの人、みっちゃんそっくり」

言納が指差したのがハトホル神だ。確かに日本人っぽい。けど、みっちゃんて誰だ。

正面一番奥の至聖所には誰もいなかった。

健太は榊を振り振り再びヒフミ祝詞簡素バージョン、天の数うたを無意識にくり返した。

「ヒトフタミイヨ　イツムユナナヤ　ココタリー

ヒトフタミイヨ………」

十回目が終わったときだった。言納はまた「ガシャ」という音を聞いた。

（あっ、まただ。何の音だろう）

すると言納にヴィジョンが現れた。

北海道の温子から授かったアンク十字が大きな扉にはめられ鍵が開いたのだ。

扉が開くと奥にもうひとつ大きな扉がある。

そこへも鍵となるアンク十字がスーっとはまり、「ガシャ」っと鍵が開いた。

その間ずっと健太のヒフミ祝詞が流れていた。もちろんヴィジョンの中でのことで、実物健太は隣で静かにしている。

『ヘブルの合言葉　ありがとうございます』

（えっ、何、どなたですか………あっ、みっちゃん）

バカ者、ハトホル神だ。

（それにヘブルの合言葉って何のこと？………そうか、健太が同じこと言ってたわ。けど判らないって……）

『ヘブルの合言葉は届きましたよ』

すると先ほどと同じく健太のヒフミ祝詞が流れた。

（まさか、これがヘブルの合言葉？　ただの天の数うたじゃないの………）

『ヘブルの合言葉とあなたの胸の金星の紋章、キネレテコが私を自由にしてくれました』

（ヘブルの合言葉とかキネレテコって言われたって………）

言納が理解できないのは当然のことで、その疑問にはみっちゃんが、じゃなかった、ハトホル神がていねいに教えてくれた。

まず〝ヘブルの合言葉〟が天の数うたのことだとはわかったが、その意味するものが驚きだった。

「ヒト・フタ・ミ・ヨ・イツ・ムユ・ナナ・ヤ・コノ・タリ」

これを古代ヘブライ語に訳すことができるらしい。ヘブルとはヘブライのことだった。

で、その意味だが、

『誰がうるわし女を出すのやら
いざないに
いかなる言葉をかけるのやら』

なのだそうだ。

それと、アンク十字を金星の紋章〝キネレテコ〟と呼んでいたことについては、まずアンク十字自体が金星も表しているということがひとつめ。

どうやらハトホル神が地球へやってくるときも金星へ一度降りたらしいのだが、その時期がサナートクマラの降臨に近いようだ。


言納たちは以前、玉置神社の龍に乗って鞍馬山上空の鞍馬寺空中神殿へ連れて行かれ、そこでサナートクマラの強烈なエネルギーに触れたことがあった。

ハトホル神はそのころよりずーっと言納を感じていたという。

また、キネレテコとはビワのことで、アンク十字の形がビワに似ているからそう呼ぶのだそうだ。うん。楕円の部分はビワにそっくりだ。

で、キネレテコはビワを意味すると同時にイスラエルのガリラヤ湖を古代ヘブル語でそう呼んでいたのだ。ガリラヤ湖。日本でも同じ呼び名の湖がある。琵琶湖だ。

ビワに似てるアンク十字→キネレテコ→ガリラヤ湖→琵琶湖
ちゃんとつながりがあるんだね。

エジプトだけでなくイスラエルまで出て来てしまった。

知ーらないっと。だってモサドなんかとかかわりたくないもん。散々悪口書いてるし。けど、ルーツは同じエジプトにありってことだから仕方ないかも。

翌朝、食事を済ませた言納は健太と二人でもう一度アブ・シンベル神殿に行ってみた。

生田はまだ寝ており、那川は考えたいことがあるとのことで昨日写真撮りっこをした円形ステージの方へ歩いていった。

もう昨日のような高鳴りや緊張はなく、他の客と同じように写真を撮りながら神殿へと向かう。

人出が多い。昨日は夕方だったので少なかったのだろうか。神殿内でも人がひしめいていた。

「ねえ、どうする。もう帰ろうか」

言納が聞くと、健太が答える前にスカラベが奥へと引っ張った。

フンコロガシ君、しっかり導き役を果たしているね。

連れて行かれたのはやはり至聖所だった。他の客の邪魔にならぬようにと、少し隅に寄って立っているとカズヒが現れた。

『オレだ、判るか』

「うわー」

健太は驚いて後ずさりしてしまった。

「あっ、ごめんさない。大丈夫ですか」

後ろを歩いていた白人とぶつかった。

それをみていたカズヒは大きな声で笑っていた。

(カズヒか、びっくりさせるなって)

『アブ・シンベルで待ってるって言っただろ』

(忘れてた)

『お前、きのうはよかったな。山の仲間としてお前を誇りに思うよ。これでいよいよ大行事が始まる。本当によくやったよ、お前は。白山にいたころは悪さばっかりしてたもんな、二人で』

（………）

『ヘブルの合言葉もうまくいったしな』

（言から聞いたよ。全然判らなかったんだぞ。何で教えてくれないんだ）

『教えてたら効かなかった。人が感じたうえで自らやるからこちらが変わるんだ。こちら側だけでできるんだったらさっさとやってるってことよ。人が閉ざしたものは人が開ける。簡単なことだろ。とはいっても、お前の口から合言葉が出るようにしたのはオレだけどな』

（あ、うん。ありがとう。助けてくれたんだね）

『左足と右足の関係だよ。以前教わっただろ』


あれは木曽御嶽の七合目、田の原の遙拝所でのことだった。

『厳かな　日之本開闢間近に控え
いよいよ立ちし　天之御柱
神が支え　神を支えの　神と人
支えに気付いて下されよ
支えになっても下されよ
火足りと水極りで　神と人
交互に支えておるのだぞ

………』


というものだった。

つまり、右足が前へ出るときには左足が支えるように、人が何かを行うときは神が支えとなるので、神が事を起こすときには人が支えとなってくれるんだぞ、という教えだ。

詳しくは、『数霊　日之本開闢』（今日の話題社）の二万五〇八八ページをイテッ。ジイだ。ヤバイ。

二七三ページでした。

神殿内は人が多いため、カズヒが外へ出るよう促した。場所はスカラベが引っ張るので言納について行けばよい。

連れて行かれたのはネフェルタリの小神殿前、七本ある大きな柱の左から三番目。見上げると三メートルほどの高さのところに巨大なアンク十字が彫れたすぐ下だった。


『で、どうだ。大行事の始まりの幕を上げた気分は』

（よく判んないけどさあ、たまたま選ばれただけなのによくそんな大切な役をやらせるなあ）

カズヒがまたまた大きな声で笑った。

『お前、信じてたのか。たまたまってのを』

（はーっ？）

『たまたまなんかじゃない』


そうだ。今回に限っていえばたまたまなんかではない。

ニギハヤヒ尊、菊理媛（ククリヒメ）、瀬織津姫（セオリツヒメ）。近いところでは役行者（えんのぎょうじゃ）、遠くは鞍馬寺のサナートクマラに至るまで、健太や言納が接してきた神々が動く世界規模の大行事。今回表に現れるエジプトの神々も同じ霊統・霊脈の中にいる正当な神々なのだ。

それで昨年仙台で瀬織津姫を立たせ、金龍と銀鳳を出したころから許可が下りていたのだ。彼らにやらせてもいいと。

元々それをしに生まれてきたのだから、たまたまもくそもない。

ただし、時には本当に〝たまたま〟で人を使うぞよ、神仏は。いや、しょっちゅうかもしれない。

（何で嘘をつくんだよお、たまたまなんていい加減なこと言って）

『あのときはそうでも言わないとお前エジプト行

きやめてただろ。行ったとしても迷いを持ったまま行った。それよりもなあ、こっちの神々から土産をもらってきたぞ。今後必ず役に立つ。今から観せるから礼を言っとけよ』

健太は砂の上に腰を下ろし静かに目を閉じた。同時にヴィジョンも現れたがなぜか白黒だった。

丘の上に遺跡のような石造りの壁が見える。宮殿跡なのだろうか、天井はなく八角形にかたどられた高さ二メートルほどの壁だけが残っている。

八角形の壁の中は直径が一〇メートル程度。中央にはベッド大の平らな石が置いてあり、壁の東西南北の四方は人が通るのに困難がない幅で通路になっていた。

ベッド石を取り囲むようにして人が大勢いる。一五人、いや二〇人ほどか。

彼ら、彼女らは誰もが白い服を身にまとっていたが、ガラベイヤとは違う。

一人の男がまだ幼さの残る少女を連れてやって来た。男はスバヌーと呼ばれており、この場を取り仕切っている。

古代エジプト語でスバは〝星〟、ヌーは〝時間〟のことなので、何か特殊なエネルギーを操る技術を持っているのだろう。

スバヌーが少女を促すと、彼女は中央の石台に横たわり目を閉じた。

準備が整ったようだ。

スバヌーが左の人差し指を軽く立てて天に向けるとそれが合図となり、全員が音霊を発した。

「ムウ――――――ン」

ムとウの中間の音をのどに響かせているのだ。

音程はまちまちだが八方から発せられた音霊が中央に集まり共鳴し始めた。空気が振動しているのが判る。

言い換えると、音霊を使って全員が元気玉を作ってるのだ。

元気玉が成長してきた。陽炎（かげろう）のようなゆらぎが肉眼でも確認できる。

スバヌーは一歩前に出ると、空中に浮いた元気玉を意識で下降させた。

元気玉が少女を包んだ。

「ムウ――――――ン」

音霊がさらに強くなると少女の体が反応しだした。ピクリ、ピクリと石台の上で跳ねるのだ。

時間にして一〇分足らずのことだろうか、少女がぐったりとした。

スバヌーが右手の人差し指を天に向けるといっせいに音霊がやみ、震えていた八角殿に静粛が戻った。

人々は四方へ散り、残っているのはスバヌーと少女だけ。

「さあ、もう大丈夫だ。音が君と星をつないでくれたよ。三日ほどゆっくりしていなさい。君は神に仕える身。これまでも、そしてこれから先、生まれ変わってもだ。すぐに元気になるさ。心配ない」

少女が小さくうなずいた。

映像はそこまでだった。

（何をしていたのだろう。病気の少女を音霊で治してたみたいだけど…………あの女の子、知ってる。どこかで会ってる…………）

映像が終わると再びカズヒが現れた。

『お前のかつての姿だ』

（かつての姿って…………あそこの中にいたってこと？）

『そうだ。お前、オレと縁になるずーっと以前は立派なことしてたじゃないか』

（悪かったなあ、今は立派じゃなくて。大きなお世話だよ）

『怒りをもっちゃいけないんじゃないのか。まあいい。お前たちはかつて見えないエネルギーの使い方を熟知してたようだな。高次元物質界は今でもあれと似通った治療をしてるぞ。お前も使え』

（高次元のエネルギーを？）

『そうだよ。けど、お前いま高次元エネルギーを外に見たな』

（えっ）

『神々の住む世界かどこか遠いところ、例えばチベットだとかマチュピチュのようなところに存在するエネルギーのことを思い浮かべた』

（違うの？）

『違うとは言えないが、自分と切り離して考えるな。すでに持っている。そいつを引き出すことを考えろ。お前の職業的課題だな。いいか、外にある技術を学んで身につけるんじゃないぞ。すでに持っているものを思い出せばいい。記憶は宇宙の中心にある』

（宇宙の中心って……めっちゃ遠いじゃんか）

『やれやれ。小宇宙の中心だ。小宇宙はおまえ自身だろ』

（なるほどー。ねえ、それっていつぐらいのことなの、さっきの映像の時代って。三千年ぐらい前？）

『六千年以上だ』

（六千って……）

『きのう思い出したのは三千年ほど前の時代だろ。いまのはもっと古い。残っている歴史以前だ。つまり、あの時代は歴史上にない』


現在残っている古代エジプトの歴史は一応紀元前三千年頃から始まる初期王朝時代が最も古い。しかし、今の映像はそれよりさらに千年以上遡る。

あの頃に比べると荒々しくなりすぎた、人類の生きる波動領域が。それは心の乱れに比例する。〝足る〟を知らぬ必要以上の欲望と不安要素に満ちた社会が煽る恐怖心が、どんどん荒々しい波動領域へと人々を導く。

けど忘れ去ったわけではない。

各小宇宙の中心にもＤＮＡにも記録されているの

だ。

『時間をかけて完成させればいい。そのために今の師が与えられているんだからな』

（黒岩先生や生田さんのことだね）

『そうだ。それと、エジプトの神々にも礼を言えよ。お前の過去の姿の映像はこちらの神から感謝のしるしとして受け取ったものなんだからな』

（あっ、おい。もしもだよ、その神が個の存在として名前があるなら教えてもらえないか。お礼をするのに気を送りやすいだろ）

『…………』

（いや、ごめん。個を越えたところに心を向けるんだったね）

少しの沈黙の後、カズヒが答えた。

『パートナーが知ってる』

（言納が？）

『ああ。言っておくがなあ、みっちゃんじゃないぞ』

言納には昨日の続きの御言葉が降りてきた。

きのうのそれは『汝気付きておられしか』で始まる、健太個人へのものだったが、今度はいつものように不特定多数へ向けたものだ。

『人々よ
逃げずにおれよ　何事も
己れの真（しん）で　まっすぐに
向き合（お）うてこそ　扉は開く
いかに遥（はる）けき道なれど
己れの真で　向き合（お）うて
ますぐに歩みてゆくことぞ
鍵こそ己れの内にあり
代わりの鍵など他になし

そを知りたれば　人々よ
頼るものなし　自らが
己れの国の王なりし

迷宮に　迷いし時こそ心得えよ
迷えるは
己れの内なり　己れこそ
正しき道すじ知りたると
己れの地図こそ　己れの内に
しかり刻まれおることを
そを知りたれば　人々よ
おひとりひとりが王国の
輝く主（あるじ）　そのものぞ

何事も
己れの意識でつくり出し
己れの意志で動かしおるぞ
そを知りたれば　何事も
恐るることなし　輝ける
己れの王国　保ちたれ

気高き王となりぬべし』

うーん。唸ってしまう。

愚かしい過去の行いや厳しい現状に対し、心をまっすぐに向けてこそ扉は開かれるのだ。

神社へ行って神頼みしただけでは開かない。

神々の前で、立ち向かう姿勢を見せてこそ力が与えられる。そして自ら開いていくのだ。

鍵は内にある。

アブ・シンベルで扉が開いたのは言納がアンク十字を持っていたからではない。

健太がまっすぐ愚かしい過去に向かい合ったからこそなのだ。

鍵は内にある。

いかなる高価なパワーグッズでも己れの向き合う

姿勢なくしては役に立たない。

『代わりの鍵など他になし』だ。

そして、人生の地図も内にある。

その地図は今後の歩みがすべて決定付けられているのか。いや、違う。

『己れの意識でつくり出し
　己れの意志で動かしおるぞ』

というわけだ。

人の輝ける玉し霊の扉が開けば、人は相対的運命学に左右されない。

宇宙の根元とのつながりを意識する者には天中殺などないのだ。大殺界もない。

なぜなら、創造主に天中殺はないからだ。

それとも信仰なさる神は天中殺や大殺界をお持ちですかね。

そうですか。ところでさあ、疲れない？

己れの王国　保ちたれ
気高き王となりぬべし　であるぞ。

健太は過去の自分が犯したことの恐れや悔いを永年封じ込めてきた扉を開き、玉し霊を解放した。

これこそがマイ岩戸開きだ。

開けば開くほど自由になれる。

開け放しのドアからは誰もが自由に出入りできるように、自身の岩戸が開けば誰でも受け入れることができるし、自らも出て行くことができる。

時代もいよいよ扉が開くときが来た。

鍵はすでに人々の心の中に見つかった。

あとは錠に差し込み門を開けるだけ。

錠門（じょうもん）を
魂（たま）の内なる鍵が開け
出づるは古（いにしえ）　神々と
お人が共に育んだ
須（す）なる息吹　縄文の渦

その2　ナイルの風にさらされて

「隣に座ってもいい？」

アブ・シンベルからアスワンへ戻るバスで那川が健太の隣にやって来た。

「言納ちゃんは寝ちゃったの？」

前の座席の言納を覗き込むと、バッグを枕に体を丸め横になって熟睡している。

小型のバスだがミモを含め五人で独占しているため、席は一人一列ずつ与えられているのだ。

「疲れたでしょ、いろいろあったから」

「ええ。けど大丈夫です。それに、実はまだよく判ってないんですよ。〝高次元のエネルギー〟とか〝気高き王となりぬべし〟なんて言われても」

「それは仕方ないわ。これから少しずつ判っていけばいいのよ。それよりもね、健太君はエジプト時代の自分のこと、ちゃんと真正面から受け入れたでしょ。本当に偉いわ」

「いえ、それもまだよく判らなくて」

「でも過ちを認め心の底から懺悔したじゃない。私はね、まだ向き合えないのよ。エジプト時代の私自身に」

「えっ」

「………怖いのよ」

意外な姿を那川は見せた。

健太からすれば、那川ほど怖いものを持たない女性はいないと思っていたのに、過去の自分に怯えていたとは。

「怖いからずっと考えないようにしてたし、人に話したこともなかったの。でもね、こちらに来てから判ったことがあったのよ」

「へー、どんなことが判ったんですか」

「私ね、健太君とは今回が初めての出会いじゃなかったわ」

「今回って、今生ってことでしょ」

「そう。ずっと昔に一緒だったことがあったのよ。ただしそのときは私の方がずっと歳下だったけどね。思い出したのは私が十五か十六歳のころかしら。健太君は、んー、はっきりとは判らないけど二十五歳ぐらいかな、三十かもしれないいな」

「えー、すごい話ですねえ。で、何してたんですか、そのころは」

那川はポケットからミントを出して一粒口へ放り込んだ。

「ねえ、聖婚儀礼って知ってる？」

「いいえ」

「そう。そうね………」

那川は少し躊躇したが、まっすぐ前を向いたまま話し始めた。

「私ね、こっちではシャーマンだったの」

「へー、由妃さん巫子だったんだ」

「巫子っていっても今の日本の神社にいる巫子さんとは違うのよ。聖婚儀礼用のシャーマン。聖婚儀礼っていってもいろいろあるんだけど、私のは最も原始的っていうか………つまりね、神官に抱かれてご神託を降ろすのよ。言葉であったりヴィジョンを見せられたりしてね」

「………」

健太はどう返答していいのか判らず黙って聞いている。

「神官に抱かれながらね、快楽が全身の緊張感を解いた瞬間、ポンって玉し霊が解放されて宇宙とつながるの。そこで見たものや感じたことを言葉や図形で伝える役。だから巫子さんとは違うでしょ」

そう言って那川は笑ったので健太も口元をゆるめたが、目は笑ってない。

「当時はけっこういたのよ、それをやる女の人が。それでね、思い出したのはそのことと関係したことなんだけど、健太君は私が神官に抱かれてる横で、私の言ったことを書き取ってたのよ。パピルスか何かの分厚いノートを胸の前で開いて。憶えてない？」

「い、いえ」

憶えてないのが普通でしょって。

「仕事熱心て言うか。だってね、〝はい、次は？〟とか〝それだけでは判らないからもっと具体的に言って〟って、すっごく事務的なの。私を抱く神官にも〝おい、もっと感じさせてやれ〟だなんて言うんだから」

「えーっ、それって間違いなく本当のことなんですか？」

「そうよ。冷たい人だなって思ってた。私だって人前でそんなことさせられて恥ずかしかったし、きっと健太君は私のような女を見下してたんだろうな」

「そんなこと…………ないです…………と思います…………憶えてませんけど」

確かに困るな、その質問。

「私はね、いまだにあのころ封じ込めたみじめな自分を抱えたまま生きてるの。出したくても出せないのよ、それが。自分自身でブロックをかけてしまってることは知ってるわ。けどね、不安、悲しみ、そして見下されることの恐怖が私を閉じてしまうのよ」

「そんな、誰も見下したりなんてしませんよ、由妃さんのこと」

「自分自身に対して何ひとつ存在価値を見い出せなかったあのころの自分が、まだここにいる」

「何を言ってるんですか。神様のメッセージを降ろすような大切な仕事をしておきながら。すごい存在価値でしょ、それって」

健太は思わず口調を荒げてしまった。

「使い捨てなのよ」

那川は健太の眼を見据えて言った。

「いつ捨てられるのかって、毎日怯えて暮らしてた。もし間違ったことを伝えてしまえばそれで終わり。見せられるヴィジョンだって正しいものなのかどうかも判らないのに伝えなきゃいけないしね。だから怖くて仕方がなかったの。それを今でも引きずってるのよ」

どれほど強そうに見えても、人からは見えないところで苦しみを抱えて生きているんだということを健太は実感した。

むしろ強く見せたがる者ほど大きな恐怖を抱えているし、恐怖があるからこそ〝強くなりたい〟という観念がわく。なければ〝強くなりたい〟という意識は存在しない。

恐怖の種類にもたくさんあるが、強そうに見せることで対処する恐怖は〝バカにされたくない〟〝見下されるのが怖い〟である。

那川も強がって生きることで自らを保ち、恐怖や不安を打ち消してきたのであろう。

そのような女性は〝甘えると負け〟と思っているので、本当は甘えたいくせに意地を張る。甘えてしまうと負けになり、イコールあの人より私の方が下、イコール見下されるかもしれない、となってしまい難儀だ。

そこんところを判らない男性は、〝なんであんな生意気なんだ〟〝可愛気のない女だ〟とか〝素直じゃないんだよ〟となってしまう。

けど、それが判ると可愛んだな、これが。イテー、判った判った、判りました。那川由妃さんのことでした。

「由妃さん、それっていつのことですか」

「ラムセス二世前後。健太君も思い出したでしょ、その時代のことを」

「ええ、まあ………あれっ?」

「どうしたの」

「ちょっと待ってください」

健太の体に衝撃が走った。

「そうゆうことだったのか、判ったぞ!」

健太が突然大声を出したので那川は何が何やらさっぱり判らず、目をパチクリさせながら次の言葉を待った。

「由妃さん。僕たち三千年前が初めてじゃないです。その前がありました」

「……………どうゆうこと？」

「もっともっと前から縁があったんですよ。一緒だったんです」

健太は今朝アブ・シンベル神殿で見せられたヴィジョンについて詳しく話した。最後に残ったスバヌーと呼ばれる男とあどけない少女のこともすべて。そして話しながら本人も気付いた。

健太はかつての自分が大勢の白装束組の中の誰かだと思っていたが、そうではなかった。

スバヌーこそが健太だったのだ。

そして石台に載せられた少女が那川だった。

「あの少女は由妃さんだったんですよ。由妃さんは六千年以上前からずっと神に使える仕事をされてたんですよ」

「そうなの？」

今度は那川が驚く番だ。

「聞いてください。由妃さんは使い捨てなんかにされてない。大勢で由妃さんの体を治してたんですよ。たくさんの人が力を合わせて由妃さんを助けた。僕はあの時本気で少女のことを心配し、誰よりも大切に思っていました。できることは何でもしてあげようと思ってたんですよ。スバヌーの思いがそのまま自分の思いとして内側からグワーッて湧いてきたのを感じてましたから。ただ今朝はそれがかつての自分自身だとは気付いてませんでしたけど」

「……………それ、本当？」

「本当です。だからもう恐れる必要なんてないですよ。大昔も今も由妃さんの存在価値を僕はちゃんと知っているし、言や生田さんだってそう思ってますよ。僕たちだけじゃない。ハトホル神だって………」

那川の体がビクッと震えた。ハトホル神という言葉に反応したのだ。

「今、何て言った…………の…………かしら」

「えっ、ハトホル神のことですか」

那川の体内の血流は激しくなり、瞬間的に体温も上がり、全身から汗が吹き出すと共に呼吸までもが乱れた。

「ハトホル神があの映像をプレゼントしてくれたらしいんですけど、あれは僕のためだけではなかったんですよ。由妃さんの玉し霊を今でも気にかけてるってことを伝えてきてくれたんですよ。今でもあなたのことを想ってますよって。一度に複数の気付きを与えてくれるんですね、さすがハトホル神………あれっ、由妃さん………」

那川の頬を幾すじもの涙がつたった。

物心ついて以来初めて男の前で見せた涙だった。


アスワンに戻ってからの遅い昼食は、ナイル川沿いの白い瀟洒(しょうしゃ)なレストランでだった。

店内へ入って行くとGIA氏が待っており、

「どうでしたか、アブ・シンベルは」

とにこやかに微笑む顔は、やっぱり宍戸錠だった。

「では、こちらへどうぞ」

一階のフロアを通り抜け、階段を降りるとその先は船上レストランになっていた。

たくさんのテーブルが並んでいるが、時間が遅いためか他に客は一人もいない。

風通しもよく、くつろぐには最高だ。

「香港みたいね」

もちろん那川だ。

メインデッシュは肉がいいか魚がいいかと店の青年が聞いたので
「ボクは魚で」

生田が答えると健太と那川もそれに続いた。

「ミス・コトノはどちらにしますか」

GIA氏が尋ねると、

「んー………ノンスパイスで」

事情を知らないエジプト錠氏も一緒に笑った。

合わせたイタリアの老夫婦がめずらしそうに黄色人種を見ていたので那川が挨拶したが無視された。

「またバイキングかあ」

言納はスパイスのかかってなさそうなパスタとサラダを皿に盛ってきたが、やっぱり香辛料臭くてショックを受けていた。

「ねえ、健太。これ半分食べて」

「無理。自分で取ってきたんだから自分で食べろよ」

「もう、ケチ」

言納は膨れっ面をしたが生田が全部引き受けてくれることになったので、再度パンとハムとチーズ、それにフルーツポンチを取りに行くため席を立った。

食事中の話題は必然的にアベ・シンゾウ神殿、違った。アブ・シンベル神殿での出来事になった。

健太はカズヒから、古代の治療法についてを生田や黒岩から学ぶようにと言われたことを話した。

＊

ナイルクルージング用フェリーのレストランはグランドフロアから階段を降りた地下にあった。すべての席が各部屋別で乗客に割り当てられており、空席はひとつもない。

生田隊の席は入って左側、奥から三番目だった。今日から三日間、ナイル川に浮かんだフェリーで過ごす。ここからルクソールまで、寄り道をしながらのんびりと下っていくのだ。とはいっても出発は明日の昼、それまでは船から降りて買い物に行ったりトップデッキのプールに入ったり、あるいはビリヤードをするのもよし、ディスコで楽しむのもよしで、要するに好きにしろということだ。

なので今夜はここに停泊したままの船で過ごすことになる。

生田隊が乗る船は五つ星ということで、ここにも日本人は、いや東洋人は他に誰もいなかった。隣り

「生田さん。高次元のエネルギーっていうのが人の内側にあることは判りましたが、それがどんな力で、どうやって使いこなせばいいのかご存知ですか」

「〝微〟だね。高次元になればなるほど荒々しい波から微な波へとなるからね。神々や霊体などの想念体も同じで、高貴な存在ほどごく微細な波動領域で存在するから治療法も段々とやわらかいものになる。そのあたりについて黒岩は何て言ってるの？」

「先生ですか。そうですね、たしかに今後はソフトなやり方や気を多用した手法、音や香りなどで体を整えるものが増えるのは当然の流れだって。人類の精神レベルがもっと向上し、高次元と共鳴すればするほど極微細なエネルギーを使った治療法が主流になるだろうっておっしゃってます」

「そうだね、そう思うよ」

「けどそれはまだ先のことで、今みたいな荒々しい人の念の中で暮らしていると、〝微細な〟エネルギーでの治療は瞬間的な効果があるだけだって。体には反応が出るけども、数時間経つとまた元に戻っちゃうから今の人類………っていうか、その人その人から発せられる想念がどの領域なのかを見極めたうえで、必要ならばある程度強い衝撃を神経や椎骨に与えることも必要だって」

「うん、うん」

「その方が確実に効果はあるし、うちの先生は最近三か所以上の治療院へ行ったけど治らなかった人しか受けないので、ただ〝微〟であればいいってもんじゃないぞっておっしゃってますね。マグロを解体するのにペーパーナイフでできるのかって」

生田は笑った。

「できないことはないだろうけど、適切な刃物を使った場合の何十倍も時間かかるでしょうから」

「黒岩らしい意見だな。で、健太君はどう思ってるんだい、そのあたりについては」

「はじめのうちは教科書通り、ちょっとした操作で大きな効果を得られると思ってました。けど、実戦経験が少ない人ほど理想的理論がそのまま現実で通用すると錯覚するもんさって言われちゃいました。先生も若いころはそうだったらしいです。本当はわずかな操作でも的を得てれば体は時間をかけて気付かないうちに変化するみたいですけど、それには経験が必要なんですね。経験と感性だって。十五年以上やってる先生が判らないことだらけっておっしゃるんだから、僕ではとてもとても、……エへ」

「そうだな。経験と感性か、大切だね。健太君まだ一年だろ、黒岩のところへ行きはじめて。あいつ言ってたよ、他の奴が三年かかるところを健太君は一年でものにしているって。バランスとタイミング、経験と感性、一途であるということと楽しみながらやること。全部に合格点つけれるのは健太君がはじめてだってさ」

健太は照れ笑いをしている。師に認めてもらえるということは嬉しいものだ。

「けどさ」

生田はグラスに残ったワインを飲み干してから続けた。

「当然といえば当然だよね。だって健太君も言納ちゃんも厳龍先生が一番可愛がって育てた、先生の最後の弟子なんだから」

いや、正確に言えば厳龍最後の弟子は生田だ。言納と健太は弟子というよりも孫。孫であり若き友人だったのだ、年老いた仙人にとっては。

「治療法はともかくとして、最近よく高次元の世界になるって聞きますよねえ、五次元とか七次元とかって。それについて先生に聞くと、生田さんに聞けっていうんですよ。三次元にいながらにして想像することが本当に高次元の世界なのかどうかも判らないっていうのが先生の持論なんですよ」

「それね、ハーバード大学の理論物理学を専門にしてるリサ・ランドールっていう女性の博士がテレビで言ってたんだけどね」

那川がめずらしく真剣な目つきで話しはじめた。

「その女性は見事に五次元の理論を打ち立てて、今最も注目されてる物理学者の一人なの。彼女が言うには、二次元では三次元の世界を実感することができないように、三次元でも四次元や五次元を感覚として捉えるのは不可能だって。はっきりそう言ってたわ」

すると言納が初歩的な質問をした。

「ねえ、由妃さん。どうして二次元の世界では三次元を感じられないの？」

「うん、そうだな。わかっているようだけど実感できないからね、こういった話は。

那川がワイン用のグラスにたっぷりと水を注いだ。

「いい？　言納ちゃん。二次元っていうのは面の世界でしょ。三次元の立体に対し、二次元は平面。一次元は線ね。それで0次元っていうのが点になるわけ」

「えーっ、0次元って0なんだから何もない状態なんじゃないんですか」

「X（エックス）の0乗っていくつになるか知ってる？　Xは1でも5でも30でもいいわ。好きな整数を入れてみればね」

「だってー、0乗なんだから5の0乗は0だと思ってたもんー」

もんーっていわれても。ねえ。

「そう思うわよねえ。けど0乗は1なの。だから0次元は点。一次元が線、二次元は面ってことね、理論上では。それで、この水の表面が二次元の世界と考えて。表面だけよ。水の中や水面の上の空間はないと思って。二次元の世界では認識できないからね。だから水面以外は何もないってわけなの。では、ここを何か通過させようと思うんだけど……」

那川はテーブルの上に置かれたものの中から何か適当なものを探した。

「これでいいわ」

手に取ったのはフォークだった。これをもって踊ることをフォークダンスというイテーッ。

「いい？　水の表面のことだけを考えてね。では入ります。」

那川が水の中へフォークを入れた瞬間、水の表面には四つの点が現れた。

「二次元では〝もうすぐフォークが水の中に入る〟っていうのは見えないのよ。そんな世界はないのだから。では、二次元の世界ではいま何が起こったでしょうか。はい、言納さん」

「四つの点がいきなり現れた。だから二次元の人は言いました。〝いきなりかよ〟」

みんな爆笑した。

おい、言納。面白いからもっとやってくれイテテテテ、イタイタイタイって。

やります、ちゃんと。

那川はゆーっくりと水の中へフォークを沈めていった。

「無の状態から突然現れた四つの点は段々大きくなるのが判るでしょ。このままもっと沈めます。さて、二次元世界ではどうなるでしょうか」

さらに深くまで沈めたフォークの枝分かれした部分が間もなく終わろうとしている。

「見ててー、もうすぐよー、はい、どうなったかな、健太さん」

「少しずつ大きくなった四つの点が突然ひとつの大きな線って言うか、細長い長方形になった」

「ピンポーン。それでは今後はどうでしょう。よく見ててよ」

那川はゆっくりとフォークを沈め続けると、本体の丸みを帯びた部分にさしかかったところで面白いことが起こった。

「あれ、動いてる」

「そうなのね。大きさはほとんど変わらないままで移動するのよ。面白いわよね。それで、もう少し行くと…………ほら、いきなり小さくなりました」

柄の部分に差しかかったのだ。これを最後まで続けると、柄の先で水面の細長い長方形は急激にやせ細ってスーッと消えてしまうのだが、フォークの先がグラスの底に当たった。

「今のを見てて二次元の人たちは通過した物体の全体像を想像することができると思う？　仮によ、フォークはわりと単純な形だからある程度は捉えられても、それは何に使うものなのか、硬さは、色は、柄は、どう？」

「判らないですよね」

「そう、判らない。食べ物かどうかさえもね。同じように三次元からは五次元も七次元も判らないのね、全体像は。時々瞬間的にだけど言納ちゃんたちは高次元に触れてるでしょ」

「ええ」

「だから、そんな世界があるってことは判るわよね」

「はい。あることはある。それは間違いないです」

「でしょ。けど、あるって判ってもどんな世界なのかは、どう、判る？」

「さっぱり」

「ね。そうゆうこと」

健太もよーく理解できた。

「では高次元っていうのはそこに存在しないことにはどうゆうものか判らないってことなんですね」

「多分ね」

「だったら人類の意志で今のこの世の中に高次元を降ろすのも無理ってことになっちゃうのかなあ」

「必ずしもそうでないぞ」

生田が別の視点から高次元について語りはじめた。

「実際ボク自身深く理解してるわけではないんだけど、今のこの地球上で三次元的高次元に生きるということは可能だと思うよ」

「三次元的高次元、ですか」

「そう。けどね、ボクのいう三次元的高次元は能力的なこととか機能的なことが進化した状態のことではないんだよ。瞬間的に空間移動ができるとか科学的な未知の世界のことではなく、今の状態のまま高次元的に生きるということね、判るかい」

「ええ、何となく」

言納と那川も黙って生田の話に聞き入っている。

「まずは四次元なんだけどさ、一般的には縦・横・奥行きの三方向の軸の中で立体的に存在する三次元に時間軸というものが加わったところとされてるだろ。けどさあ、肉体を持ったまま時間を自由に行き来するということは今後もできない。今のままの肉体次元ではね。まあ、中には肉体を瞬間移動する人もいるけどね。時間軸に乗ってしまうんだろうな。けど、それは例外。できることさえ判ればそれでいい。それよりも、三次元的四次元はね〝今〟ということ。瞬間で未来も過去もコントロールできてしまうということ。〝今〟という瞬間のあり方を未来に望む方向へ向けていれば、〝今〟にいながら未来を思いわずらうこともなくなってくる。未来を自らコントロールする力がつくんだからね。未来に向けたベクトルに沿って〝今〟を生きることで半年先、三年先、一〇年先にはかつて思い描いた状態が実現させてしまえるのなら、結局〝今〟だけで充分なわけだろ。時間って何?」

「………何だろ。人と会ったり仕事をスムーズにするための手段………かな」

「手段だとすれば、人と時間のどちらが主でどちらが従だと思う?」

「人が主」

「そうだな。で、実際は? 時間に縛られて苦しんだりあせって失敗しちゃったり、一、二分の電車の遅れを取り戻そうとして一〇七人もの命が犠牲になったり。それでは主と従が逆だろ。体主霊従に生きるからそうなる」

「本当ですね」

「ときには急ぐこともあるよ、飛行機に乗り遅れないようにとかね。けどそれは非日常的なこと。問題にしているのは常日頃から〝時主人従〟になっているることなんだ。ほんの先の未来であっても遠い未来であっても同じだよ。〝今〟だけ。過去もそう。そもそも過去って言っても通過するまでは未来だったんだから。逆に言えば、未来はまだ過ぎてない過去」

「うー、そうか」

健太が唸った。

「未来ってね、〝過去の思考と生きざま〟イコール〝経験してきた過去〟がカタチになっただけだよ」

言納が首をかしげた。このあたりから言納は道に迷い始める。

「過去に対する捉え方を変えることですでに過ぎ去った時間でも生き返らせてしまうしね。つまり、過去を変えてしまうのも〝今〟次第」

そうなのだ。過去は死んでない。生き返らせるのは〝今〟次第、地獄の沙汰は金次第、言納の機嫌はスパイス次第である。

「健太君は黒岩のところで人の読み方を学んでるわけだけど、その人の今のあり方、つまり体つきや姿勢、出してる気、顔つき目つき、服装や態度、話し方やしぐさ、それに話す内容などから未来も予想できるし過去も想像がつくだろ。〝今〟という瞬間しかないとはそうゆうことでもあるんだ。それは過去も未来も時空を越えて〝今〟に凝縮されているからね」

〝今〟という瞬間だけで、

やがてやってくる「〝今〟＝未来」も、

もうすぐ過ぎ去っていってしまう「〝今〟＝過去」も、ぜーんぶ楽しいものに変えちゃえ変えちゃえ。

〝今〟しかないんだから〝今〟がつまらないなんてもったいないぜ。

というわけで、〝今〟ですべてをコントロールすることが三次元的四次元とすると次は三次元的五次元。

しかし、レストランはもう終わりなのでバーかディスコか船上デッキへ行けという。

それで四人は屋上デッキへと移ることにした。

夜景もまたすばらしい。岸の向こうに点々と続くあかり、ヤシの木のシルエット、数千年前にも見上げていただろう星空。夜のナイル・クルーズはトム・クルーズよりも素敵だと思う。やっぱり誰かにプロポーズしたくなるシチュエーションだが、ジイが出てくる前に話を戻す。それに、まだ船は停泊したままだ。

健太が温かいコーヒーを四つ注文して戻ってきた。

「どこまで話したんだっけ」

「次は三次元的五次元です」

「そうだった。〝今〟によって時間から自分自身を解放したら次のステップは〝自我〟」

「自我？」

「調和を乱す自我を捨て去ること。〝私が、私が〟と必要以上にでしゃばってまわりの人に不快感を与えたり、私さえよければそれでいいから人のためには努力しない、なんて損得で生きているうちは三次元的五次元で暮らすことができない。何ひとつ主張してはいけないと言ってるんではないからね。主張すべきところは主張しなきゃ世の中も成長しないし。けど、人は主張する権利を持つと同時に受け入れる義務もあるわけだから、人が気分を害すような主張や全体を考えない身勝手さからはさっさと脱却すべきだね。健太君たちが受けてる教えで言えば〝和合〟すること。それが三次元的五次元ってことさ。あくまで四次元とか五次元っていうのは方便としての数字だからね。高度な技術を持った次元とは別のもの」

コーヒーが運ばれてきた。

風が少し冷たいのでこの温かさがありがたい。みんな紙コップを両手で包むようにして持っている。

「寒いのかい。もっとこっちへおいで。さあ、僕が暖めてあげるよ」
なんていうセリフもたまには書いてみたい。次はその路線にしようか……まあいい。

「不必要な主張や思いやりのない対応、身勝手な思想っていうのはね、自分は愛されてる、役に立ってる、必要とされてるっていう自覚が増えることに比例して減ってゆくものなんだ。だから三次元的五次元へ入るには活躍する場があったほうがいいな。別に仕事場に限らず、何かの活動でもいいし家庭の台所でもいい。それで、活躍の場を与えてもらえるようになるにはこの三次元を愛していること。それが基本」

〝三次元大好き〟〝愛してる、三次元〟〝三次元と超ラブラブぅ〟で毎朝起きると、そう思えてしまうことばかりが起きてしまってもう楽しくって仕方ないのだ。

ちゃんと説明すると、三次元大好きで朝から晩まで過ごすことによって、これだけはやってはいけません、やってしまううちは幸せ五次元に暮らせませんよということを自然にやらなくなっていることに気付く。

やってはいけないこと、まずひとつ目。

〝グチを言わない、思わない〟

逆の方がいいか?

〝グチを思わず、口にせず〟

もうひとつは

〝人を責めない、見下さない〟

目の前の出来事は自身の内の写し鏡。普段発する想念がカタチになって現れているのだから、目の前の人を責めたり見下したりするのは実は責任逃れであり、玉し霊は自身のできの悪さに嘆いている。そこに気付かないと三次元的五次元に入れないのだ。

まあこれも、気持ちだけはそうあろうとしたところで肉体の影響も受けてしまうため、体の問題点から手を付けた方がいい場合もある。肝臓の機能が低下しすぎれば自己を深くまで振り返ることができなくなる場合もあるし、呼吸が浅ければ人の話が聞けない。首の張りがイライラ感を生んだり、胸椎４番の異常で不必要な緊張を強いられストレスが溜まったりとか。

そういった肉体から受ける精神状態を無視したままだと、自分を変えるための努力もなかなか報われない。

〝肉体は精神の奴隷である〟

と西洋人の哲学者だか作家だかが言った。

日本でも〝病（やまい）は気から〟というぐらいで、気持ちの持ち方ひとつで肉体はどうにでもなる。たしかにそうだ。

が、同時に、

〝健康な身体に健全な魂宿る〟

ともいう。肉体が健康であってこそ始めて健全な精神状態が保てるということだ。

どちらが正しいか。

両方正しい。紙幣の表と裏、どちらが本物だ。両方本物である。片面しか知らないと、もう一方の面を見てもそれがいくらの紙幣か判らない。紙幣かどうかさえ判らないかもしれない。

双方が干渉しあうことを知ること。日本はいつも二本立てなのだから。

話を戻して〝三次元が好き〟の話だ。

〝三次元が大好き〟をベースにしていると、これをやりなさい、これを守れば人生うまくいきますよということが自然にできてしまっていることにも気付く。

高次元の不可思議なエネルギーと共鳴するし、運気をいっぱい引き寄せる三原則

〝ごめんなさい〟

〝ありがとう〟

〝お願いします〟

も、〝三次元大好き〟で生きてると、意識せずとも

それをしてしまっているのだ。

〝ごめんなさい〟と詫びることも〝ありがとうござ

います〟の感謝の思いも、そして〝お願いします〟

の謙虚な気持ちも〝三次元大好き〟に含まれる。

それとね、この〝三次元大好き、生きてることが

超嬉しい〟ってね、もの凄い先祖供養になるんだよ。

子供が「生きているのが辛い、苦しい。生きてた

ってちっとも楽しくない」と思いながら生きてたら、

親としてこれほど悲しいことはない。

では逆は？　楽しくって仕方ないで生きててくれ

れば少々勉強ができなくたって、親としてはどうし

たらいいのか判らないほどの悲しみにはならない。

先祖の思いも同じこと。いや、先祖だけではない。

神仏さえも同じ思いでいるということ。ということ

は高次元の存在も、〝人生楽しい、人類大好き、だ

って三次元を愛してるんだもーん〟という気を発す

るものに次々と不思議不可思議を起こす。

これが起こりだすとマジ笑える。

もっとやってよ。だって楽しいんだもん。

あのさあ、これからは挨拶もそれでいっちゃおう

よ。

〝お久しぶりです〟なんてもう言わなくていい。

〝こんにちは。三次元楽しいですか〟

〝あーら、こんにちは。もう楽しくって、三次元〟

って。

医者もナースも病室へ入って〝おかげんいかがで

すか〟なんて聞かないように。〝三次元楽しいでしょ〟

にする。

「いやー、三次元は苦しいねえ。痛みもなかなか取

れないしねえ」

こうゆう患者は毎朝窓から太陽に向かって〝三次

元が好きですー〟と三十回ぐらい叫ばせる。

病人よ、病室なんか抜け出して丘へ登ろう。

そして丘から共に叫ぼう。

〝本当は三次元が大好きだー！〞ってね。

これで精神的五次元へは入れる。

しかし、それでも人は孤独や不安をぬぐいきれないことがある。生田の定義する三次元的六次元への課題はそこだ。

「次が難関だよ。現代社会の病んだ部分なんだよ。次のステップは」

「難しいことなんですか、それは」

「苦しんでいる人は多い。三次元的六次元に生きるためにはね、人々の心から恐怖心をなくすことなんだ。不安や妬み嫉みに嫉妬、憎しみ、恨み、取り越し苦労や持ち越し苦労。これら負の感情はどれも恐怖心が元になっているからね。怒りだってそうだよ」

「私は根本的なところに怒りがあるからなあ。怒りが原動力になってるみたいなところがあってね。だからイマイチ伸びないのよね。で、すぐ転ぶ。転ぶと起き上がれない。なのに強がり言っちゃってさ」

那川は自分のことをあきれたようにそう言い放ちながら煙草に火をつけた。

「今回ボクたちは怒りを持つなって言われてただろう」

「ええ」

「怒りはね、恐怖心から派生する負の感情の中でもっとも外部に影響を与えるものなんだ。人に感染しやすい。どんどん増幅しながらね。また、共通した怒りは人々をひとつにする。マイナスの面でひとつにね。一致団結させるには〝愛〞より〝怒り〞のほうがしやすい。やっかいだろ」

うん。ホントやっかい。表面的かつ短期的な力でしかないけど、愛で結ばれた絆よりも、共通した怒りで結ばれたそれのほうが瞬間的なパワーが発揮できてしまう。すぐに分裂するけどね。〝敵の敵は味方〞作戦とはそんなものだ。調和がない。

「個人の岩戸開きに関しては、怒りよりも不安とか恐れが邪魔になってくる。人からどう思われるだろう、どう評価されるのだろう、受け入れてもらえなかったらどうしようってね。こういった負の感情がなくなるとね、蓮の花を軽くつまんで少し腰をくねらせた観音さんの世界が判る。判るというよりも、目の前にその世界が広がっていることに気付く。自分はそんな世界にいたんだってね。地獄の扉を開くのも観音さんの世界の扉を開くのもこれまた自分次第なんだな」

「蓮を持った観音さんはその世界の存在を僕たちに伝えてるんでしょうか」

「そうだね。人それぞれ感じ方は違うけど、強いていうなら『全部あるのに』かな」

「全部あるのに?」

「すべて持ってるのに何が足りないの? ぜーんぶあるんだから何も恐がることなんてないのに、ってね」

「なるほどー、そうか」

「『離してしまいなさい』とかね」

「えっ、それは?」

「いつまで握り締めているのですか、さっさと離してしまいなさい。楽になりたいんでしょ。判るかな。人の苦しみはすべて執着によるものなんだから、あであなきゃ駄目、これじゃなきゃ駄目、そんなの嫌だって言って握り締めているものをさっさと離しちまえってこと。観音さん自身は〝離しちまえ〟とは言わないだろうけどね」

ドッと笑いが起こった。

「私、もう一杯コーヒー注文してくる。みんなは」

と、那川は席を立った。

「エネルギーとかはどうなんですか。三次元的六次元に流れるエネルギーとかって」

健太らしい質問だ。

「エネルギーとしては今でもここに降り注いでいるんだけど、微な宇宙エネルギーがうまく自分に作用する。望む方向へと自分を導いてくれる。謙虚さや感謝を忘れなければね」

「それはいいわね」

　那川が戻ってくるなりそう言った。

「それに流れが読めてくる。個人、団体、国家の運勢も読めてしまう。読めれば次にどうすればいいか判るだろ。喜ばしいことなら少しだけ緊張感を持つことでその流れを維持すればいいし、悪しき流れならそれを変えてしまうこともできる。いくらいい流れでもだらけたり隙ができるとどんでん返しを食らうから適度な緊張感はあったほうがいいね。魔が入りにくいし、顔つきが凛凛しくなる」

「恐れと緊張感は同じじゃないの？」

　言納が聞いた。

「違う。精神的には似た状態にも思えるけど玉し霊の喜びがあるかないかは全く違う。今ボクが言った適度な緊張感は恐怖心から発するものでなく、玉し霊が起こす喜びの謙虚さなんだよ」

「へー、納得。生田さんすごーい」

「流れが読め、対処することができれば観音さんの世界に居続けられるんだよ。そこにあるのは〝平安〟〝安泰（あんたい）〟〝安穏（あんのん）〟。まさにミロクの世だね。三次元的六次元だからミロクの世なんだけどね」

「あー、そうなんだー」

　健太がすっとん狂な声をあげた。

　そうだよ。ミロクの世になるってのは三次元で精神的六次元を完成させることさ。


　恐怖心がなくなるとどうなるかというと、まず「攻撃」をしなくなる。心の中で人を責めたり言葉で口撃したりとか。する必要がないんだから。だって恐怖心がないんだもん。

　ちょっと不利な立場になるとすぐに攻撃に転ずる人は恐くて仕方ないんだな。そうしないと自分の存在の正当性が自分の中で保てない。

　防御もそうだ。必要以上に防御する必要がない。観音さんは無防備だ。邪悪なものからは脇にいる四天王が守っているが、ミロクの世では必要ない。

　交通事故などを避けるための注意は必要だと思うが、少なくとも攻撃のためのトマホークミサイルや防衛のためのパトリオットミサイルなんて不必要の極みだね。

　それで、恐怖心がないもんだからみーんなできちゃう、マイ岩戸開きが。

　岩戸開いて、先に三次元的六次元に入った人たちが周りの人々を導きつつ喜びの念を膨らませる。そいつが超巨大元気玉となって地球を包み、さらに天に向かって巨大化させるとやがては臨界点まで到達する。と、元気玉はシールドを被り高次元エネルギー帯に触れるだろう。シールドについては後に説明するとして、ついに降りてくるのだ。精神的六次元がこの三次元に。

　そうなればもう気付く。みーんな気付く。連鎖的に気付きを持つ人が続出し、やがてはUK・USA連合の政府要員や彼らの背後にいる組織の中からもたくさん出てくるであろう。玉し霊の叫び声に耳を傾ける連中が。

　同時に次元エネルギーが今の三次元の状態とは違ったものになるため、核エネルギーなど惨劇を招くようなものにも変化が起きるであろう。物理学の分野は新たな課題であふれかえるんではなかろうか。

　メッチャ面白そうやん。ワクワクしてくる。

　やっちまおうぜ、みんなで。

　合い言葉は〝三次元が好きー〟


「生田さんの話を聞いて少し判ってきました。高次元エネルギーは外から取り入れるだけでなく、内側からも出す方法が」

「精神的高次元っていうのはね、三次元に時間を超越する科学的能力が加わって四次元、何かの機能が加わって五次元、さらに何らかの力を得て六次元っていうことではないんだよ。今のこの三次元から余分なものを削除して四次元。もひとつ邪魔なものを引いて五次元。さらに不必要なものを捨て去ることで六次元になっていく。つまり、高次元は…………すでに………」

「この三次元の中にある」

「その通り」

「だから生田さんは、蓮を持った観音さんの伝えたいことは『全部あるのに』って言ったんですね」

「さすが厳龍先生の愛弟子」

「それは生田さんでしょ」

　笑い声が真っ暗なナイルに散った。


　精神的高次元は天だけにしかないのではない。すでに三次元の中にある。そして一人一人の内側にははじめっから存在している。

　小宇宙である人の内部は、大宇宙のありとあらゆるものが存在しているのだから。当然ミロク菩薩もミロク如来も内にある。

　それを光として外側へ出すことで外側のミロクの世を引き降ろすことが可能になるのだ。

鍵は内にあること見ずしては、扉開くことなかれ。

アーメン。

　大量のメモを取っていた健太はしめくくりにこう書き記した。
「高次元は三次元をシンプルにすることで体現可能」
　そして「四次元＝三次元＋時間」と書いて大きく×印をうち、すぐ下に
「四次元＝三次元－（マイナス）時間
五次元＝三次元－時間－自我
六次元＝三次元－時間－自我－恐怖心」
と太く書き付けた。
　またまた気がついたらデッキには誰もいない。時計を見ると十二時を過ぎていた。
　十二時…………時間って何？

朝食中、マハムッド氏がやって来た。いつも彼は紳士的だ。それに彼の辞書には「雨天決行」の文字はない。関係ないってか。

「食事が済んだらロビーに来て下さい。待ってますから。ハマダも来てますよ。ナイルを楽しみましょう」

フェリーが出るのは昼すぎ。またハマダ君のファルーカに乗せてくれるようだ。

スカラベも元気よく飛んでいる。

今日も空はエジプト晴れ。絶好のピクニック日和だ。

フェリーの先端のすぐ先にハマダ君の船が接岸してあった。ファルーカではなくエンジン付きのボートだ。今日は少し遠出をするらしい。エンジン音がやかましいせいか誰もが無口になり、思い思いに両岸の景色を眺めていた。太陽が昇る東岸と沈む西岸の様相の違いは、今でも〝生〟と〝死〟象徴しているかのようだ。

生田は子供のころを思い出していた。ボートのエンジンから出る匂いが、昔畑仕事で手伝わされた耕運機からのものと同じだったからである。

それに、華やかな東岸に対して西岸は、実にのんびりとした農村地帯。この景色はヤシの木さえなければ日本のそれとどこも違わない。

畑仕事をする老婦人は日焼けした顔を日本手ぬぐいのようなもので覆っているし、着衣も祖母が着ていたモンペにそっくりだ。

三十分が過ぎたころハマダ君がボートを岸へ寄せた。どこへ行くのだろう。

足元が滑りやすい土手を一〇メートルほど登ると畑に出た。

「ネギっぽいね、これ」

「あれってカボチャ？」

考えてみれば、ところ変わり調理法に違いはあっても野菜の素材自体はそれほど変わるものではない。

畦道を突き切るとアスファルトの道路が敷かれていたが、車は一台も走ってない。

「あれがぼくの村だ」

「えー、ハマダ君の家へ連れて行ってくれるの」

これは貴重な体験だ。ナイルのこちら側は観光客など一人もおらず、見かけるのは地元の人だけ。

ゆるやかな斜面に並ぶ数十の家々は、すべての壁が薄紫色に塗られており、その姿は色彩に乏しい砂漠に咲いた藤の花のようで美しい。ギリシアには海沿いに白と青だけの村があるが、そのエジプト版といったところだ。

アスワン・ウエスト・バンクというらしい。

パレスチナのウエスト・バンクとは違って平和そのもの。自爆テロやイスラエルからの攻撃を心配しなくていいのでありがたい。

ハマダ君の自宅は砂の坂道を登った村の一番高いところにあった。

小さな教会のような入口を入ると砂地の大きな広場があり、広場を囲むように四つ、五つコンクリートの平屋が建っていた。

ここも予想以上に緑が豊富で、榊のような葉を持つ木や保育園の園庭にあった木があった。名前は知らない。ともかく四十年前にはそれが志段味保育園にもあったのだ。

日々草も咲いていた。

日陰でくつろいでいると年頃の女性たちがハイビスカスティを持ってきてくれた。

彼女らはハマダ君の奥さんなのか姉や妹なのか恋人なのか、それとも近所の娘なのかは最後まで判らなかった。イスラムの世界に慣れてないため、その手の質問が許されるのかが判らず結局誰も聞かなかったのだ。

「グエー」

健太が小さな悲鳴を上げた。

ハイビスカスティは砂糖が入ってないと恐ろしく渋い。生田も甘くしたが言納と那川はそのままを平気で飲んでいた。

健太は一人で広場のてっぺんに行き腰を下ろした。広場といってもそこは山の斜面。したがって段々畑のようになっており、最上段からだと村全体やその向こうのナイルが見渡せる。

するると突然不思議な感覚が沸き起こった。

何がどうなってしまったのか、健太は自分自身がリオデジャネイロの山の上に立つキリスト像の目で村人やナイル、その向こうの東岸を見ているのだ。

ブラジルへ行ったことなどもちろんないし、何かで強く意識したこともない。キリストを深く信仰しているわけでもないのにだ。

健太の意識が合わさったのは、リオデジャネイロ、ゴルゴバードの丘に立つ高さ三〇メートルのキリスト像だ。

台座を含めると三八メートルあるこの像は両手を真一文字に広げており、見るものを圧倒する。両手の幅も二八メートルあり、おそらくジャイアント馬場よりも大きいのではないか。

理由は判らなかったが健太は背すじを伸ばし、目を閉じた。

見える景色はアスワンではなくリオデジャネイロ。キリスト像の視線と同化した健太の意識に神々がどのような思いで人々を見ているかが手に取るようにはっきり伝わってきた。天之浮橋（アメノウキハシ）に立つとはこのことだ。

キリスト像に宿る意識からは、見渡す限りすべての人々に細い光の糸が伸び、誰一人つながってない人はいなかった。

糸といっても物質の糸ではないので絡（から）まる心配はない。ご安心を。心配なんてしてないですか、ああ、そうですか。

神を意識する人がいると、光の糸を通ってその人の思いがありありとキリスト像に伝わって来る。

礼を言う者、嘆く者、結婚の報告をする者、懺悔する者、助けを求める者、そんな人々の思いをひとつ残らずキャッチした。

それに対しキリスト像からもすべてに答えが返される。

健太にとっての学びとなったのは、どの人も返された答えをはじめから内に持っており、実はその部分をキリスト像に宿る想念体がポーンとつついていたのだ。

（なるほど。すでに答えは内にある、か）

あとはそこに正面から対峙するか、やっぱり逃げ出すのか。それもまた本人次第ということなのだ。

しばらく神の思いに浸っているうち健太はあることに気付いた。

それは、決してキリスト像から先に何らかのシグナルを送ることはないということだ。

求められた分だけ返す。

〝求めよ　さらば与えられん〟というキリスト教の教えを健太は映像から得た。

そしてキリストは、与えたことに対しても最終的には本人の意志により受け入れるか否かを選択させ、何ら強制することもなかった。

喜びの報告をしてくる者には祝いの言葉を送る。

「あなたの努力が実ったんですよ。精一杯努力してましたからね。どうか謙虚さを忘れずこれからも励んでください」

罪の意識を持ちつつも悪事を働く者が許しを乞う念を発した。

「わずかいっときは自分を誤魔化せるでしょうが、玉し霊は悲しみと怒りに震えてますよ。早く気付きなさい。あなたはすでに、自身がどうあるべきかを知っているのですから」

しかし、力を使ってその悪事を阻止することはなかった。

このような場合、本人にその悪事を止めさせるよう働きかけるのは先祖や指導的立場の守護者たちであり、全体を育てる神々は個人にいちいち動かない。キリストのような立場になってしまうと、個人個人の自覚が芽生えるのをひたすら待つ。本人自らが目覚めたカタチにするのだ。

（ああっ、大変だ）

まさに今、命を絶とうとするものからの思いが届いた。

「あなたは祝福されて生まれてきたのですよ。大きな希望を持ってその場を選びました。今でも太陽があなたを照らすように、必ず光の射す瞬間が訪れます。さあ、その勇気を〝今〟という瞬間にぶつけてみなさい」

しかし彼は命を絶った。

「そうですか。あなたはその道を選んでしまったのですね。残念です」

強制せず。執着もせず。なのに限りなく大きな愛で人を包む。

淡々と、かつ最大限、自身の働きをする。

冷たいのではない。個々をひとりの神、ひとつの光として尊重しているのだ。覚者でないとできません。このような働きは。

人が自ら命を絶つ瞬間を目の当たりにした健太は衝撃が強すぎてなかなか正気に戻れなかったが、また別の衝撃が我れに返らせてくれた。

それは、キリスト像に宿る高次元の意識体、つまりそれが神なのだが、その神が己れの力不足を恥じ、命を絶った者に対して詫びていたからだ。

「私にもっと力があれば、あなたを救うことができたでしょうに……助けを求められていながら何もできなかった。申し訳ない」と。

（何ということだ……神が自身の力不足を嘆い

て人に謝ってる………）
『神の思い　伝わったみたいだなあ』

カズヒがやって来た。

『あっ、やっぱりまた後で来る』
（何で。何で来てすぐ帰………）
「ねえ健太、メモして、今すぐに。何か来てる。言うよ。

『人々よ
開門いよよ　始まりて
進むも残るも　己れの魂(たま)が
決定(けつじょう)せしこと　そを知れば
己れの生の輝きは
いよよ増し増す　それぞれに
それぞれの道あり　どの道も
いとしき道ぞ　人々よ
己れの道を大切に
歩みてゆけよ　今ここで
門を通りて扉まで
歩みて来られし人々よ

扉こそ
己れの内にありと云う
その真実を知りてこそ
真なる世界の始まりぞ
神名(カムナ)唱えよ　己れの神名
己れのみ知る己れの神名
己れに問えよ　耳ふり立てて』

これで終わり。大丈夫ね」
言納はそれだけ伝えると、そそくさと行ってしまった。
何か不機嫌だ。

しかし健太は今、そんなことに気を取られている場合ではなかった。

二行目と六行目に〝いよよ〟と出てくるが、〝いよいよ〟の間違いではなく〝いよよ〟で正しい。いずれにしても意味は同じだ。

（神名（カムナ）唱えよ　己れの神名って………）

『それもアブ・シンベルで伝えるはずだった』

カズヒがまた現れた。

『けど限界だったからな、あそこでは。だからここになったんだ』

（神名ってエジプトの神の名のことなんだろうか、それとも日本の神？）

『それはお前が考えるべきことだろ。ああ、断っておくけど名がつけられている特定の神のことではないからな。そこを越えたところで考えるんだぞ』

カズヒの言う通りで、この場合の神名とはニギハヤヒ尊だとか菊理媛、瀬織津姫といった個の神の名のことではない。もちろん親神や先祖、守護者の誰かを指すのでもない。

いや、実は、正確には特定の、例えば親神の名のことを指しているとも思われる。なぜなら『己れのみ知る　己れの神名（カムナ）』と出ているぐらいだから。しかし、大行事を前にした健太にとってそれは後回しでよい。もっともっと大きなところに目を向けるべきなのであろう。

（特定される神を越えたところって、創造主とか宇宙の根源の神の名前ってことなの）

『まだ〝名〟にひっかかってるなあ。〝名〟も越えろ。音だ、音。お前大昔にそれを口にしてたんだぞ。アブ・シンベルでの映像にも出てたろ』

（えー、あの中で口にした音って………ひょっとしてあれ？）

『それだ』

健太は〝ムウーン〟の音霊を思い浮かべたのだ。

『いいか。神が伝えたかったのは〝すべてはすべて、溶け込んですべて、あるようでなきもの、なくしてあるもの〟だ』

（ん？　よけい判らないって）

『いま答えを言った。なくしてあるもの……無くして有るもの』

（えーっ、無くして有る、無で有のもの、無と有、ムウーンか。それが神名か）

『宇宙の響きの音。∞字に流れ続ける永遠の音』

（それがムウーンか。無有――ン。日本語ってすごいなあ）

『確かにな。日本語が表される以前に大自然と調和していた縄文の感性がすごいんだ。それあっての日本語だ』

倭人、縄文人の感性、いまいづこ。


『さて、行くとするか』

（待って。あのさ、何でリオデジャネイロなの？　高いところから神の目で見ることを教えたければピラミッドの上からとか東谷山（とうごくさん）からだっていいのに）

『23度27分だ』

（………）

『北と南の23度27分』

（それって回帰線でしょ。北回帰線と南回帰線。けど、それが何なの？）

『重要になってくる。171祭りにな。赤道を中心に南北回帰線までの約47度が次元上昇には重要になるんだ』

健太の脳が動いた。いまや言納だけではない。脳が勝手に計算を始めるのは。少々ややこしい。

（回帰線。カ＝6、イ＝5、キ＝10、セ＝14、ン＝1で、計36。ミロク。三次元的六次元を降ろすのに必要なのが回帰線内47度の浄化。南。ミ＝35、ナ＝21、ミ＝35で91。北。キ＝10、タ＝16で26。91＋

26＝117。117＝御柱。南北回帰線上に御柱を立てることが必要。南回帰線＝127。北回帰線＝62。127＋62＝189。189は岩戸開き。地球全体の岩戸開きは南北回帰線内が鍵。自転の際、極地よりも動きが大きい分、その地域の波動が地球全体を包む。それに自転運動では極地に比べわずかだが地表のエネルギーは赤道付近が先に行く。先に行くところが岩戸開かねば地球全体が正しく開かず。その鍵握る47度。47は夜明け。赤道挟んでの47度が清まることで地球の夜明けの始まり………）

という具合に。計算が速すぎて理解が追いつかない。

『〝62〟は憶えておけよ。⊕と⟐を解くのに使う』

（あっ、忘れてた。⊕と⟐のこと、すっかりさっぱり）

『しっかりしろよ。たまたまで来てるんじゃないんだぞ、おい。62の言霊は何だ』

（62は………〝ド〟だ）

『それを憶えておくことだ。それとなあ、117を〝御柱〟と解いたろ。正解だ。２０１２年６月６日の〝77―107―117の祭典〟の117はそれだ。77は臨界点だ。以前知らせたやつさ』

（107や171は？）

『107は171が判ってからだ。171については77＝117の要領で考えれば判る』

（はあーっ？　何で77＝117なんだってこと。どこの世界に77イコール117になる算術が存在するんだよお）

しかしカズヒはそれを無視。

『お前、この際世界地図を買って帰れよ。日付変更線から始まってるやつだ。あれでないと世界基準とのズレに気付けないからな』

そうだぞ、そうだぞ。今現在日本で使っている世界地図は太平洋が中央に配してあるので陸地が端っこに追いやられてしまっている。それに日付変更線が真ん中にあるし。

国番号81の日本が世界に先駆け〝光〟になるという点では結構なことなのだが、世界の多くの国々では使わないよ、あの地図。

丸い地球の日付変更線に切れ目を入れ、ビャーっと皮を剥がしたあれね、あれは中央にヨーロッパ及びアフリカ大陸がどーんと構え、海は大西洋が中心になっている。

そちらの地図だとニューヨークやワシントンなどアメリカ東海岸からヨーロッパが近い。

日本仕様だとアメリカとヨーロッパは東の端っこと西の端っこ、ものすごーく遠くに思えてしまうのだが実は近い。自由の女神がフランスを向いているということも実感できる。

やはり世界の流れはあのあたりが中心に事が運ばれているわけで、それがワールドスタンダード、世界基準だ。

日本はずーっとずっと東に行った片端にぽつんと記されており、だから極東と呼ばれるのだ。日本仕様の世界地図ではそれが理解しにくい。

日本はいつも二本立て。太陽暦と旧暦＝太陰太陽暦を使い分け、西暦と元号を同時進行させているように、世界地図もジャパニーズスタンダードとワールドスタンダードを共に認識してこそ光の国の民なるぞ。一神教国家では難しい面があるかもしれないが、日之本の民はそれができる。

フェリーに戻ってから調べたところ、アブ・シンベルもリオデジャネイロも共にほぼ回帰線と同じ緯度だった。アブ・シンベルは北回帰線のわずかに赤道側。リオは南回帰線のすぐ赤道側だった。

しかし、この区域の47度をどう清めたらいいのだろうか。

〝47〟は日本くさい数字だ。

ヒフミヨイムナヤ…………もイロハニホヘト…………も47音。日本は47の都道府県で成り立っているしね。そして那覇が47。鍵は沖縄にありか。〝大きな輪〃だしね。

他に47は〃御神酒〃〃命〃〃人〃〃血統〃。

キリストがゴルゴダの丘で処刑されたのは4月7日ということになっている。戦艦大和は4月7日に沈んだ。前出の岡本天明氏は4月7日没。もう止めよ、このへんで。

*

ハマダ青年宅からの帰り道、電柱に塗られた色について言納がマハムッド氏に尋ねた。

白い電柱の一メートルほどの高さの部分が幅二〇センチ程度赤く塗られ、その下二〇センチは白のまま、白の下二〇センチが黒く塗られている。

「これはエジプトの国旗さ」

エジプト国旗は上三分の一が赤、中央が白、下は黒の三色で、中心にシンボルの鷹(たか)が描かれている。

言納は北海道神宮開拓神社で出てきた〃52〃の色が次々と変化したことを思い出した。

はじめは全体が白で中央が赤。これは日の丸だろう。

〃白い恋人〃も〃赤福〃も身そぎをさせられ白と赤は清まった。それとも白と赤イコール日の丸をつぶすとの雛形か。イヤらしいものを感じる。

日の丸つぶしがいよいよ本格的になったとすれば、誰がそれをやるのかはすぐに判る。すでにメッセージが届いているのだから。やはり〃白い恋人〃はスケープゴートになったのだろう。何しろ〃白い恋人〃の製造元は「石屋製菓」。もうお判りであろう。エジプトの石職人がルーツとされている「石屋」だ。同じ名前ということでターゲットになったのか。奇しくも叩かれたのは六十二回目の終戦記念日であった。

そもそも餅なんてカビが生えても削って食べるだろうに。冷凍にして保存するし。アンコだって日が経って乾燥してても食べるでしょ。誰一人食中毒になったわけでもなし。日本のマスコミはもっと哲学

を持て。みっともない
けどさあ、あれは中国産の食品から目を逸らすための陰謀だったとも考えられる。白と赤の問題が表沙汰になったと同時に中国産食品の問題がニュースから消えたもん。

あーれっ、何で食べ物の話なんてしてんの。

旗だった。

〝52〟の色が変わり赤・白・黒になったのだった。

この三色を国旗に使うのはエジプト以外にもイラク、シリア、イエメンなどがあり、中央の白い部分に描かれているもので見分ける。

シリア、イラク、大事だね。けど今回はエジプトでいいだろう。

最後は縦長三色、右から赤・白・緑の三色だ。これも国旗を表していると考えればどこだ。イタリアか。

しかし言納にはまだそれを特定することができなかった。


が、このたびの大変改に日本とエジプト、そしてもう一ヵ国を結ぶことが特に重要であることだけはうすうす感じていた。

その3　アルシオネの螺旋

フェリーで昼食を取っていると、微かにゴツンという音と揺れを伴いやっと移動を開始した。丸い窓から外を覗くと、おお、動いてる。

そこへ嬉しそうな顔をしたミモがやって来た。

「お食事はお済みですか、ミスタ・イクウタ」

「判ったよ、じゃあ今からやろう。部屋へ来てくれ」

ミモが首と腰の痛みをうったえたため、生田が治すことになった。

ミモは満面の笑みを浮かべ
「サンキュー、ミスター・イクウタ。ウェルカムトゥー　イージプト」

とおどけた。お調子もんめ。

昨日の昼食後のことだった。

特に予定が入ってなかったので、ミモが女性陣を香水の店へ連れ出した。

健太と生田もやることがなかったため同行したのだが、あれこれ説明が長くて仕方がない。次から次へと出るわ出るわ、それらひとつひとつの紹介とお試しがくり返されるため、ちっとも終わりゃしないのだ。

「ゴビ砂漠か、ここは」

健太がぼやいた。

すると、男二人の様子を見ていた店のオーナーが、黒人の青年に〝こっちへ来い〟と指示した。

「彼がオイルマッサージをしてくれる。これは君たちへのプレゼントだ。さあ、あちらのソファーへどうぞ」

シャツを脱いでソファーに横たわると、背中にたっぷりオイルがかけられ十五分ほどマッサージをしてくれた。

まずはじめに健太を。次に生田を。

どれだけか紙幣を手渡そうとしたが、いらないと言う。

「とはいっても君たちだって生活費が必要だろ」

生田は二〇ポンド紙幣を一枚青年に握らせた。約四〇〇円。

青年は丁寧に礼を言うとそれをポケットへしまった。

「ところで君、肩が痛くないか」

生田が青年に聞くと
「痛い。右肩がここまでしか上がらない。けど、何でそれが判る」

青年は右腕を精一杯上に伸ばしたまま驚いて聞き返した。

そりゃ判るさ、プロだもん。

マッサージの技術が素人そのものなのは仕方ない

にしても、あんな体の使い方を続けると必ず自分が故障する。

生田が青年の肩を調整しだすと、

「実は肩よりもヒザが痛くてたまらないんだ。ずーっと痛いままで困ってる」

と言い出した。

床に寝せて調べてみると、ひどい。関節が固まってしまっている。

「これでは痛いはずさ」

「治るか」

「当然だ。もっとひどいのを今まで何人も治してる」

「本当か。たくさんの病院へ行ったけど治らないっていわれた。有名な医者にも見てもらったけど無理だって。どうしても治したければ手術しろって言うんだ」

青年が不安げな目で生田を見た。サッカーをやりたいがずっと辛抱しているそうだ。

そこで生田は健太と手分けして青年の肩とヒザを治してしまった。かなり硬くなっていたので五十分ほどかかったが、わりといいところまでゆるめることができた。

「あれっ、痛くない。痛くないぞ」

立ち上がった青年は目を丸くして不思議がっている。

「医者は治らないといった。なのにあなたたちは治してしまった。何でそんなことができるの」

「その医者に言っておくんだ。〝治らない〟んではなく〝治せない〟って言えって。〝私には治せません〟ってね」

やるじゃん、二人。

西洋医学の一部の医師はすぐ患者にこう言う。

「治らないねえ、これは」と。

正しく言え、「私には治せません。治し方が判りません」と。

で、治らないと言っておきながら出す薬は何の薬だ。

ついでに。

東洋医学や民間療法の初心者もすぐこう言う。

「治りますよ。これは何にでも効くんですよ」って。

無理です。同業者として恥ずかしいからやめてください、そうゆうの。

実践経験が少ない者ほど理想的理論が現実でもそのまま通用すると錯覚するって、健太も黒岩から言われてたでしょ。

まあいいとして、エジプトでも古くからオイルによる治療が受け継がれていたが、理論も技術も触れた範囲内ではどれも稚拙なものばかりだった。

青年は生田たちのことを、神を見るような目で見ていたが、健太でさえ、

「そんなに難しくないですよねえ、あの程度なら」

「ちっとも。ただ少し時間がかかるだけだね」

といった具合だった。

最後に青年が、お礼はどうしたらいいかと聞く。

「プレゼントさ」

生田が言うと、君たちのことは決して忘れないと言って目を潤ませた。

ミモはその一部始終を見ており、自分の首と腰も治してくれとせがんできたのだ。

結局健太も手伝うことになった。生田一人では手に負えなかったからだ。

それでもどうにか痛みだけは取れたようで、ミモは上機嫌で部屋を出て行った。

昨日の香水屋の青年と今日のミモ。健太は言葉も通じず文化風慣も異なる彼らに自分の技術が有効なことを知り、いざとなれば世界中どこでも生きていけるという自信ができた。

以前どこかで、コックと床屋とクリーニング屋の技術は世界共通と聞いたことがあったが、それらより手っ取り早いしどこでもできて道具も必要ない。

「そうか、このことだったんだ、大黒天さんの教え

は」

木曽御嶽の七合目、田の原大黒天から授かった教えを、今やっと消化できた。

次のようなものだ。

『何も持っておらずとも
すべてが足りている自分をつくりなされ
手ぶらであっても
何も足りないものがない自分でいなされ
ただそのままで
全部の力を出しきれる自分になりなされ
どんなときでも困りはせんぞよ
どこへ行っても安泰ぞよ』

（『日之本開闢』二七〇ページ）

深い、深いぞ。

＊

夕方四時半ごろコム・オンボ神殿に着いた。

他のフェリーも同時に接岸し、大勢がいっせいに神殿へと歩く姿はボンジョヴィのコンサート会場へ向かう群集のようだった。

ミモによるとコム・オンボ神殿はギリシア人がギリシア様式で立てた建造物だという。

「だったらなんで壁や柱にエジプトの神々が彫られているわけ？」

「グッド・クエッション、ミス・ナガワ」

そのあたりは互いの妥協策らしい。様式はギリシア式にする代わりにレリーフはエジプトの神々にするということなのだそうだ。

神殿奥には二つの至聖所があり、向かって左側はハヤブサの頭を持つハロエリス神が、右側はワニの頭のセベク神が祀られている。

夕暮れ時のため、オレンジ色にライトアップされた石柱が美しく、多くの人たちが交代で記念撮影をしていた。

　ミモが神殿入り口に向かおうとしたとき、言納だけが違った方向へと歩き出した。というより引っ張られた。スカラベが発動したのだ。

　向かった先は神殿の外壁の外側にあるハトホル神の小さな小さな礼拝堂。中にワニのミイラが安置されていた。

　あまりにも小さな礼拝堂のため、他の観光客がいると鈴が振れない。なので、人がいなくなるのを待ってから中へと入った。

　カラコロカラーン、カラコロカラーン。

　健太が小刻みに鈴を鳴らすと言納は何かを左脇に抱えるような素振り（そぶり）をし、うたをうたい始めた。

「みーず　うるわし
　みーず　うるわし
　とうとしやー
　みーず　うるわし
　みーず　うるわし
　とおとしやー」

　うたいながら右手では柄杓（ひしゃく）に汲（く）んだ水を撒（ま）く動作を続けた。ということは、左脇に抱えているのは水の入った桶なのだろうか。

「みーず　うるわし
　みーず　うるわし
　とおとしやー」

（あっ、みっちゃんだ）

　違う、ハトホル神だ。言納のうたに呼び出されてハトホル神が現れた。

　そして言納のうたに答えるかのようにハトホル神もヘブルの合言葉をうたにして返してきた。

『だーれーが
　うるわし女（め）を　出ーすのやらー

　いーざないにー
　どんなことばを　かけるーやらー』
〝いかなる言葉を〟が〝どんな言葉を〟に変わっていた。
それで言納だが、すかさず次を返した。
つまり、言納とハトホル神がうたの掛け合いを始めたのだ。

「ヒトフタミーヨ　イツムユナナヤ　ココノタリー」
『ココノタリー』
「ヒトフタミーヨ　イツムユナナヤ　ココノタリー」
『ココノタリー』
「みーず　うるわし
みーず　うるわし
とおとしやー
みーず　うるわし
みーず　うるわし
とおとしやー」
『だーれーが
　うるわし女を　出ーすのやらー
　いーざないにー
　どんなことばを　かけるーやらー』
「ヒトフタミーヨ　イツムユナナヤ　ココノタリー」
『ココノタリー』
「ヒトフタミーヨ………」

これがいつまでも続くのだ。
健太はいつまで鈴を振り続けていいのかが判らなかったので一度手を止めた。背後に他の観光客の気配を感じたからだ。

するとうたの掛け合いも終わった。

『ルクソールでこれをいたしますのでよろしくお願いします』

(えっ、今のは予行演習なんですか? あっ、消えちゃった、みっちゃん)

おい、もうやめておけ、それ。

ハトホル神が消えた後、赤・白・緑の中に〝66〟という数が出た。おそらく例の国旗がどこの国かを表しているのだろう。

イ=5、タ=16、リ=45、ア=1

67だ。いま現れた数字は66。イタリアではないということか。

健太がうたい終わった言納に聞いた。

「あれ何のうたなの、はじめのやつ。今まで一度も聞いたことなかったやつじゃん」

しかし言納は、

「判んない。自然に出てきたから」

とだけ言い残して出て行ってしまった。

やっぱりおかしい。

生田や那川がいる前ではこんな態度をとらないが、二人きりになると明らかに様子が変だ。健太の中で黄信号が点滅しはじめた。

神殿内は案の定混雑しており、ゆっくり見学できる状態ではなかった。なので、まあなんとなく列に流されていると、ミモがここを写真に撮っておけと言う。

「むかーし昔のカレンダーさ」

壁には古代の暦が刻み込まれていた。

当時はナイルの氾濫の時期を知るためにも暦というものが重要な科学だったのであろう。

エジプトに限らず大昔の科学といえば製鉄や医学に並び、暦が挙げられるのではないか。

世界中からの観光客でごった返す中、健太はやっとのことでシャッターを押すことができた。

『○と□を知ることだ』

（誰？　カズヒ………今の○と□、中に〝十〟なかったぞ。なんでだろう）

しかし、立ち止まって考える間など与えられず、後ろからドイツ人の団体に健太はその場を押し出されてしまった。

それに言納のことが気になり、それ以上は追求することを止めた。

至聖所の裏の回廊に出ると、ミモが健太を呼んだ。

「へーい、ドクター。こっちこっち」

よっぽど調子がよくなったらしく、治療後彼は健太を〝ドクター〟と呼ぶようになった。生田は〝グレート・ドクター〟だそうだ。

「あれ、何か判るか、ドクター」

ミモが壁の一番高い部分を指差している。

見上げると背丈の低い椅子に女性が座るレリーフがあり、その横には何かの道具のようなものがずらりと彫り込まれている。

ハサミのようなものがあった。

「ひょっとして、これ手術道具なんじゃないの」

「イエース。正解だ。ハサミやメスだ」

何と鉗子（かんし）のようなものまである。おそらくは金属製だろう。

日本が縄文時代のころ、こちらでは外科手術がさかんに行われていたというのか。

ひょっとすると、ミイラ作りで得たノウハウが医学を発展させたのではなかろうか。

もしエジプトが途中衰退することなく発展し続けていたら、今ごろはカルテにドイツ語ではなくエジプトの言葉で医学用語が書かれていたかもしれない。

栄枯盛衰。つくづくもったいない。

やはり支配からの脱皮と共存の道の選択は人類の急務である。

手術道具横の座った女性は分娩をしているところなのだそうだ。

「へー、座って赤ちゃん産んだんだ」

「あそこを見てみればよく判る」

少し離れた壁には今まさに生まれ出る瞬間の赤ん坊が、座った女性とともに描かれていた。

ミモによれば、これらのレリーフは大変珍しいもので、特に手術道具はエジプト中でここにしかないと言っていた。

神殿の敷地を出たところにコブラを首に巻きつけた男がいた。ミモが男となにやら話すと、みんなを呼んだ。

コブラを首にかけて写真を撮れと言う。

「冗談じゃないってこと。何言ってやがるんだ、バーカ」

健太はそう吐き捨てると走って逃げていったが、言納は面白がってポーズをとっていた。

健太が逃げ込んだ土産物屋にちょうど那川がおり、金属製のオベリスクを手に取っているところだった。

「あら、健太君」

「由妃さんが買い物なんて珍しいですね」

と、そこへガラベイヤを着た青年がやって来た。

「それいいだろ。二二〇でいい」

四四〇〇円とはまた吹っ掛けたもんだ。

那川は彼を無視して出て行こうとすると、瞬間的に一七〇ポンドに下がった。

「でもいらない。さよなら」

「OK、OK。しょうがないなあ、じゃあ一五〇でいいよ」

「ごめんね。私、これだけしか持ってないの」

那川がジーンズのポケットからあらかじめ用意し

ておいた紙幣を見せた。二〇ポンド紙幣が四枚ある。

「八〇しかないのよ。じゃあね」

　再び出ようとすると、

「わかったよ。一二〇でいいよ」

「あんたちょっとアホね。八〇しか持ってないって言ってるでしょ。健太君、行こ」

　今度は本当に店を出て行ってしまった。健太もあとを追い店を出ると、一〇メートルも行かぬうちに青年が追って来た。

「八〇でいい」

　手には先ほどのオベリスクがちゃんとビニール袋に入れられている。

　しかし、青年はむっとした表情を崩さず、しかも一度も目を合わせることなく商品と紙幣の受け渡しをした。

「由妃さん、あいつ何で怒ってるんでしょうかねえ」

「馬鹿にされたのが癪（しゃく）にさわったのよ。けど八〇だってかなりの儲けのはずよ」

「そうなんですか」

「これだったら三〇か四〇でもいいはず。でも私、いちいち面倒なのよね」

　那川らしい買い方だ。

　健太は那川のこのさばさばした性格に、いつのまにやら憧れを抱くようになっていた。

　夜の食事ではみんな上機嫌だった。二本目のワインも中身はほとんど残ってない。

　そのうち酔いにまかせて那川が自分の失敗談を話しはじめた。

　高級そうな服屋へ入ったらTシャツが二八〇〇円だったのでレジで三〇〇〇円を出し、おつりがちょうど帰りのバス代になると思っていたら実はそのTシャツ、二万八〇〇〇円だったとか、注文した天ぷら定食でいちいち天つゆに浸（ひた）すのが面倒だったので天ぷらの上から天つゆを全部かけたら、天ぷらの載った皿が陶器ではなく竹を編んだザルだったのでつゆがすべて机に流れ出たこととか、カラオケボックスで歌っているときトイレの帰りに違う部屋へ入ってしまい、けど酔っ払っていたのでそれには気づかずリモコンで次の曲の予約を入れてしまったなんて話すものだから、聞いている方は涙を流しながら腹を抱えて笑った。

「由妃さん、最高」

「そうかしらねえ。あなたたちはこんなおバカじゃないから大丈夫でしょ。特に言納ちゃんは」

「そんなことないですよ」

と、言納の代わりに健太が話しはじめた。

「あれいつだったっけ。去年の十月ごろかなあ。夜ドライブしてたんですよ。ちょうど秋になったころで、窓から入ってくる風が気持ちよかったんですね。だから窓を全開にしたまま言の家へ送って行ったんですよ。で、降りるとき窓を閉めようとしたので、〝気持ちいいから開けっ放しにしといて〟って言ったらこいつ、ドアを開けっ放しにしたまま家に入ってっちゃったんですよ」

またまた笑いが沸き上がったが、言納は面白くなさそうな表情をした。

いつもなら「やめてよ、恥ずかしいから」とか言いながら自分も一緒に笑うくせに。

やっぱり何かおかしい。

健太の中の黄信号が赤に変った。

部屋に戻ってから健太は言納に不機嫌な理由を尋ねてみた。が、特に怒るでもなく無視するわけでもなしで、ただつれない返事をしただけでさっさと寝てしまった。

健太は気分悪かったが、考えると怒りがこみ上げてきそうなのでただ一冊だけ持ってきた文庫本『どくとるマンボウ青春記』を開いた。

『数字のこと判ったか……一火(カズヒ)だ』

カズヒが現れた。

（数字って？…………あっ）

『忘れてたんだろう。早くしないと間に合わないぞ』

（……ねぇ、今さあ〝一火だ〟って言った？　そうか、カズヒって〝一火〟だったんだ。へー、〝一〟の〝火〟か）

『…………』

（〝一火〟ねぇ）

『うるさい。もうそのことはいい、それより判ったのかって、数字のこと』

（だって77＝117ってこと自体判んないんだもん。171のことなんて考えもしてなかった。それにしても今回は〝171〟とか〝77―107―117〟って、1と7ばっかりだなあ。これってたまたまなの？）

『お前は間抜けだなあ。たまたまのわけないだろ。言葉で出すとその言葉の意味しか受け取らないから数字で出てくるんだ。いくつもの意味があってのことぐらい理解してると思ったぞ。ったく。〝一火〟の名前だって同じこと。文字を出すとそのイメージのみでこちらを捉えるだろう。ところがな、こちらの世界では三次元よりも言霊が重要になってくる』

（じゃあ、文字は必要ないの？）

『ある。しかし文字は限定させることに便利な反面、捉え方の広がりに限度が出てきてしまう。三次元では必要だけどな、正確に意味や意思を伝えるための手段としては、文字が』

（判るような気もする）

『お前だっていつも言ってるじゃないか、言霊としての意味の広がりを』

（そうだっけ）

『〝肩胛骨〟っていうのは〝肩の胛の骨〟って書きますけど言霊では〝ケンコウコツ〟、つまり〝健康骨〟なんですよ。この健康骨の可動性がどれだけあるかでその人の健康の度合いが大体判るんですねってな』

（よく知ってるな、そこまで）

その通りで、肩胛骨がどれだけスムーズに動くかが健康のバロメーターなのだ。

『ところでお前、1と7の関係知ってるか』

（1と7の関係……どんな関係？）

健太は電卓を出し、その関係を探ってみた。といっても足し算、引き算、掛け算は電卓を使うまでもない。なので割ってみた。7÷1じゃないぞ。1÷7だ。

0・142857142857………

（142857が連続してるね）

健太の電卓は答えを次々と送り出す機能がついているため、小数点以下も限りなく数字が続く。

『他にもやってみろ』

（2割る7はっと。あれれ）

0・28571428571………

3÷7は

0・42857142857………

5÷7も6÷7も8÷7も同じだった。

13÷7も22÷7も36÷7もみーんな同じ。

小数点以下は「142857」のうちのどこから始まるかの違いだけで、あとはゴビ砂漠や香水の説明のように延延とこの数字が連続するのだ。7の倍数以外は。

しかもだ。少々わかりづらいがこの数字をよーく見ていただきたい。

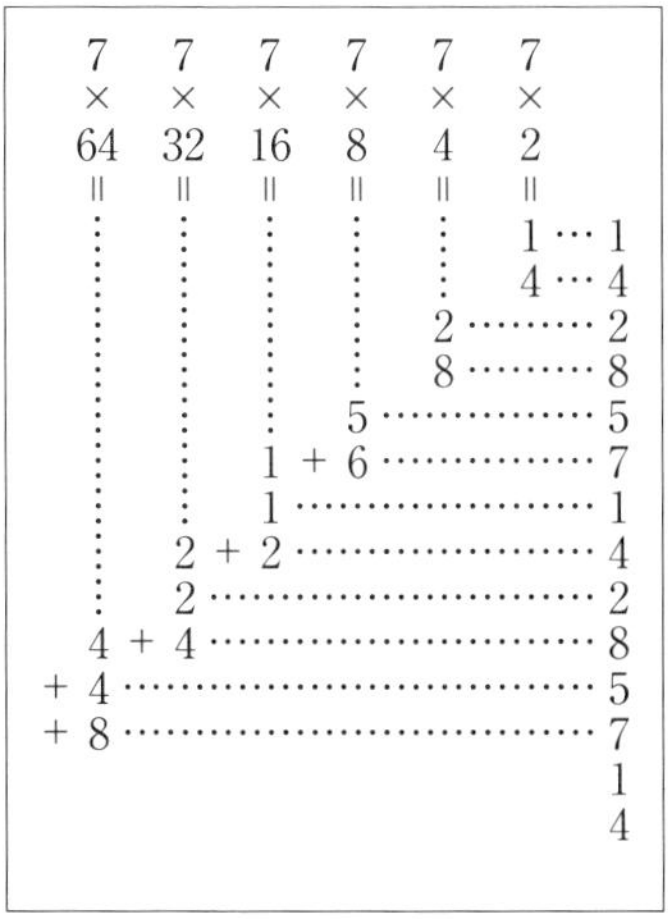

と、まあお見事なのである。判るかな。判んねえか。

それにしても自分自身を絶対に崩さない、なんとも頑固な性格だこと。

この数字の配列のベースとなるのが1÷7なのである。

7の個性の強さはこれだけではない。

ぐるーり全円は360度だが、360を一桁の数で割ってみると、

360÷1＝360
360÷2＝180
360÷3＝120
360÷4＝90
360÷5＝72
360÷6＝60
360÷8＝45
360÷9＝40

ところが、

360÷7＝51・42857142857……

7だけが全円を割り切ることができない。

今回1と7での数ばかりが年表に現れたその理由は何だ。答えはひとつだけではない。

『何か気づかないか』

（小数点以下に3と6と9が永遠に出てこない）

『そうだ。ミロクが抜けている。だからミロクを降ろせ』

（はっ？）

『よく聞けよ。この地球が在籍する太陽系にも守護者が存在している。保護者と言ってもいいかもしれないな』

（…………なんかすごい話になってきたね、1と7の関係から）

『母といったほうが判りやすいかもな。それがア

ルシオネだ。プレアデスの中にある星なので物質自体は若いが、エネルギー体としては母親だ。アルシオネは常にフォトンの中にいる星で、地球が向かう先はアルシオネが放出する愛の波動の中だ』

（アルシオネが太陽系の母でそのエネルギーが愛ってことは、地球は愛から生まれたわけなの？）

『そうだ。だがアルシオネにも母がいる。アルクトゥルスがそれだ』

アルクトゥルスは、うしかい座でオレンジ色に輝く一等星である。日本ではこの星のことを「麦星(むぎぼし)」と呼ぶ。アルシオネはプレアデス星団の中心の星で明るさは二・九等星だ。

『アルクトゥルスの影響下にあるアルシオネからは螺旋状にエネルギーの帯(おび)が宇宙空間に出ているんだ。地球を含む太陽系もその螺旋の中にいる。他にも螺旋仲間の星があって、アルシオネの次の星は同じプレアデス内のマイアだ。かつてスペインに滅ぼされた中南米のインカやマヤの人々のミタマは今このマイヤにいる』

（えー、そうなの）

『共に動いているぞ。お前もすでにその流れの中にいる』

（はっ？）

『それもいずれ判る。それでだ、アルシオネ螺旋の7番目の星が太陽なんだ』

（だから1番目と7番目で1と7ばかりだったのか）

『それもある。アルシオネ螺旋の根本的エネルギーは、愛という広い定義の中の〝慈愛〟に等しい。その波動をカタチに表したのがミロク菩薩だ。梵(ぼん)名をマイトレイヤということは知ってるだろ。日之本では「慈氏(じし)・慈尊(じそん)」と訳されていてな、「慈から生じたもの」を意味している』

（それ、厳龍さんに教えてもらったことあった。思

い出した）

『お前たちが今やろうとしている立て替え立て直しで、喜びのエネルギーを臨界点まで持っていくと降りてくるのがミロク菩薩の想念のままの精神次元だ。その時ミロクはすでに如来（にょらい）となっている。弥勒（ミロク）如来だ。釈尊入滅後五十六億七千万年後に下生（げしょう）する弥勒如来を迎えることができるかどうかはこのたびの「お日の祭り」が幕開けの合図となった「天地大神祭（あめつちだいしんさい）」にかかっている』

（アメツチダイシンサイ？）

『しまった………』

（どうしたの？）

『………仕方ない。171は「天地大神祭」のことだ。けど他にも訳あっての171だからな。忘れるなよ』

（うん。けど、お釈迦さんが入滅してまだ三千年か三千五百年しか経って………）

『お前たちの地球時間ではない。どうしてもその数字にこだわりたければ地球上で肉体を持って生きる玉し霊の数に当てはめておけばよい』

（五十六億七千万人）

このことについては何年か前に『数霊』（たま出版）でも書いたが、まさに現代のことだ。いや、すでに越えている。何十年か前に人類は気付くべきだったのが遅れた。戦争と物質至上主義によって。どれだけかでも縄文時代の記憶を細胞の中から感じ続けていれば予定通りに大変改が行われていたかもしれない。そしたら今ごろ三次元は大調和。慈愛に満ちた世となっておろう。

しかしまだ遅くはない。これからそれをやろう。

ひふみ祝詞言納バージョンで〝9〟と〝10〟のところ。ヒト・フタ・ミ・ヨ………の〝ココノ〟と〝タリ〟の部分のことね。

『個々の直霊（なおひ）が迎える夜明けは

足りぬ慈悲なき世となれる』
（『臨界点』一五三ページ）

そんな世界にする。今からこの三次元を。

時、すでに満ちている。

『今の三次元世界ではミロク如来の想いである慈愛というものが失われつつある。1と7の関係を思い出せ。3・6・9がなかっただろ。アルシオネ螺旋の1番アルシオネと7番の太陽及び太陽系の惑星たちこそがその関係になってしまったんだ。いくら探してもミロクが見つからない。アルシオネから流れ出る慈愛の念が、地球ではどこかへ行ってしまったんだ。それが地球だけに留まらず、今や太陽系全体にまで及んでしまっている。人類の発するミロクの抜けた念がな』

（ミロクの抜けた念………）

『慈愛なき想いがだ』

（うん、そうだね）

『お前、ゆうべ教わっただろ。三次元的六次元の話』

（精神面での三次元的高次元のことでしょ）

『あの話、なかなか的を得てたぞ。技術や機能の面ではお前たちにその世界は理解できないし、必要以上に探らなくてもいい。それよりも大切なのは、玉し霊の成長度合いがその次元に達していなければ、肉体を離れてからも高次元には入れないということ。それが五次元ならば五次元的成長が必要で、六次元ならばそれに見合った安定結合多面体にまで玉し霊を成長させておかないとな』

（ん？………いま何て言った？）

『玉し霊を、なるべく多くの面を持つ正多面体または準正多面体で安定結合させることが必要ってことだ。表面的に理論を知っただけの〝悟りもどき〟では安定結合しないんだ。一見立派な多面体に見えるけどな』

（見えるの？　そんなものまで）

『見えるさ。それが玉し霊の成長度合いっていうものだ』

（光か何かでそれができるの？）

『素材の話か』

（そう）

『中性子が鍵になる。中性子は電荷を持たない。つまりプラスでもマイナスでもない。玉し霊の核となる中性子が安定していないと中道を歩めない。中性子こそが愛の意識だぞ。中性子にくっつく陽子は宇宙の意志に同調するため、成長するほどに増えていく。増えなければ多面体が構成できないだろ』

（うん。判るには判る）

『正八面体は面の数が八に対し、頂点は六、辺は十二だ。正十二面体になれば面は当然十二で頂点は二十、辺が三十になる。五角形だからな、すべてが。正二十面体は三角形で成り立つから頂点は十二、辺は三十だ。これが複数のカタチから構成される準多面体になればさらに数が増える』

（カタチも人によって違うってことなの？）

『それが個性となる。玉し霊の個性だ。そこに血の持つ性質や体の歪みによる特徴、環境や影響ある人に育まれた心が混じり合って〟人〟が存在する。中性子と陽子が原子核となると、まわりに陽子と同じ数だけ負の電気を帯びた電子が集まるだろ。あー、まあ、そんなことはいいや。物理学の本にいくらでも出てるからな。とにかく中性子という愛の意識を核とした多面体が〟玉し霊の本質〟だ。その玉し霊の成長の手助けとなるのが金なんだ。お前たちがエジプトへ来たのは、金の利用法を思い出すためでもある。お前も成長させてくれよ、安定した多面体にな。

そうすりゃてんびん座に用意してある次なる地球へ行けるだろうよ。それにしても地球は銀河の生きた図書館だけあって面白い形があるぞ。変てこなものや理解しがたいものまでな』

（金（きん）が人の玉し霊の成長の手助けとなるのか。なるほど。なあ、一火。いま確か次なる地球がてんびん座にあるって言ったよなあ。それに地球が図書館だとも）

『…………』

（おい一火、図書館ってどうゆうことなの）

『…………』

（一火、なあ、聞いてるのかって）

『うん。…………あのさあ、もう飽きた』

（えーっ、飽きたって。大事なことだろ、ちゃんと教えてくれって）

『また来る』

（おい、おいって。おい一火。お前それでも指導霊かよ。ちゃんとやれー…………本当に行っちまいやがった）

健太は一火が消えてからも玉し霊が形成する多面体について思いをめぐらせていた。

高度に成長するほど複雑な多面体になる。しかし一火は言った。安定結合でないと駄目だと。つまり、ただ複雑であればいいと言うことではなく、美しくなければいけない。

単純な正六面体＝サイコロのカタチでも、八つの角を斜めに切ると、そこに正三角形が現れる。すると、それまでは六つの正方形で成り立っていたカタチが、角を切ることによって六つの八角形と八つの正三角形からなるカタチへと進化する。このとき六つの角が綺麗な正三角形にならないような複雑化は安定結合ではないのだろう。

人の成長の仕方で言えば、それなりに経験を積みその道ではベテランの域に達していたとしても人としてどこか偏りがあり、発する気が心地よいものではないということなのであろう。

そんなことを考えているうちに健太はあることに気が付いた。

それは成長するほどに美しく複雑な多面体へと進化する玉し霊は、複雑になればなるほど実はシンプルに近付いていているということを。

複雑になるほどシンプル。

安定結合による美しく複雑な多面的というものは、進化するほど〝球に近づいている〟のだ。

限りなく美しい複雑さは、同時に限りなく球体に近い。

二次元的平面で考えても同じだ。

三角形、四角形、五角形とひとつずつ角を増やしていき、八角形、九角形、十角形へと進んでいくと、それはそのまま円に近付いていることになる。

二十五角形………五十角形………百角形ともなれば、それはもう円と違わなくなる。

円。それはあらゆる多角形の要素を含むもっとも完成された形なのである。

そう思うと〝日の丸〟とは何と完成されたカタチなのだろう。二次元的進化としては最終形だ。それに比べると星や線がたくさんあるのは一見カッコイイけど実は幼い。

円の立体版は球。

人の玉し霊も最終的な進化形が球なのであろうか。それはありとあらゆる多面的の要素をうちに含んでいるのだから。

そして円や球の最も対照的でなおかつシンプルな安定結合が正三角形、または正三角形四つからなる正四面体ということか。カタチとしての出発点なのであろう。

健太はそれらのことに気付いたことで次の一火の訪れが楽しみになってきた。

だが、そんな想いとは裏腹に脳がガシャガシャ計算をはじめた。

アルシオネ螺旋に遍満するミロク菩薩の慈愛につ

いてだった。

アルシオネは、ア＝1、ル＝43、シ＝15、オ＝2、ネ＝24で85。

ミロクは、３６（ミロク）または３６９（ミロク）としてそのままで数霊だが、ミロクを言霊として数に変換すると、ミ＝35、ロ＝42、ク＝8で85。

ミロク菩薩と同じ慈愛によって衆生を救ったキリストも、ガシャガシャガシャ、脳が勝手に計算して85になった。

慈愛といえば観音さん。多くの観音の基本となるのが聖観音（しょうかんのん）。一般的に観音さんといえば聖観音のことだ。

ガシャガシャガシャ。

聖観音も85。

ミロク、キリスト、聖観音の慈愛は一人一人誰もが同じものを細胞の中に持っている。

あとはそれを引き出すか埋もれたままにしておくか。

ガシャガシャ。細胞＝85。

各自の玉し霊の元は慈愛を忘れてない。忘れているのは分身である三次元に生きる人々だ。

ガシャガシャガッシャーン。分身＝85
空にかかる虹こそがミロク、キリスト、観音さんの慈愛の色とカタチ。

ガッシャーン。虹＝85。

……といった具合にいつまでも続くのであった。

余談だが、アルシオネの母アルクトゥルスの所属するうしかい座。〝南中（なんちゅう）〟といって、午後八時ごろ真南にやってくる日のことなのだが、うしかい座の南中は六月下旬。高度は地上から見上げて85度の位置である。

85の言霊数を持つ県庁所在地は盛岡。海外ではドイツ。

その他に85は徐福の船団が85隻だったとか体内では腸骨や肋骨の言霊数が85になるが、アルシオネ螺旋とは関係ないしやっぱりもう飽きたのでやめる。

＊

翌朝は六時にロビーへ集合することになっていた。健太は不真面目一火が去った後も寝付くことができず、仕方なしに夜が明けぬうちから屋上のデッキへ出てみると、すでに船は目的地に到着している。デッキを吹き抜ける風は冷たかった。

手にした榊はただ握っているだけなのに、冷たい風が鈴を揺らすためカラコロ、カラコロという音が時おりデッキに響いている。

日本を発ってまだ七日目。なのにその何倍もの時間をこちらで過ごしているように感じる。

家族や先生、仲間たちは今日もいつもどおりの生活を送っているんだろうか。

変化の乏しい日常が長く続くと、非日常的な出来事に思いを馳せたり窮屈なそこから抜け出したくなってしまうが、実際に非日常的生活を続けてみると普段通りの当たり前な生活がいかに幸せかがよく判る。

健太は手すりにもたれ、故郷の人々を思い出していると無意識に〝故郷(ふるさと)〟を口ずさんでいた。日本人にとって玉し霊のラブソングである〝故郷〟を国民の歌にしよう。

しかし健太はうたうのを途中で止めた。胸が締め付けられ泣けてくるからだ。

それであわてて他の曲を口ずさんだ。誰もいないので少し大きめの声を出して。それにこの曲をナイルに聞かせたかったのだ。

♪仲間と出会い別れて
再び会う日を想う
月の下に集って
歌い　笑い　踊る
仲間の無事を祈って　さあ旅を続けよう
仲間の無事を祈って　さあ旅を続けよう

遠い記憶の彼方に
明日出会う人がいる
鎮守の森の向こうに
待ち合わせた場所がある
たどり着くことを誓って　さあ旅を続けよう
たどり着くことを誓って　さあ旅を続けよう

「たしかボロンの曲だったわね」

　突然背後で声がした。

「ああ、由妃さん。おはようございます。あれっ、何でボロンの曲って知ってるんですか」

「御嶽の橋渡しの儀でうたったじゃない。みんなで手をつないで輪になって」

「そっか、由妃さんも手伝ってくれたんでしたね」

「楽しかったわね、あのお祭り」

　那川も手すりにもたれかかったが、遠くを見つめる目にいつもの那川らしさがない。

「私ね、そろそろ帰ろうかなって思うの」

「………」

「あー、ごーめん。エジプトの話じゃなくて信州のこと。夢を追って一人で家を出て、強がって頑張ってきたけどね、最近生まれ故郷が懐かしくって」

「………じゃあ生田さんは」

　那川は視線を健太に移した。

「どうして？」

「だって、てっきり由妃さんは生田さんと結婚するんだって思ってましたから」

　微かに笑みを浮かべた那川が再び視線をナイルへと戻し、手すりに乗せた腕の上にアゴをついて話しはじめた。

「私もそうしようと思ってたときはあったわ。でもね、あの人の求める女にはなれなかった。無理に演じても結局そうゆうのって自分に嘘をついてるみたいで、夜一人になると何だか虚（むな）しくなっちゃうしね」

「………そうだったんですか」

「それにね、最近戸隠神社へ行くたびに『さがしに行け』って言われてて、それって本当の自分を見つけるためにどこかへ行けってことだとばかり思ってたんだけどね、アスワンでハマダ君のファルーカに乗せてもらってるときに意味が判ったのよ。『さがしに行け』は〝探しに行け〟だけではなく〝佐賀市に行け〟だったの。

「佐賀市に?」

「そう。私の故郷は佐賀なの。実家は武雄っていうところで旅館やってるわ。今は二人の兄が継いでるけどね」

「なーんだ。由妃さんはてっきり長野の人かと思い込んでた。けどそのこと、生田さんは知ってるんですか」

「感じてるはずよ。……………あの人は子供のころ寂しい思いしてるから暖かい家庭を築きたいのがよく判るの。でもね、私はお互いがそれぞれの道を歩みながら必要以上に干渉し合わず、けど陰からは支えあって相手の力になる。一見バラバラなように見えて実は信頼しあってる、なんてのがいいな」

人生いろいろ。健太はただ黙って聞いていた。若者にはあらゆることが学びになるのだ。

一方言納は、やっぱり眠れてなかった。健太が早朝部屋を出て行ったのも知っていた。

そして、それが自分のせいだということも。

言納が健太に対し不機嫌になったのは、アブ・シンベルからアスワンへ戻るバスの中で健太と那川の会話を聞いてしまったからだ。

二人の玉し霊は大昔から深い縁があったというあの話だ。特に純粋な言納には聖婚儀礼の話が受け入れがたかった。

(何よ。由妃さんが抱かれてるところを健太は隣で見てたわけ、不潔!)と。

それでついつい冷たい態度を取ってしまったのだが、今生の健太に責任はない。

(やっぱりちゃんと謝ろ。判ってはいるのに感情が勝手に嫉妬しちゃうんだもん………）

デッキへ出るドアを開けると、鈴の音がカラコロカラコロと階段下まで聞こえてきた。

（やっぱりここにいる）

言納は驚かせてやろうと思いそーっと階段を登っていったが………ハタと足が止まってしまった。

（由妃さんもいる………）

言納はそのまま後ずさりするように階段を降りて行った。

＊

健太と言納が乗る馬車が生田たちを追い越した。ミモは生田・那川組の馬車に乗っており、追い越す健太に「ワーオ」と言って手を振った。

この馬車を操る青年はスピード狂のようで、前を走るすべての馬車を追い越さねばそれは彼にとって人生の敗北を意味するのであろう。

中国の自転車大群のように各フェリーの乗客が馬車で一斉に移動しているのだ。向かうはエドフにあるホルス神殿。

朝六時に集合し、配られたモーニングジュースなるものを流し込んで外へ出てみると、そこには一個師団はあろう馬車軍団が待ち構えていた。

健太はもう少し安全運転してくれと念じつつ車体横の手すりを握り締めていると、青年が振り返っていった。

「これはフェラーリだぜ、速いだろう」

たしかにフェラーリもエンブレムは跳ね馬だ。

しかし、言納は黙ったままだ。

健太は必死で怒りをこらえた。そして心の中で繰り返した。

（何様（なによう）の　言納ありとも　この旅は　怒りは大敵

心して　腹を立てぬと誓われよ………）と。

「みんなここで待ってるんだ」

ミモが神殿内に入るチケットを買いに行ったが、そのチケット売り場が大変なことになっていた。

おそらく各グループや団体のガイドたちであろうが、チケット売り場の小さな窓へいかつい男たちが紙幣を握り締めた腕を無理矢理挿入させるもんだから、売り子のお姉ちゃんの目の前は巨大なイソギンチャクがうごめいている状態だ。しかもそのイソギンチャクはお金持ちだ。

ガイド同士の生存競争は激しく、

「おい、次はオレの番だぞ、早くしろ」

「黙れ、オレの方が先に並んでるんだ。お前は後から手を入れたくせしやがって」

「何言ってやがる。オレは三〇枚も買うんだぞ。五枚六枚の奴はあとにしろ。オイ、押すな、痛いだろうバーロー」

とまあ、こんな怒号が飛び交う中、ミモが大声で叫んだ。

「ごちゃごちゃやかましいぜ、お前ら。どうせお前らの客はアメリカ人かヨーロッパ人だろうが。俺の客は日本人だぞ」

それでいち早くチケットを手に入れ戻ってきた。

そしてこう言った。

「イクゼ、ヤロードモ」

ミモよ、温厚そうに見えるがやるときゃやるね。

それにしてもたくましい連中だった。

それに、つくづく思った。

日本人は秩序ある人種だ、と。


神殿内も案の定、人だらけ、ドラゴンズ日本一おめでとうセールの初日みたいでゆっくり見られやしない。流れに飲み込まれつつひと巡りしたが何も判らなかった。

ただ一箇所、他の客がほとんどいないエリアがあったので奥へ入って行くと六畳ほどの小さな部屋に行き当たった。しかしそこは何だか重苦しい空気が漂っていたため鈴を鳴らしてすぐに出た。

せっかくだからと礼拝堂へ行ってみると、もうここは何ともならない。押し合い圧し合いで通勤時間帯の山手線だった。

　健太は写真を一枚撮るとすぐにその場から逃げた。生田も必死で抜け出てきた。那川は端から並んでおらず、健太らが避難した先で待っていた。さすが姉御。

「とにかく出よう」

「ええ、その方がいいですね」

「あれ、言納ちゃんいないわよ」

　言納の姿が見えない。

　が、探しに行くとかえってバラバラになりそうなので、しばらくその場で待つことにした。

　言納はうしろから大勢に押されながらも至聖所前の礼拝堂にまだいた。

　なるべく邪魔にならぬよう隅の方から中を覗きこむと、

『そなた　肝に命じておるわのう
和すことぞ

己れを和し　人を和し　世界を和す
和を広げることじゃのう

互いに相和し　敬意を忘るるなよ
和こそが世を救うぞ　倭の民よ
日之本　霊の元　役割なるぞ
忘るるな』

　言納は胸が苦しくなってしまった。こんな遠い異国の地まで来て一体自分は何をやっているのだ。さいなことにどうしてこれほど心捕われ辛い時間を過ごさねばならないのか。

『あなたが信じるものは

信ずるに足るだけの価値があります
あなたの疑いは
相手からもたらされたものですか
それとも自ら生じさせたのですか』

（その声は………言依姫（ことよりひめ）様。そうでしょ？）

『さあ、あなたを最も思う人たちが待っています
戻りなさい
親・祖先をおいてはあの人たちだけですよ
いざとなれば自らの命に代えてまであなたを守ろうとする人は』

（そうだった。私もそれは知ってたはず。ごめんなさい、健太。それに由妃さんも）

愛する人ほど自分の勝手な期待に反したことを起こすと、裏切られたと感じてしまうものだ。それがたとえ過去であっても。

悟られぬようにと涙を拭（ぬぐ）って礼拝堂の外に出ると、そこには笑顔で迎え入れてくれる三人がいた。

「ありがとう、待っててくれて。あっ」

スカラベ発動。ぐんぐん引っ張る。他の三人も後に続くと、連れて来られたのは中庭だった。

黒い花崗岩のホルス神がいた。高さは三メートルを越える。ホルス神のすぐ背後にある塔門がこれまた立派なもので、案内には高さ三六メートル、幅七九メートルとなっており、ファラオがホルス神とハトホル神に捕虜のいけにえを捧げている様子が彫られていた。

3メートル越、36メートル、79メートル。

この数から健太はピンときた。

その意味するものとは。

三次元を越えよ。

アルシオネ螺旋から流れるミロク菩薩の想いを地

上に降ろし、三次元的六次元の世へと移行せよ。

ホアカリ、セオリツのエネルギー、金の持つ能力、新たな暦の始動、これらを使いこなせ、ということなのだ。

ホアカリは「天火明(アメノホアカリ)」でニギハヤヒ尊。セオリツは瀬織津姫。それぞれが火と水を司る神でもある。金は原子番号が79番。暦はコ＝7、ヨ＝37、ミ＝35で79になり、ホアカリ、セオリツに同じ。


「健太、壁の前で鈴振って。スカビーがやれって」

道案内のスカラベ君がスカビーになっていた。ポケモンみたいに進化するのか。ピチュー　ピカチュウ　ライチュウ。アチャモ、ワカシャモ、バシャーモって。

カランカランカラーン。

多くの観光客がジロジロ見ているが、もう慣れた。

すると突然言納がメモを取り始めた。

来たかあ。

『扉の前に佇むは
命の健を握る者
迷宮の　暗き道さえ恐れずに
たいまつ持つ手に力は宿る

迷わず進まん　己れの道を
行く手をはばむ敵あれど
敵こそ己れと思うべし
外は内なり
内は外なり

目の前の
敵の正体　己れの心の歪みなり
ミロクの世
天下無敵の法により成り
敵は内なり
味方も内なり』

　外は内なり、内は外なり。繰り返しになるが目の前の出来事は内なる想いがカタチに現れた鏡写しの世。

　敵が目の前に現れたのなら、それは常日頃己れの心の中に敵をつくって棲まわせている証拠。

　天下無敵の法とは、すべての敵に勝つことに非ず。天下に敵を無くしてしまうこと。つまり、すべてを味方につける法ということなのだ。

　目の前の出来事、不足を思うか喜ぶか。
目の前の人、敵と思うか味方につけるか。

　み～んな自分次第ってこと。

　天下無敵の法については『日之本開闢』に書いたので、枚数の関係上省略。

　厳しい教えの送り主からの御言葉の後、再び言依姫が現れた。

『人は誰もが
光の中から生まれてきました
光となって生まれてきました
祝福されて生まれてきました
希望に満ちて
喜びに包まれ
生まれてきました

私はあなた
あなたは私
私は私であるあなたを死守いたします
立ち向かう大行事
喜びと誇りに満ち満ちて

あなたは私として
私はあなたとして
いよいよ明日　扉を開けます
天・人・地　一矢（ひとや）で貫く大行事

○・人・□　鍵、解かれたり大行事
万年一度の天地大神祭(あめつちだいしんさい)
扉開く大役を
魂(たま)の底より感謝いたしております

私であるあなた　言納よ』

言依姫が初めて言納の名を口にした。『日之本開闢』から始まって三冊目で初めて。原稿用紙にして一七八五枚目にして初めてテテテ、痛いって。

「関係ないだろ、それ。何を真面目に計算しておるんじゃ。真面目のもってきどころが違うんじゃないのか、おい」

「一所懸命、悪ふざけ。ちゃんとしっかりサボる。節度をわきまえた品格ある不節操。いいね、大好き。そーゆーの」

「ワシはおまえのことをもう諦(あきら)めることにする。努力も無駄に終わった。残念じゃ」

「あれ、ジイ…………」

こうゆうのが一番恐い。ちょっとヤバいかも。ちゃんとやろ。


言依姫はこれまで、自分が言納であり言納が自分であるということを伝え続けてきた。

が、言依姫と言納。ひとつであり、同時にそれぞれが個としての存在でもあるがため、言依姫は感謝の想いから言納の名を呼んだのだ。

個即全即個、という。

「誇り」＝79
何ともあたたかな思いやり。人は今ここで改めて守護者の思いやりや心遣い、そして〝守護することの覚悟〟を知るべきだ。

それが判れば天中殺も大殺界もないことが判る。判らないままでは守護者に失礼極まりない。それでも〝ある〟とするのは自らの想念が創造しているのだ。ご苦労様。

言納はアスワンから戻ってからの自身の態度をひどく恥じた。

しかしこれは言納に扉を開かせぬための邪のモノの仕業だった。扉が開かれては都合悪いのであろう。

とはいっても、こういった出来事はコインの表と裏の関係と同じで表裏一体。片や外からの妨害であっても、もう一方は惑わされる自分がいたからこそ。惑わされぬ不動心を持ち、心を引き締めていればこういったことにはなりにくいものだ。

厳龍も生前言っていた。

邪霊に問題を持っていくな。邪霊に惑わされる己れに問題点を見い出せと。

今回は四国の剣山での出来事のようにならずに済んでよかった。

さて、帰りの馬車は行きと違い愛嬌ある青年がゆっくりと安全に運んでくれた。

言納が健太の手を握った。

「健太、ごめんね。私、健太と由妃さんの過去生に嫉妬してたの」

「そうかなとも思った。けど何も教えてくれないんだもん」

「うん………ごめん」

言納が健太の肩に寄り添うようにもたれかかると、健太は肩へ腕をまわし言納を抱き寄せた。

「私ね、独り占めにしたかったの。健太の今も未来も、それから過去も」

二人はそっとキスをした。

おい、イスラム国家なんだからほどほどにしろよ。

「ヒューヒュー、ラーブラブー」

ミモだ。

健太たちが行きに乗ったスピード狂の馬車に今度は生田隊が乗っていた。

ミモはミハエル・シューマッハ気取りでぶっ飛ば

す青年と並んで運転席に座り、勢いよく健太たちを追い越して行った。

那川も言納の変化には気付いていたが、今の二人を見てすべてを悟った。

そして、こっちの話題になってもジイが出てこなかった。本当にもう来ないいんだろうか。

来ると邪魔で仕方ないが、いなくなると少し寂しいかもしれない。

＊

ナイル・クルージング最後の夜、いつもより少し多めにお酒を飲んだ健太のところに一火がやって来た。

『聞きたいことあるんだろ』

（ああ、たくさんな）

『あれ、怒ってるの、お前』

（…………ちょっとだけ。今日は勝手に帰るなよ。〝もう飽きた〟って。たのむぞ）

『判った。で、何から話そう』

（新たに用意された地球とか、地球が図書館だとかって何？）

『それね。人類が新たに暮らす星としては、てんびん座の581番惑星がすでに用意してある。随時移行する者が出てくるだろう。天地大神祭終了後にな。けど、今の地球三次元はなくならないから疎（おろそ）かにするなよ。卒業式だからといって在校生までいっぺんに卒業するわけではないだろ。卒業生だけだ』

（うん）

『転生するつもりで今の三次元をさぼったり誤魔化したり義務を放棄すれば、次の次元へ行ってもそのまま持ち越すからな』

（判った。支払いはちゃんとする。それでてんびん座の581番惑星も今の地球と同じような環境の星なの？）

『全く同じ波動領域三次元だったら転生する意味がないだろ。お前、話を聞いただろ。上の次元は感覚として捉えることは難しいって。今はとにかく三次元で努力することと楽しむことさ』

（どちらを優先するとかってあるの？　玉し霊が成長するための努力か楽しむことかって）

『同時進行する。コインの表と裏が別々にならないのと同じだ。片面は玉し霊の成長のためだ。鞍馬寺の魔王殿で教わっただろ。

〝自我を捨て
真我の封印を解き放つことが
人生最大の目的なり〟』

（『日之本開闢』一一〇ページ）


（覚えているよ。できそうにもないから聞かなかったことにしたけど、あのときは）

『アホめ。………とにかくそれが肉体三次元に生まれて来た目的だ。けどな、コインのもう片面の目的はそれほど重く考えなくてもいいんだ。お前たちは地球に遊びに来たんだから』

（地球に遊びに来た？）

『そう、遊びに来た。楽しいところがあるって聞いたからオレも行ってみよって、遊びに来た』

（わくわくしてきた。メッチャ面白いね、その話）

『地球という美しい観光地へ旅行に来ておきながら、なぜ人はそれほど苦しむ。観光って苦しむために行くものか？』

（普段の大変なこと忘れて楽しむためにいく。おいしいもの食べたり、めずらしいもの見たりって）

『誰と行く』

（友達とか家族とか………自分にとって大好きな人とか大切な人かな）

『同じだ。地球にお前も仲間と遊びに来ている。旅行先で〝おいしい〟とか〝楽しい〟って感じるように、三次元へもそれをしに行ってるんだぞ。〝実感〟できるのが三次元の最大の特徴だからな。三次元では何をするにも労力が必要となる。だからこそ喜びを実感できるんだろ。ものを買うにも何の苦労もなくそれが買えてしまう人よりも、努力してやっとの思いで手に入れた人のほうが喜びは大きい。幸せなのは富める者かそうでない者か。どっちだと思う。実感が大きいものが幸せだ』

(なるほど)

『その三次元へ遊びに行ってるんだからもっと玉し霊を開放してやらないとコインの表と裏、双方の目的が達せられない。努力して高まることと楽しむこと、同時って判るだろ』

(納得)

『楽しみながら成長する。成長の伴う遊びをする。片面だけでは駄目さ。それで〝ありがとう〟〝うれしい〟〝幸せ〟〝大好き〟といった喜びのエネルギーが臨界点に達したとき、精神的高次元に触れると同時にシールドを破壊することができる』

(シールド?)

少し前に触れたシールドのことだ。

『今から約三十万年ほど前のことだ。爬虫類系の宇宙人が地球を支配するためにやって来た。肉体を持たない霊的存在だ。奴らは肉体がないので物質を食べる必要はない』

(何か、凄い話だなあ)

『では何もエネルギーが必要ないと思うか』

(エネルギーなしでは存在できない)

『人の感情を食べる』

(えーっ)

『人の発する〝恐れ〟や〝不安〟という感情をな』

おそらくそれは人間感覚だとにがい。しかし彼らにとっては甘い。〝恐れ〟や〝不安〟をはじめ〝怒り〟〝妬み〟〝恨み〟など負の感情を発する人間が大好きなのだ。

世の中が不安定になり、人の持つ〝恐れ〟〝不安〟

が大きくなるほど彼らは喜ぶ。

だって次々とご馳走が食べられるんだもの。

そのため自らの力を使ってでも世の中を不安に満ちたものにしようと動いている。その手にかかってしまっているのが力や財力で世界を支配し、戦争という行為で金儲けをたくらむ連中だ。


『奴らは負の感情エネルギーを僅かでも逃すまいと地球のまわりにシールドを張った。負の感情エネルギーは波動が荒いのでやつらのシールドの網目を通過せず、びっしりと内側にこびりつく。備蓄庫だな、そのシールドは。一方〝ありがとう〟〝うれしい〟など喜びのエネルギーはシールドの網目よりも波動が微細なので通過する。神々はそれをちゃんとキャッチできるので一人一人の光り方や玉し霊の成長度合いが判る』

(ふむふむ)


『UFOからもそれを観察しているから個人個人を使い分けることが可能になるってわけさ。それでだ、そのシールドを破れ』

(どうやって)

『シールドを通過しないほどまでに凝縮させた喜びのエネルギーで元気玉を作るんだ。一人一人の小さな喜びではシールドを抜けてしまう。だから世界中で気付いた者たちが喜びのエネルギーを体内に一旦溜め込み、時期が来たら同時にぶつけ合う。どんどんぶつけ合い密にすればそれは巨大な元気玉になるだろ。元気玉が巨大化し、シールドの高さまで成長すれば、水がどんな隙間でも浸入するように喜びのエネルギー分子がシールドを構成する組織に入り込み、シールド自体を破壊する。溶かしてしまうと言ったほうが正しいかもしれないな。それを成功させるための天地大神祭でもある』

(ふー。マジでスターウォーズみたい)

『大きな実験さ。宇宙図書館での』

（それもっと知りたい。どうゆうこと、図書館って）

『地球は図書館だ、銀河系の。図書館へ行くと色々な種類の本があるだろ。大きさカタチは大体同じ。大きいのや小さいの、分厚いのや薄っぺらいのもあるが、基本的には同じカタチをしている。しかし、その中に書かれている内容は千差万別だ。地球も同じで人類は見た目が多少の差こそあれ基本的には同じカタチだろ。しかし中身はあらゆるところから来たいろんな段階に生きる玉し霊がひとつの社会を形成している。玉し霊の種類だけでなく環境から受ける影響や動植物との関係性についても地球へ来ると知りたかったことがすぐ判るぞ。人が図書館で調べ事をするようにな』

（ここは実験施設なのかよ）

『実験施設といっても神々は命懸けでお前たちのことを守護しているんだからな。人類はあらゆる高次元意識や神と呼ばれる存在の代理人としてそこで生きているんだ。もっと誇りを持て。そもそもだぞ、今お前たちに接してくる高次元意識や神々は、三次元によくなってもらいたいがためにやって来てるんだからな。色々シグナルが送られてるぞ、地上へ』

（それってオレも受け取ることができるのかなあ）

『すでに数え切れぬほど受け取っていること判らんのか。やっぱり少し間抜けだなあ。〝金〟の使い方や八角形の必要性をなんとなく感じているだろ』

（う、うん。それがシグナルだったのか）

『四方八方八角形。1と7で八角形。大八州（おほやしま）で八角形。岩戸八（イワトビラキ）も八角形。出雲の神々忘れるでないぞ。八は出雲の素盞嗚尊（スサノヲノミコト）さ。じゃあな』

（おい、またかよ。途中で帰るなって）

『お前、頭疲れてるから今日はもう考えるな。ルクソールで待ってる。………そうだ、忘れてた。ルクソールについたら方陣盤を必ず持ち歩けよ』

(本当に使うのか、あれを)

『あれがないと扉が開かん』

(何の扉?)

『明日わかる。じゃあな』

夜が明けるころにはいよいよ運命の地ルクソールにフェリーは到着するであろう。

第四章　開門、異次元への回廊

その1　ツタンカーメン王　再立（さいりゅう）

早朝のルクソールは美しかった。ナイルの東岸より昇る朝日が西岸の乾いた山肌を赤く染め、大地にはこの日も充分なエネルギーが注ぎ込まれようとしている。

白と緑のストライプが目立つ気球がゆったりと浮かび、空の散歩を楽しんでいるのだろうか、だんだんとこちらに近付いて来た。

いよいよフェリーを降りる朝、健太は言納を伴い、最後にもう一度デッキに出た。

「何だか名残惜しいわね、このパイプの椅子とテーブル」

「寝てる時間よりここで座ってる方が長かったかもな。それに川って人生みたいに思う。はじめは小さく激しい流れがだんだん大きくゆったりとなり、最後は人が天に帰るように川も海へと行き着き、そして個の名前を捨てる」

「全体とひとつになるのね」

「そうなんだ。個であるようで実はいつもつながってる。けどやっぱり個としても存在するんだな」

さっきも言ったが〝個即全即個〟をいつも感じていること。これを見失うとバランスを崩し、〝中道〟というものも見えてこなくなる。

健太が突然榊から金銀の鈴をはずした。

「どうしたの？」

「ここでお別れ。地中海までは一人で旅を続けるんだぞ」

少々元気がなくなりつつあった榊の束を川の中へ放り投げた。

「えーっ、いいの、そんなことして」

「うん、大丈夫」

健太は手すりから身を乗り出して叫んだ。

「ありがとーう」

「さようならー」

ナイルの川面をゆっくりと流れゆく艀に若き二人は大きく手を振った。

〝依りしろを　携え参れよ　我が元へ〟

今後は自らの肉体を依りしろとすることを健太は決意した。

*

「さあ、着いたぞ。みんな水とカメラを忘れるんじゃないぞ。今からエジプトで最もすばらしいところのひとつへ案内する」

ミモはよほど王家の谷が自慢のようで、バスの中から大はりきりだ。

他のガイドもそうであるのだが、彼は特に自分がエジプト人であることに誇りを持って生きている。なおかつ友好的で愛嬌があり博学なので、一緒にいて気持ちいい男だ。

ナチュラルピラミッドと呼ばれる三角に尖った山、エル＝クルンは王家の谷の番人だ。

ふもとに造営された王家の谷に人が近付くと、この乾いた岩山に生息するコブラが牙をむくという。

フェリーから見えた赤く染まった岩山はこれだったのだろうか。

テュラムと呼ばれるバスでエリア入口まで移動すると、ミモから各自にチケットが手渡された。

「このチケットで四つの王墓に入ることができる。だからなくさないように注意するんだ。いいね」

王家の谷にはファラオの墓が多数あり、そのうちの何割かが一般公開されている。〝お墓〟といっても日本の墓地とはまるで違うため、不気味さは全くない。

「四つでも足りなければもう一枚チケットを買わなければいけない。チケット売り場はあっちの……」

「どうして四つ目とか五つ目とかって判るの？　何もしるしになるようなものないじゃない」

確かにそうだ。少し大き目のＪＲの切符のようなチケットには、切り取ったりスタンプを押したりするようなところはどこにもない。

なのにここで番をするガラベイヤ姿のエジプト人にはわかってしまうのだ。こいつはここがいくつめの王墓かって。

「こうするのさ」

ミモがチケットの端を破るふりをした。

なーんだ。

つまり、王墓へ入るたびに入口の番人がチケットの角っこを一センチほどちぎり取る。

こうして四つ目の角がちぎられた時点でそのチケットは無効になるという、実に原始的で、しかも万国の国民に判り易いシステムである。

うん、これでいいのだ。停電しようが地震が起ころうが、このシステムが被害を受けることはない。永久不滅だ、すばらしい。

ミモはまずラムセス四世王墓へと向かった。アブ・シンベル神殿のラムセス二世から数え八代目になる。

二世は第19王朝時代のファラオであるが四世は第20王朝時代に数えられ、同じラムセスの名でも時代の移り変わりがあったのであろう。在任期間は紀元前一一五三〜一一四七年頃。

王墓群の中では最も手前にあるためか入口で十五分ほど並ばなければいけなかったが、中へ入ってみるとそれだけの価値はあることがすぐに判った。

左右の壁から天井に至るまでびっしりとヒエログリフや神々の姿と共にファラオが描かれており見事としか言いようがない。

色も鮮やかなままだ。これが本当に三千年も昔に描かれたものなのだろうか。

直射日光が当たらず湿気も少ないためにこれほどすばらしい状態での保存が可能だったと思うのだが、後に入った別の王墓も含めどれもみな美術館のようだった。

これは〝墓〟ではない。アートだ。お墓なのにハートが熱くなる。だから「Ａｒｔ」は「Ｈｅａｒｔ」に含まれるのかな。

高松塚古墳は約千三百年前のもの。湿気が多い風土であることは承知の上だが、それにしてもどうよって感じである。

キトラ古墳の壁画だって結局は駄目にしてしまった。いっそのことエジプト政府からどれだけか買い取ったらどうだろう。日本でも飛鳥時代はシリウスの支配が強かった時期なので、飛鳥の古墳にハヤブサホルス神や山犬アヌビス神も悪くないかもしれない。

ここでも66が出てきた。

ラムセス四世の王墓はそれでも小規模な方で、全長が66メートル。

次に入ったラムセス六世王墓はさらにパワーアップされており、特に目立った業績は残してないのに墓は立派だった。

直線的な構造だが大規模な博物館のような通路を下っていくと玄室に至った。

棺はなくなっているが天井に描かれた「昼の書と夜の書」は目を見張るものがある。

ミモをしてエジプト中で最高に意義のある壁画と言わしめたそこには巨大なヌト女神が背中合わせで二体描かれており、一方は体内を太陽が、もう一方は夜空の星が胸のあたりから下腹部までを通過している。

太陽が通過している側は「昼の書」、星は「夜の書」で、十二時間ずつに区切って古代エジプトの世界観が表されているが、これ以上解説を続けるとガイドブックになってしまうのでやめる。

その後に入ったメルエンプタハ王墓やラムセス九世王墓もすばらしく、言納たちは感激しきりでした。

以上、終わり。

ただ、日本語でメルエンプタハと表記されるこの名前、何度も確かめたが現地の人の発音は〝メリーエンピター〟だった。このあたりはどうなのさ、ガイドブック。

さて、これでチケットの四角は切り取られた。

「ねえ、ミモ。ツタンカーメンのお墓はどうして行かないの？」

「行きたいかい？」

「当たり前じゃないの」

「学術的にはさほど面白くないよ」

「それでも行きたいの」

言納が子供のように手をブランブランさせてむずかった。

「ＯＫ、ＯＫ、判ったよ。けどトゥトアンクアモンだけは特別チケットが必要だ。八〇ポンドあるかい」

「えっ」

エリアチケットは四箇所入場できて一四〇〇円。ツタンカーメンは一箇所だけで一六〇〇円。

「どうする」

「どうするったって、ここまで来て一六〇〇円をケチったためにツタンカーメンのお墓は入りませんでした、では生涯悔いが残りそうじゃない」

「それもそうね」

＊

「何っ…………」

言納が突然立ち止まった。

「今ね、『トゥト、光になる』って聞こえたの。それに…………えー、すごい」

「なになに」

「トゥトアンクアモンは81よ」

「本当に？」

健太も暗算で計算した。

「………本当だ、81になる。それにここ62番王墓。62ってツタンカーメンの番号でもあったんだ」

〝62〟は〝66〟と並び鍵になる数のようだ。

入口ではカメラが取り上げられた。他の王墓も撮影禁止だが取り上げられるようなことはなかった。さすがにここだけは別格だ。

細く急な階段を降りると内部は狭く、大勢が順番にミイラを覗き込んでいた。

確かにミモの言った通り他の王墓と比べると貧弱極まりなく、もしミイラが公開されていなければ一六〇〇円の意義は自己満足と日本へ帰ってからの自慢のためだけのものにしかならないであろう。

健太が鈴を取り出した。が、警備員が睨んだのんで音は立てないようにした。

言納がうしろから健太の手を握ってきた。

「緊張してきちゃった。だってツタンカーメンよ」

「うん」

「三千三百年前の人と会うの私はじめて」

「うん」

「私のこと判るかしら」

「さあ」

駄目だ、この二人。緊張のあまり思考回路が正常に働いてない。

しかし気持ちは判るぞ。なぜなら、ほんの数メートル先にあのツタンカーメンのミイラが横たわっているのだから。

さあ、もうすぐ最前列に出られる。

二人の緊張はピークに達した。

「あー、これがツタンカーメン………」

思わず言葉を発してしまった健太の横で、言納はミイラに向かって何かを伝え始めた。

『眠れる獅子よ　目覚むれば
おたけびあげて　黄金の

住処出よし　いずこへと
飛び立つものか　時すでに
満ちてはおると　思ほえど
今か今かと待ちわびて
十十しるし　見てとりし

旋回するはイーグルの
鋭き眼光　気づきたか
俯瞰せし目はすべて知る
□は
○の乗り物　○こそが
生きとおし　己れのすべてを知るものぞ

今さらに
地上の学びは深きもの
しかして地上にしばられず
○よ飛び立て　88のかなた』

何と何と、これは言納や健太へのものではない。ツタンカーメンに対してだ。それが言納の声を使って降りたのだ。

健太は静かに鈴を揺らした。

カラカラ………カラカラ………

すると天井が瞬間的に明るく黄色い光に照らされたかと思うと、その中から黄金の玉がミイラに入り、ミイラに残っていたツタンカーメンの和魂を連れ去って行った。出て行く際、黄金の玉は八角形へと形を変え、目がくらむほどのフラッシュを健太に浴びせた。

健太のまぶたの裏にはフラッシュの中に現れた〝105〟という数字だけが残像としていつまでも残っていたが、その場にゆっくり留まることは許されないためいったん外へ出ることにした。

ツタンカーメンへのメッセージの中に出てきた〝□〟は肉体のことだ。〝○〟は魂の文字が当てはまり、〝タマ〟と読む。

『肉体は
魂(たま)の乗り物　魂こそが
魂よ飛び立て　88のかなた』

となる。

〝88〟はひとつが〝無限〟。ム＝33、ゲ＝54、ン＝1　で88。無限大のマーク〝∞〟は横8でうまくできている。

宇宙空間もエネルギーは〝∞〟の字に流れているため、ツタンカーメンの魂し霊に宇宙からの視点を持てとの思いが込められているのだろう。

そしてもうひとつ。〝88〟は日本をも表しているため、日本へ飛び立ての意も含まれている。88と日本については『数霊』その10〝富士と88〟参照のこと。

ツタンカーメンの和魂って?

和魂とは玉し霊を分解した一霊四魂(イチレイシコン)の一部のことだ。『数霊』でも触れたが少しだけ解説すると、人の魂し霊は〝直霊(ナオヒ)〟を中心に外側へ向い〝奇魂(クシミタマ)〟〝幸魂(サキミタマ)〟〝和魂(ニギミタマ)〟〝荒魂(アラミタマ)〟に分けたものを一霊四魂という。

それぞれの働きについての解釈は統一されておらず、したがって捉え方もさまざまだがものすごーく平たくした一例を挙げると、一番外側の荒魂は肉体と共に消滅し、中心に近い奇魂と幸魂は直霊と一緒に天へ帰る。

して和魂は………その部分がこの世に残るとされている。あくまで解釈としての一例だが。

三千三百年前シリウスへ帰ったツタンカーメンの玉し霊の核がいよいよ活動を開始する際、ミイラから離れられずにいた和魂を迎えに来たようなのだ。

ということは、メッセージの送り主はツタンカーメン自身の直霊からなのか。それを言納の背後の守護者が通訳し、言納が言挙(ことあげ)したのかもしれない。

それとも〝お日の祭り〟が始まったのだから太陽神ラーからなのか。

とにかく、眠れる獅子がいよいよ目覚め、黄金の住処(すみか)から旅立つときが来た。

先のメッセージの解釈は、

『眠れる獅子よ、さあ目覚めよ。

おたけびあげて黄金の住処から旅立て。

時はすでに満ちている。

お前の目覚めを今か今かと待っているぞ。

十十しるし　見てとりし』

とうとうに〝十十〟が当てはめられているのはこれも複数の答えが秘められている。

健太の課題、⊕と⊕の中からそれぞれ〝十〟が抜け、健太には○と□が残された。

中身の〝十十〟はツタンカーメンに行ったのだが、これについてはそのつど解明していくことにして続きを。

『旋回するイーグル＝鷲の鋭き眼光を知るがよい

俯瞰する目はすべてを見抜くぞ』

俯瞰とは高いところから見下ろすことをいう。

『肉体は玉し霊の乗り物なのだから霊主体従に生きよ。

玉し霊こそが生きとおしであり、玉し霊こそが已れを知ることが出来るのだ。

肉体にいつまでも執着するでない。

いつになっても三次元での学びは深いものがあるが、地上だけに縛られることなく、さあ無限の彼方に飛び立ちなさい』

ツタンカーメンの玉し霊が再び活動を開始したのと時を同じくしてミイラが一般公開されたのは単なる偶然ではない。

世に向けての合図だ。

ツタンカーメン王始動開始の。

一九二二年十一月四日に王墓が発見された日に合わせての公開だが、発見から85年後のことである。85。ミロク、キリスト、聖観音の言霊数であった。

他にもある〝経世済民(けいせいさいみん)〟だ。

世をよく治め、民の苦しみを救うこと。またそういった立派な政治のことを経世済民という。一般的には略して〝経済〟と呼んでいるが、経済とはお金の流れのことのみを言ったものではない。

経世済民と同じ意味の〝経国済民（けいこくさいみん）〟は81。

トゥトアンクアモンに同じだ。

『トゥト、光になる』とは81のツタンカーメンが経国済民を行うということでもある。

実際、八角形の形霊エネルギーへと変化したツタンカーメンの和魂は、住処としていた黄金の棺から飛び立った。これで、もう一国の過去のファラオではなく、新たな人類の指導者の一人へと成長を遂げたのである。

祝　ツタンカーメン王　再立（さいりゅう）

空には虹が十字を描いていた。いや、実際には虹ではなく彩雲なのだが、見事に天空でクロスしている。して、人には虹に見えるので、虹でよいのだ。

虹。85だ。

アルシオネ螺旋の源、ミロク菩薩の慈愛がツタンカーメン始動とリンクしてクロスを陽の光で描いた。

十十（とうとう）しるし　見てとりしだ。

また、〝十〟は縦と横の組みたるカタ、火と水の交わりのカタ、で火水（カミ）だ。


健太の胸のアンク十字がうずいた。

「ごめん、ちょっと待ってて」

健太は人ゴミから離れるため王墓を出ると右手山側へと昇り、さらにコンクリートの溝を跨（また）ぎ砂利の斜面に腰を下ろした。

実はその場所、ミイラの真上に当たる。

両手で胸を押さえてうずくまっているうちにまたまた脳が動いた。黄金の八角形が放ったフラッシュの中に残った〝105〟についてだ。

まず、お日の祭りにて立ったツタンカーメンはアマテラスになったということ。アマテラスは105だ。そして105の意味するもの、それは〝世界平和〟である。世界平和も105になる。世界平和のため、三千三百年間眠っていた獅子が一念発起して人類を守護し、人々の心と顔を穏やかにする。

一念発起、守護、穏やか、すべて105だ。

ツタンカーメンのマスクは金で形づくられ、ラピスラズリや色ガラスなど青い色で美しく飾られている。青はシリウスの色であると同時に地球上では青龍のエネルギーでもある。

〝しょうりゅう〟ではなく、〝せいりゅう〟でいい。

青龍＝105

次に105が分解され、〝52＋1＋52〟になった。

言納は七福神の乗った宝船が52に関するところに降りるといっていたが、世界各地に存在する52をつなぐ役割り、つまりまん中の〝1〟をトゥトアマテラスが担うようだ。

きっと熱田神宮の主祭神熱田大神（アツタオホカミ）も剣のエネルギーとしてトゥトアマテラスと共に働きをされるのだろう。なぜなら、熱田大神もまた105なのだから。

ということは、やはりニギハヤヒ尊の役割りは天地大神祭においても大きい。

脳が105の解釈をひと通り終えると健太にとってにわかに信じがたいことが起こった。

ツタンカーメンの玉し霊本体がダイレクトに接してきたのだ。永きにわたって抱き続けてきた想いを判ってほしい、判ってくれる人に託したいとの願いを込めて。

そんな想いを感じ取った健太は、ツタンカーメンがどのような国づくりをし、どのように人々を育てようとしているのか、そして今度こそそれを成し遂げようとする意気込みがまるで自分の考えであるかのようにはっきりと理解できた。

その最たるものこそが「一神教改革」なのである。

第一章でも触れたがツタンカーメンの一神教、それはシリウスの教えでもあるのだが、「唯一外側一神教」から脱却し「第一内側一神教」へと移行するための改革であった。

健太はこれまで各地の神々や自身の守護者である一火(カズヒ)、師の厳龍や生田、あるいは吉野山中 櫻本坊(さくらもとぼう)の良仁院主からしっかり指導を受けているため、ツタンカーメンが伝えてきた「第一内側一神教」の意図は、むしろ健太の考えでもある。それなので瞬時に通じ合えた。

まあこれは言い換えれば、理解できる相手だからこそツタンカーメンは健太を選んだのであろう。自身の想いを依頼する相手のうちの一人に。

外側の著名な神々や絶対的に見える実は相対的運命学を追いかけ、人生の保障を得たつもりになって自己満足に浸ることはいい加減卒業する。

そして、夢中で追うのは内なる神、運命学など完全に超越している自己の直霊(なおひ)を開眼させること。外の神々の前にまず我が直霊を信じきることができるかどうか。そこから始まるということを人々に伝え、育ててほしい。

それがツタンカーメンの伝える「第一内側一神教」の内容と願いだ。

そこに多くの人々が気付くことができれば必ず〝喜びエネルギー元気玉〟を臨界点までもっていくことができるであろう。

いや、もっていく。

でなきゃ天地大神祭は成功しないのだ。

次にトゥトアマテラスは健太に金(きん)の効用を伝えてきた。

まず、金(きん)の持つ周波数は物質を変容させるシェイプトランスフォームに役立つという。

それは人の意図する想念に合わせて物質の原質に変化をもたらす力で、使い方によっては水をワインに変えたり有毒を無害にしてしまう力のことだ。

また、体内に取り入れればその人の能力・才能を引き上げる〝増幅器〟のような働きもするらしいのだが、その人の意識レベルや玉し霊の成長度合いが金の持つ安定した周波数に同調しなければ効果は期待できないらしい。

つまり、内面が乱れ心も肉体細胞も不安定だと、いくら金を体内に流しても意味ないじゃんってことだ。

多分それは、〝今〟を生きずに過去を悔やみ未来を思い煩う人、〝私が私が〟と主張するばかりで調和を乱す人、恐れや不安に支配されてしまっている人など三次元的高次元に達してなければ金を使いこなすことができないということなのであろう。

ということは逆にだ、精神的高次元に意識が達した分はどんどん金の活用法が増えてくるということでもある。面白そう。

他にも、金はDNA内の四種類の塩基、A＝アデニン、G＝グアニン、T＝チミン、C＝シトシンの周波数にも影響を与えるという。

それはどうも塩基の周波数に深くかかわりを持つ媒体レセプターの基本構造に変化をもたらすという意味らしい。

塩基は必ずAとT、CとG、が組み合わせになるのだが、結合部分が大きな凹凸から非常に細かくなめらかな凹凸に変わると考えればいい。それで塩基の周波数が変わるということらしいのだが、そうなると人体に、あるいは精神面や能力面にどのような変化が現れるかは判らなかった。

けど、想像することはできる。簡単だ。今より少し神としての力を発揮できる人になることができる

……………と思うよ。

むっつかしいからよく理解できない。したがって

分かり易い説明もできない。かたじけないでござる。

金だけに限らず水晶にも同じ力があるらしいし、ダイヤモンドもなかなかの能力の持ち主のようだ。

さて、次は健太の理解の域を完全に超えてしまった。

金の持つ周波数は中性子の数をも増やすらしい。クォークに対して働きかけることで中性子の回転速度を高め、遠心分離器にかけたように分裂させるのだそうだ。

中性子が分裂すると新たな陽子を呼び寄せ、その性質はプラスなのでさらにマイナスである電子を引き寄せ成長する。

まるで玉し霊の成長を科学的に解釈した話と同じではないか。
○＝精神性の裏側が□＝科学であるということもここにきてよーく判った。
一火が中途半端に終らせた金の用途にしてもツタンカーメンが教えてくれた。

しかしだ、残念ながら健太にはそれをどのようにして行い、どのようにして役立てるのかが判らず悩んでいるとミクロの世界がヴィジョンとして現れた。

中性子と陽子がくっついた原子核の周りを電子が回っている。それがものすごーく離れたところを回っているのだ。

中性子の周りは陽子が十個。ものすごーく遠くで電子が二個、さらに遠くでは八個の電子がぐるぐると回っている。原子の正体だ。

それにしても全体のほとんどすべては空間で、よくもまあこんなんが寄り集まって物質を物質として保てるものだと思う。

隙間だらけの、というよりほとんど空間しかない原子から成るくせに机は机としてちゃんと成り立ち、上に物を載せてもそのままでいてくれるし、窓ガラスは雨や風を防いでくれる。不思議にもほどがあるぞ、原子。

さて、ここで健太が判るべきことはそれらの構造についてではない。物質が物質として成り立つのは、何もなさそうな原子の空間に実は何かがあるのだが、それは何かということ。無いけど有る。ムウーンなのだが、ではそのムウーンとは何だ。

ビジョンの場面が変わった。

一転して今度は宇宙である。

目の前には巨大な銀河系がある。遠方にはアンドロメダ大星雲が見え、さらに遠くには丸や円盤型の銀河が無数に漆黒の空間に輝いている。

宇宙空間にはこのような銀河が約一千億個あるという。

ヴィジョンがアンドロメダに絞られた。だんだんと近付いて来る。

はじめは米粒程度に見えていたものがやがてクロワッサンになりお好み焼きになり………あっ、大きさのことだよ。………表現できないほど巨大に見えるところまで近付いた。

すると、それまではひとつの大きな光のかたまりに見えていたものが、実はそうではなく無数の星が集まったものであることが確認できた。

ひとつの銀河には数千億個の星が存在するらしく、この太陽系が所属する銀河系は約三千億の星があるという。

(あれっ、空間だらけなのは原子と同じじゃんか)

そこだ。一つの大きな光に見える銀河も実は空間だらけ。

ではその空間、何がある。

物理学の問題ではないので答えを「星間物質」などといってはいけない。

アルシオネスパイラルのところでも出てきたぞ。限りなく存在する星と星の隙間、そこにあるのは愛である。愛に満ちている。そうだろ。

ならば空間だらけの原子。その空間にあるものも何かが判るはず。

そう。愛だ。

宇宙空間も、そして原子の隙間も、そこを満たしているものは愛なのだ。

すべてに遍満していた。愛に囲まれて生かされていた。愛がないところなんてどこにもない。

それらすべてを集約したのが〝我が内〟にある。

それを知ること。そして目の前のすべての物質と非物質を満たしている愛に意識を向けること。

ツタンカーメンの望む宗教改革と国づくりのための人育て。これでご理解いただけたか。

（すごい。すごいぞ。それだ）

ツタンカーメンの奥深くとつながった健太からは黄金のオーラが放たれている。

喜びと玉し霊の成長が伴ったときに出るオーラだ。ブラボー。

最後にツタンカーメンは自らの意志と交わりやすい場所を今後のために特定してきた。日本に帰ってからはそこが待ち合わせ場所になるのだろう。健太と待ち合わせるのだから当然ながら名古屋界隈ばかりであった。

まず最初に出てきたのは、

（ん？………名古屋城だぞ。どうして………そうか、なるほど）

金のしゃちほこだ。

ツタンカーメンは金（きん）があるところに降りるのか。名古屋で金といえば名古屋城の金のシャチホコ。明治維新では城から下ろされ溶かされる運命にあったが価値を見直され、一八七三年にはオーストリアのウィーン万博にも出品されたあのシャチホコにツタンカーメンが降りるとな。驚きだ。

次に出たのは熱田神宮内の別宮八剣宮だった。八角形だけでなく〝八〟の数霊にも感応するのだろう。そもそも名古屋の記章は〝㊇〟なので名古屋自体が八である。

名古屋を代表するサッカーチーム、グランパスエイトのグランパスは〝シャチ〟で、エイトは名古屋記章の〝八〟。運気が上がるぞ、この名前。

もうひとつ出た。

愛知県一宮市の138タワーパークにあるツインアーチ138。

〝イザヤ〟でもある高さ138メートルのこのタワー、天から見ると〝十〟の形になっている。

巨大な鉄骨が逆Uの字に曲げられたものが二本クロスしているため、上空からだと〝十〟に見える。

『十十しるし　見てとりし』

というわけである。

他の地域にも〝金〟〝八〟〝十〟は存在しているのだから、きっとそこにもツタンカーメンの想いは流れてくるはずだ。八戸(はちのへ)、八代(やつしろ)、八王子(はちおうじ)。八幡平(はちまんたい)に八海山(はっかいさん)。法隆寺の夢殿にも、沖縄の八角堂にも……。

ツタンカーメンは去り際、健太へ贈り物を残していった。

(うっ、痛い)

胸が何かに刺されるような刺激を受けた。

アンク十字のアザのあたりだ。

(あれっ)

胸に手をやると小さな異物があった。シャツの中からそれを取り出してみると、言納が北海道の温子から授かったアンク十字と同じものが出てきた。もちろんスカラベもいる。

ただひとつ違っていたことは、言納のそれは銀であるのに対し健太のは金であったということ。

驚いた健太は襟元を伸ばして胸を覗くと、つい先ほどまであったアンクのあざが消えていた。

『いつも一緒さ』

(………今の声、もしかして………)

それはどうか判らない。

しかし、ひょっとしたらそうなのかもしれない。

トゥトアマテラスよ、名古屋で会おう。

*

これで言納たちは場所を移動するのだが、その前にこれを。

ツタンカーメンの呪いは本当にあったのか？

一九二二年十一月四日、ついにツタンカーメンの王墓の入口を発見したカーターらは同じ月の二十六日、「ツタンカーメン」の名で封じられた王墓の扉までたどり着いた。

ちょうどそのころカーターが飼っていたカナリアがコブラに飲み込まれたという。

ツタンカーメンの黄金のマスクには、額にコブラがいる。

数ヵ月後、カーターのスポンサーだったカーナボン卿がカイロのコンチネンタルホテルで息を引き取った。そして同時刻、カイロ中が停電に見舞われた。

他にも、カーナボン卿がイギリスで飼っている犬が遠吠えをあげて死んだり、ミイラ調査に呼ばれたX線技師がエジプトへ向う途中に心臓発作で死亡。

カーナボン卿の弟は王墓開封の翌年死亡。

カーナボン卿の右腕として活躍した男も王墓の清掃終了前に死亡。

まだある。

アメリカの鉄道王は王墓を訪れた際に風邪をひき、それがもとで死亡。フランスのエジプト研究家は王墓訪問直後に崖から墜落死。

エジプトの高官の一人は発掘現場見学後、妻に射殺されるなどなど（『消されたファラオ』グレアム・フィリップス著　朝日新聞社参照）。

さて、いかがでしょうか。

マスコミにとっては格好のネタになるであろうこれらの事件はどれだけかは事実だと思われる。

しかし、事故はともかく病死については、三千年以上密封されていたところに突然入り込んだ空気や光により眠っていたカビなど細菌が活動を開始し、それを吸い込んだためであろう。

見つかった細菌の中には有害なブドウ球菌やシュウドモナス菌も含まれている。

また、密封された室内にはアンモニアガスなども発生しているため呪いと考えるのは短絡的だ。

どうしても呪いのせいにしたければ、それはツタンカーメンからのものでなく彼の墓守(はかもり)からのものとして考えた方がいい。墓守が細菌を利用したのだと。

ではツタンカーメン本人はどう思っているのだろうか。

喜んでいる。世界中の人々に自分が存在していたことを知らしめることができて喜んでいる。

それまではホルエムヘブらの手によっていたるところから名前が削られてしまったため、その存在さえもが疑われていたのだから。

墓が人目に付かぬよう隠されたのは安眠を守るためだけではない。墓泥棒に副葬品などを奪われぬようにするためである。

したがって、ツタンカーメンの呪いなど実はなかった。

では、なぜこのような話をしたかというと、実は他にあるのだ。呪いのせいだと現地の人たちにささやかれていることが。

それはタイタニックだ。

そう、あのタイタニック。

一九一二年四月十四日午後十一時四十分、氷山に激突した豪華客船は翌十五日、乗員乗客二二二七名を乗せたまま海底へと沈んでいき、一五〇〇人以上が命を落とした史上最悪の海難事故だ。

現地のアマチュア古代史研究家からのクエッションだ。

「タイタニックがなぜ沈んだか知ってるか」

「氷山にぶつかったからだろ」

「確かに。しかし、いま聞いてるのはそんなことじゃない。なぜあのような悲運に見舞われたのかってことだ」

「………いや、判らない」

「ミイラだ」

「ミイラ?」

「そうだ。あの船には女性のミイラが積まれていた。女王か王妃かはわからないが、ともかくエジプトからは持ち出すべきでない女性のミイラがあの船には積まれていたんだ。彼女の呪いが船を氷山にぶつけたのさ」

というのだが………。

その2　ハトホル神の目覚め

王家の谷から見上げる南側の斜面の向こう側へとバスで移動した。


「次もすばらしいところさ。ハットシェップストゥ葬祭殿だ」

「えっ、ハッシュドビーフ?」

「ノー。ハットシェップストゥだ」

「ハットシッテ?」

「ハットシェップストゥ」

「ハッタシェット?」

「ああーん、もう。じゃあこう憶えるんだ。ホットチキンスープって」

ミモが笑わせてくれた。が、以後誰一人正確な発音を憶えようとはせず、最後までホットチキンスープと呼んだ。日本ではハトシェプストと呼ばれている。


古代エジプトの神殿建築の中でここは最高傑作と評されるだけあって実に美しい。

切り立った断崖を背に三段テラス式になった葬祭殿には中央部分にゆるやかな坂が設けられており、ひとつ目を登りきるとさらにその奥にも同じ坂があって最上段へ通じている。

ホットチキンスープ女王はエジプトにおける初の女性ファラオであったため苦労も多かったようで、生涯女性であるということを隠し通し、男性として振る舞っていたのだという。

二〇〇七年六月、ハトシェプスト女王のミイラがＤＮＡ鑑定により特定された。

発表によるとファラオは少々太りぎみのため、肝臓ガンと共に糖尿病も患っていた可能性があるとの事だが、ファラオにとってみれば大きなお世話だ。

彼女がファラオとして君臨していた五十数年間、エジプトは他国と戦火を交えなかったというのだから、糖尿病よりそっちを出してあげたらどうなのさ。

バスを降り、いかにも観光地らしい休憩所を通り過ぎると眼前に壮大な葬祭殿が迫ってきた。

「出雲大社だ」

健太がそうつぶやいた。

「大昔の出雲大社もこんな感じだった。もう少し坂が急だったのと周りに緑があったけど」

「憶えてるのかい、健太君。………あっ、そうか。健太君の親神さん、出雲出身だったもんね。天香久山尊（アメノカグヤマノミコト）だっけ」

別名高倉下（たかくらじ）。ニギハヤヒ尊の次男だ。

当時の出雲大社は高さが四八メートルほどあったのではないかとの説が最近は有力視されており、本殿に至る造りがここと似ているのであろう。

突然言納が泣き出した。

「どうしたんだよ、言（こと）」

健太が後ろから声をかけたが、言納はすぐ右側を歩く那川に抱きついて泣きじゃくった。

実はここハトシェプスト葬祭殿で一九九七年十一月十七日、ひどく悲しい事件が発生した。

武装したテロリストグループが観光客に向けて無差別に銃を乱射、死者が七〇人を超える大惨事になってしまった。

犠牲者のうち一〇人が日本人だった。添乗員を除く九人はすべて新婚旅行のカップルということもあり、衝撃をさらに大きくした。

言納が泣き出したのは彼らが銃弾に倒れたまさにその場所だったのだ。

亡くなった人たちの悲しみの念はもうここにはない。

ではなぜ言納は泣き出したのか。

遺族の想いだ。

大切に大切に手塩にかけ育ててきたわが子が新たな門出を迎え、喜びと寂しさを胸に送り出した直後の惨事。遺族はどのような気持ちで現実を迎え入れたのであろう。

言納は、もし自分も犠牲者の一人であったらと考えたとき、両親の胸がえぐられるような想いが伝わってきたからなのだ。

今ここに事件の翌日十一月十八日付の新聞がある。亡くなった方々の顔写真も出ており、眺めていると胸が痛む。

このような愚かしきことをこの地上から無くしてしまうことも間もなく迎える天地大神祭の目的のひとつだ。世界中のみんな、どうか力を貸してくれないだろうか。

ツタンカーメンが示した〝105〟、世界に向けてひとつになろうよ。

後にカイロへ戻ったときの話だが、地元のある大手企業の代表と話す機会があったのでこの事件についてを聞いてみた。

するとその人物が驚くべきことを話してくれた。何とテロリストグループの中の一人が小学校の同級生だというのだ。

「あの事件は私たちにとっても大変ショッキングな出来事でした。国民のすべてが悲しい気持ちで一杯になりました。実は四人の実行犯のうちの一人が私の小学校のクラスメイトだったんですよ。彼は小さい頃いつもスマイル、スマイルの元気で明るい少年だったのですが………」

スマイル君がなぜ過激派になってしまったのかの理由については国内政策への不満だといっていたが、ただそれだけではなかろう。おそらくは宗教的な思想がベースにあるはずだ。でなきゃ外国人七〇人も殺す必要はない。

現在は日本よりも治安についての不安は少ないので大丈夫だが、それでも十年以上経った今も当時の観光客数は取り戻せてないという。

エジプト国内においての治安というものは、これが予想外によかった。イスラム国家のため盗みをしただけでも日本の殺人犯よりも刑罰が重いようなのでみんなしない。割に合わないもん。スリで捕まって懲役十五年なんて。

ガイドやツアー会社の人たちも誰一人としてスリに気をつけろなんて言わなかったし、危ないと感じたこともなかった。

銃撃事件に話を戻すと、事件当時テロリストたちはサトウキビ畑の中に身を隠していたらしく、それなので現在は背が高くならぬよう早いうちから刈り取るようにして再発防止に努めているのだそうだ。

その後、彼とはアメリカとイスラエル政府の悪口で大盛り上がり。楽しかった。あのときほど相手の話す言葉が理解できたことは他になかった。

内容については面白すぎるのでここには書けない。

ハトシェプスト女王は戦うことを選ばなかった。噂されていた身内との確執も実は現代人の想像にすぎないことがザヒ・ハワス博士の研究によって証明された。平和の女王だったのだ。

なのでここハトシェプスト葬祭殿が世界平和のシンボルとなるようお祭りができないものか。明日大使館に電話してみよ。

＊

最上段ではみなまちまちに行動していた。

生田と健太は写真を撮りに行き、那川は銃を持った兵士を観察しながらタバコを吸っている。そして言納はまた泣いていた。まだ泣いていたのではなく、また泣いていたのだ。

というのは、先ほどの涙は一旦収まったのだが最上段のテラスからふと事件現場を振り返ったとき、

『あなたが悲しむ必要はありません。どうか楽しんでください』


と聞こえてきたのだ。

声の主は判らなかった。が、言納にはそれが犠牲者からのメッセージに思えてならなかった。そしたらまた泣けてきたのだ。

もし本当にそうだとしたら、人の思いやりというものは山よりも高く海よりも深い。そして暖かで美しい。

生田と健太が戻って来た。それを見て那川もこちらへ歩いてくる。言納も目を赤くしているが涙は止まった。とその時、スカラベが動いた。ぐんぐん引っ張って行く。もの凄い力だ。

「あーあーあー、ちょっとお、どこ行くのよお。そんなに引っ張ったら指が痛いってばあ、スカビーって」

言納の体はスカラベと結ばれた左手を前方に突き出すようにして小走りで移動している。

その姿があまりにもこっけいなので健太は笑っていたが、言納にはそれを責める余裕などはない。

スカラベは、葬祭殿を正面に見ると向って左側へと飛んで行き、テラスの西側へと出た。

さらに数十本の石柱が立ち並ぶ中を右へ左へと旋回しながら飛び、ある柱にピタリと留まった。

ハトホル神殿の入口前だ。

「あっ、みっちゃんだ。ほらここ。あら、あそこにも。あっちにも。すごーい、みっちゃんだらけ」

そりゃそうだろう。みっちゃん神殿なんだから。神殿といっても言納たちのいる場所に屋根はなく、青空が広がっている。

「そっか。きっとここのことね」

言納はスカラベが留まる柱の前で、例のヘブルの合言葉につながる〝水のうた〟をうたい始めた。

とおとしやー
みーず　うるわし
「みーず　うるわし

みーず　うるわし
みーず　うるわし
とおとしやー」
ハトホル神の顔が大きく浮き彫りにされた柱の前でうたった。しかし反応はない。

（柱が違うのかしら。けどスカビーはここにいるし…………）

再度試みた。

「みーず　うるわし
みーず　うるわし
とおとしやー」

やはり反応はない。

「ねえ、健太。鈴よ。鈴がないから届かないんじゃないかなあ」

健太に鈴を振らせつつ三たび挑戦してみた。

しかし結果は同じだった。

するとスカラベが健太のバッグへと飛び移り、中へと入って行った。

「健太、ひょっとしてあれよ」

健太にスカラベは見えないが、気配を感じ言納と同じことを考えていた。

「うん。ちょうどそう思ってたところ」

そういいつつバッグから方陣盤を入れた包みを出

し、紫色の小風呂敷をほどいた。

　ちょうど二年前の春、健太と言納は円空マニアのアメリカ人ロバートと出会い、三人で岐阜県美濃地方に点在する円空仏めぐりをしたことがあった。

「Ｒｏｂｅｒｔ」のくせに「Ｂｏｂ」のあいつだ。

　アメリカ合衆国政府の陰謀を伝えに来日し、ノルウェーでは和也の命を救った彼のことだ。憶えておられしか。

　そのロバートと一緒に訪れた関市の洞戸(ほらど)という地区があまりにも気持ちよかったため、以後も二人は時々出かけていた。もちろん円空記念館もある。

　今年も正月明け、言納が札幌から帰った次の日曜、雪の洞戸を訪ねてみた。

　冬のためか、目的としていた川魚料理の店は残念ながら閉まってたが、記念館は開いていた。

「お参りを先にしてこよう」

　隣接する高賀神社では以前からあれこれと教えを受けているため素通りする訳にはいかない。

　言納は円空のミタマが空海から分離したような映像を見せられているし、健太も、

『肉体という社(やしろ)に降りた神は己れ自身じゃ
　すでに生(しょう)は入っておる
　ところでその社
　穢れてはおらんであろうな』

なんていわれちゃうもんだから何度来ても緊張する。と、やはり今回も出た。

『人々よ
　さまざまな木々　性(しょう)ありて
　その木の性を知る心
　そがありてこそ　木に添うて
　木と対話しつ　木の望む
　姿彫り出す　それこそが

霊位の高き仏師なり

どの木々も
相対すれば　さまざまな
性ありたるが　その性を
慈しみつつ愛でながら
広き心で受け入れる
それこそ大慈大悲なり

人々よ
いかなる人にも性ありて
いかなる性のありとても
慈愛の心で添うてみよ
強き力で矯正されば
木をも人をも痛むることを
知りてお暮らし下されよ

檜に桂に白檀と
様々な素地のありたるが
大慈大悲で彫りたれば
いずれも清き仏像ぞ
美しき
笑みを浮かべる観音を
己れの心に現せよ
清く輝く観音を
己れの心に現せよ』

何度も出てきた〝性〟とは性質、性分のことだ。この教えは円空の生き様を通して人々が学ぶべきところを示したもので、『臨界点』でも触れたが新たなかたちで再度付しておく。

ツタンカーメンやハトホル神の話なので円空は関係ないと思われるかもしれないがそうではない。大いに関係ある。

というのも、実は円空とツタンカーメンは異母兄弟だった……わけはない。

そうではなく、健太や言納にとってツタンカーメンの意志を継いで国造りや人育てを行っていくうえで、あるいはハトホル神らの力を借り天地大神祭を成功へと導くにはこの教えが役立ってくるのだ。

また、円空の生き様(ざま)に秘められた智恵と覚悟がなければ人類の行く末を左右するほどの大行事などできようものか。

人々が円空の生き様(ざま)から学ぶものは大きく分けて三つある。


ひとつめ。

円空は木を選ばなかった。木にオーディションなどせず、すべての細切れまで仏にした。

この木の樹齢は二百年。ワシはたかだかまだ五十年。仏像を彫る際に出た木屑にさえも仏の姿を彫り出した。

これを国造りに置き換えると、すべての人々が仏であり、細切れのように思われている人たちでも実は仏。仏性を表に出すことでこれからの国造りは自分たちで行っていく。一部のエリートや官僚だけが国を造っていく時代はもう終わった。

仏は衆生を救う。ならば誰にでもその力はあるということ。あとはそれをするかしないか。それは自身も仏であるということに気付くか否かということである。


ふたつめ。

御言葉にもあるように、円空は素材を活かした。曲がった木でもフシがある木でもそのままを生かした。

何か特定の仏像を彫るためそれにふさわしい木を探すんでなく、そこにある木のその奥に宿る仏の姿を見抜いた。

つまり、あの仏像を彫りたい、で彫るのではなく、この木の奥にはどんな仏が隠れておいでなのかを感得し、仏像を彫るというよりは、仏のまわりについた木の余分なところを省いたといった方が相応しいかもしれない。

人も同じ。

本来その人の持つ性質、性分がちっとも活かされない画一的な教育や生き方から脱皮し、その人の特性を引き出しつつ国造りを行う。もちろん自分自身にそれをするのが第一。

今までの日本人社会は、正しいと思われる生き方の範囲が狭すぎた。哲学がないとそうなる。そして世間体のための人生を生きてきた。なので我が子がスミレのような性質であるのにバラを咲かせようと努力したり、タンポポのような素朴な玉し霊つかまえて蘭の花が咲くよう望んだ。

アホか。咲くかい、そんなもの。

それは自分自身を窮屈な型にはめ、玉し霊をちっとも活かしてこなかったから世間の評価の高いもののみを尊いと錯覚するのだ。

はい、それももう終りにしよう。


みっつめ。

それは『臨界点』で長々と述べたので要点だけ。

心に芯を持ち、明確な志で行うならばカタから外れることを恐れるなということ。

言い換えれば、哲学のないところで出来上がった愚かしき常識や世界の流れに流されていてはいつまでたっても玉し霊活かせんぞ、ということ。以上。


参拝を終え雪の残る階段を恐る恐る下っていると、品のある年配の女性が参拝へと上がってきた。

「こんにちは」

「おめでとうございます」

挨拶をする際、女性が滑りそうになったため、健太が咄嗟に体を支えた。

円空記念館へ入っていくと暖房が効いており、まさに仏の救いのようだった。

館長が二人の顔を覚えており、円空についての五輪真弓を、じゃなかった。逸話を話してくれた。

一時間ほどは館内にいただろうか、腹が減ってきたので館長に別れを告げ車へ戻ると、すぐ隣に停めてある車から先ほどの女性が出てきた。二人を待っていたようだ。

「先ほどはありがとうございました。お陰で助かりましたわ」

「いえ、とんでもないです」

「あの、これ、お礼といってはなんですけど、貰っていただけませんでしょうか」

女性が包みをほどくとそれは方陣だった。

九方陣が板に美しく描かれている。ただ、方陣は通常正方形なのだが、これは縦約三〇センチ、横幅は二〇センチ弱の長方形だった。だから異方陣だ。

♪子どもたちは、空に向かい、は異邦人か。もういいってか。

女性の説明によるとこの長方形は縦横の比率が黄金比になっているという。

1対1・618034
この比を黄金比という。

こいつが実に面白い性質を持っており、こんな個性の強い数字は他にない。絶対に自分を曲げようとしないのだが、ここでは関係ないので『数霊』の一四三ページを見てね。

話を戻すと、この黄金比長方形が縦横九マスずつ、合計八一マスに仕切ってあり、各マスにはそれぞれ白、黄、水色、ワイン、オレンジ、黒などの色が塗ってあり、枠は金だ。

各マスには数霊だけでなく言霊も一緒に入っており、マスの上部には数、下部は文字が当てはめてある。金文字で。

一番下段の中央のますはロイヤルブルーで「1・ア」、方陣全体の中央のマスは黄色で「41・ラ」、最上段中央はモスグリーンで「81・須」といった具合だ。

　これはなかなかのすぐれものだ。というのも、この一枚の方陣盤に数霊（かずたま）、言霊（ことたま）、色霊（いろたま）、形霊（かたたま）のエネルギーがすべて入っている。

　残るは音霊だけだがそこは人知の及ばぬ神ハカライが働くので心配ない。

　今さらながらこの九方陣は縦、横、斜めのどの列の和もすべて三六九。ミロクである。

　アルシオネ螺旋を満たす慈愛の表れ弥勒菩薩といい、三次元的六次元といいミロクばかりが揃った。

　いよいよ開くか、三千世界の梅の花。

　しかしこの方陣盤、ご婦人からいただいたのはいいがどうしていいのか判らず、健太は自宅の祭壇に上げておいた。

　健太宅の神棚は三段の雛壇式になっており、いっぱい物が並べられる。

　エジプトへ出発する前日一火が現れ、たとえパスポートを紛失してもこの方陣盤だけは失うな。人類の行く末を左右するほどの働きをするものだ、と伝えてきた。

（エジプトへ持っていくの？）

『当然だ。お前が行けなくてもそれだけは飛行機に乗せろ』

と。なかなか無茶なことを言った。

＊

「これをどうすればいいのだろう」

　健太が手にした方陣盤を眺めながら思案していると、

「ねえ、ちょっと来てみて」

　那川が何かを見つけたようだ。

　ハトホル神の石柱の、顔の真うしろにわずかな隙間がある。

「まさか」

　生田はそういいつつも方陣盤と柱の隙間を見比べ

てみるとなんとなくサイズ的には一致する。

板の厚さは一・五センチ、幅は一九センチ程。

「ちょっとヤバイかもよ」

隙間には背伸びしても手が届かない。なので生田が那川を肩車した。

隙間は那川の眼の高さにある。覗き込むと奥行きも深い。

「いけちゃうかも。いい？　入れるわよ」

那川が隙間に方陣盤を差し込んだ。

「どんな感じですか」

健太が下から声をかけた。

「まってて、もう少しで…………あと五センチ……

……ピッタリよ。きれいに入っちゃったわ」

ハトホル神の石柱にメイドインジャパンの数霊・言霊・色霊・形霊方陣盤が寸分の狂いもなく見事に納まった。

『神名を唱えよ』

（えっ、一火なの？）

『神名だ。神名を唱えよ』

（わ、判った）

まわりには他の観光客もいるため健太は少し恥ずかしかったが一火のいうままに神名を発した。

「ムウ――――――ン」

生田と那川も柱を囲み、別の角度から同じように神名を響かせた。

「ムウ――――――ン」

するとそこへ王家の谷でテュラムに乗ったとき隣同士になった日本人のおばさま軍団がやって来て
「ムウ――――――ン」

「ムウ――――――ン」

健太たちを真似た。

（あれ、このシーンってアブ・シンベル神殿で見た六千年前のヴィジョンと同じだ…………それが現代になってまたエジプトの地で………このおばさんたちも当時あそこにいた人たちなんだろうか。スバヌーのもとで音霊を発して由妃さんを治療した……

……えっ、ひょっとして由妃さんのミタマってハトホル神の霊統………)

健太がそんなことを思いめぐらせつつフッと周りを見渡すと、

「えー！」

西洋人まで十数人加わっている。

ついに人の環・人の和が人種国境を越えた。

もうこうなったらCIAのエージェントであろうが無神論者であろうがかまわない。みんな集まれ。牧師もニューハーフも宇宙人もどんどん集え。

「ムウ――――――――――ン」

「ムウ――――――――――ン」

数・言・色・形の玉し霊に人種を越えた音霊が加わりこれで五霊が揃った。

金銀の鈴も響いている。

「みーず　うるわし
みーず　うるわし
とおとしやー
みーず　うるわし
みーず　うるわし
とおとしやー』
『だーれーが
うるわし女を　出ーすのやらー
いーざないにー
どんなことばを　かけるーやらー』
ハトホル神が応じた。
「ヒトフタミーヨー　イツムユナナヤー　ココノタリー」
『ココノタリー』
「ヒトフタミーヨ　イツムユナナヤ　ココノタリ

ー」
『ココノタリー』
「みーず　うるわし
みーず　うるわし
とおとしやー………」

上空の一部分、北極星がいつも輝く位置を中心に大きなうねりが現れた。モヤモヤモヤモヤと空間がうねっているのだ。

そしてうねりに少しずつ色が付き始めた。ピンク色だ。

那川にはさくらさくらが聞こえている。

さくら　さくら
弥生の空は　見渡すかぎり
霞か雲か

しかしもう霞も雲もこの澄みきった青空にはない。白い天使が空一面を覆い尽くしているのだから。

桜色に染まりつつある北天を眺め、那川は自分が遥か昔ハトホル神の降臨した地球を目指して外銀河からやって来たことを思い出した。アンドロメダ座の中心に輝く薄オレンジ色の星を挟んでM31アンドロメダ大星雲の真反対に見える銀河、M33からいくつかの星を経由して地球に飛来したということを。

このとき那川が宇宙空間を意識すると、あちこちに友人知人がたくさんおり、決して孤独なんかではなかったことを痛切に感じた。

（ずうっとつながっていてくれたのね。ありがとう。みんな）


桜色のうねりが渦となり青空に巨大な穴を開けた。どう表現すればいいのだろうか。サーフィンの映像なんかで時々目にするが、巨大な波がグワーッと持ち上がり、ピークを過ぎると波のトンネルができる。あんな感じで渦のトンネルが北天にできているのだ。

そして桜色の渦はエネルギーが内へ内へと凝縮され、渦の中心点に集まりだした。

「ヒトフタミーヨ　イツムユナナヤ　ココノタリー」

「ムウ――――――――――ン」

「ムウ――――――――――――ン」

言納がヘブルの合言葉を、健太をはじめ大勢が神名を唱え続けるうちに天空の渦穴がさらに変色し始めた。渦の中心にマゼンタが現れたのだ。濃いピンクと赤の中間色とでもいおうかこのマゼンタカラーは、地球を包み込む守護エネルギーの色である。

おそらくは凝縮されたエネルギーが極限まで達しつつあるのだろう。

そして太陽は緑色に燃えている。

元々霊的な存在としての太陽が発する色は青々とした樹木と同じで緑色をしている。


（あっ、アンク十字）

ハトホル神とうたの掛け合いを続ける言納が心の中で叫んだ。

天空の渦穴入口に大きなアンク十字が浮いている。日の光を反射して虹色に輝くアンクは言納のペンダントのような平面的なものではなかった。

通常アンク十字と呼ばれるものはT字の上に楕円が乗っかったものをいうが、この虹色アンクはT字の上に円が横になって浮かんでいた。

それはちょうど、天国にいる人を描くときに頭の上に浮かんでいるドーナツ状のあれ状態だ。

（あれがアンク十字の本当の姿なの………）

いまやアンク十字といえば当たり前のように平面で表現されているが、実は立体的な姿が真なる姿だったようである。

立体アンクが渦穴中央のマゼンタに向きを変えた。地上からだと斜め下方から見上げるかたちになる。

そしてT字の部分が回転しはじめた。もの凄い速度だ。回転が速すぎてすでにT字の横棒部分は肉眼で、いや、心眼でも見えない。言納の特殊な目であっても捉えることができなくなっている。

さらに回転速度が増すと、T字の縦棒の部分も針のように細く見え、発光が始まった。

と、すぐその直後、高回転のT字部分がドーナツを通り抜けた。ドーナツの直径よりもT字の横棒の方が長いのに通り抜けてしまったのだ。

そして勢いに乗りそのままマゼンタ帯の中へ突き進んでいく。


『目覚めよ!!』

ハトホル神が叫んだ。

その瞬間、

「バ――――ン!!」

大爆発を伴い天空の渦穴が宇宙に抜けた。

同時にうたの掛け合いも神名を唱える声も一斉に止まり、地上には静粛が戻った。

言納には抜けた渦穴の向こうに漆黒の宇宙空間が広がっているのが見えている。

そこにはジャングルジムのような光のパイプが宇宙空間に張りめぐらされており、それは異星からの生命体や想念体が地球へやってくるのに必要なガイドラインであることも感じ取った。

光のパイプは多重構造に分子が分かれており、地球へ来る際にはその中心部を通るのだが、そのシステムはどうやら光の存在が光に乗り、さらにそれが光に乗り、またまたそのまま光に乗って、その光が時間軸や磁力線のようなものを使って移動するため遥か何十光年先からでもごく短時間ですむようなのだ。

よく判らないが、感覚としては歩く歩道の上に別の歩く歩道があり、さらにその上にもいくつもの歩く歩道が乗っかっており、だとすると一番上の歩道を歩けばもの凄く速く移動できる。そんな感じなのだろうか……多分、違う。

『開かれたり　異次元の扉
　うるわし女　世に出ずる』

ハトホル神が復活した。

封じられていたハトホル神の扉がアブ・シンベルで開き、ここルクソールにてついてかつての威光を女神(じょしん)は取り戻した。

瀬織津姫の封印を解いた言納たちが、今度はハトホル神を表に出したのだ。

これで世の流れがまた大きく変わる。

『人々よ
　いよよ天地大神祭
大なる行事は始まりた
これより先はあともどり
できぬと思えよ　今ここで
己れ持ちたる観念が
己れのゆく道決めてゆく
己れの信念それこそが
己れの生を輝かせ
はたまた失うこともあり
正念場とはこのことぞ
今こそ肚(きも)をくくるのぞ

あらゆる判断　無となるぞ
人間智では　はかれぬぞ
良いも悪いも人間智
神のふところ　はかれぬぞ
飛び込み抱かれよ　ふところに
光満ちたる　神の海』

言納に羅(かか)る守護者はこんなときでも厳しい。
他からも届いた。

『祝　次元の扉　いよいよ開き
示されたるは　人類の
新たな道こそ真なる大道(たいどう)
ますぐに歩むは神の道
人よ次こそ外れぬように
清き心で手を取り合って
共に歩みて下されよ

みなみなの
魂(たま)が育む喜びは
神にとりても喜びと
なりうることと心して
益々はげんで下されよ

人の岩戸が開かれて
魂の光が外に出ずれば
人は神と何ひとつ
違わぬものと知りたるか
あと少し
ほんの少しのお気付きで
神とひとつに合わさるものぞ
どうか気付きて下されよ
すでに今
神と人との違いはわずか
ほんのわずかの神一重(かみひとえ)
何が違っているのかを
みなみな気付いておられるか

魂が震える感動を
受けた喜び思い浮かべよ
涙あふるる歓喜の中で
生まれ出でしを思い出してみよ
神はいつもいつのときでも

四六時中　その中にいる
感動　喜び　歓喜の涙
二十四時間続いておるのぞ
これこそ唯一人々が
臨界点へと達す道』

さらに別のものが。

『開きた扉　天のみに非ず
地を見落とせば　進めぬぞ
天地に通じて初めて成せり
万年一度の天地大神祭

心よりお慶び申す

開門　シャンバラへの道』

ん…………いったい誰からだというのだ。シャンバラの大王サナート・クマラからか。

そうか、おふた方とも同じ時期に地球へやって来ている関係からやっぱりつながっているのね。ハトホル神とサナート・クマラは。

ところでハトホル神の顔をよーく見ていて菊川怜に似ていることに気付いたのだが、確か彼女、エジプトの特集番組に出演し、あのザヒ・ハワス博士の計らいでツタンカーメンの黄金のマスクを展示ケースから出して直接見せてもらっていたぞ。

縁があるんだね。玉し霊が、エジプトに。

予章「お日の祭り」から本番の「天地大神祭」へと移行した。

天空に次元の扉が開いたことにより今後はますます高次元の感性を受け取りやすくなるであろう。が、また扉が開かれたことにより望ましくないものも地上に介入してくる。

何を受け取るかはその人次第。

宇宙空間に満つる愛の想念やアルシオネスパイラルに流れるミロク菩薩の慈愛に心のチューニングを合わせることで人々の玉し霊は美しい多角面体へと加速度的に成長を遂げるであろう。

それを国家単位でやり遂げるのが国番号81の我が日之本である。日本民族にはそれができる。

先人たちが残した知恵が日本民族の血の中にはまだたっぷりと眠っている。あとは起こすだけ。

ハトホル神が叫んだ

『目覚めよ』

とは、その記憶に向けてのものでもある。

言納の守護者からの御言葉(みことば)にあったように、

『…………

これより先は　あともどりできぬと思えよ　今ここで

…………』

なのだ。

もう逃げようとしても駄目ですぜ。

「お前のことだぞ、それは」

ん？…………

「人ごとのように書いておるがお前こそ逃げるでないぞと言っておるのじゃ」

「えっ、一火？」

「一火は健太に罹(かか)る指導霊じゃろうが。まぎらわしいこと言うでない」

「ジイか。なーんだ、もう来ないかと思って喜んでたのに」

「不安じゃったんだろ。素直に認めんかい。バカたれが。わざわざみやげ持ってきてやったというのに」

「あら、そうなの」

「お前、人の玉し霊が美しい多角面体に成長すると書いておるだろう」

「うん。えっ、違ってた？」

「違ってはおらんがなあ、真なる高次元へと入っていきたければ正二十面体を目指せよ」

「正二十面体？」

「そうじゃ。〝十十（とうとう）しるし　見てとりし〟ともあったろう。十と十で二十じゃ。天空からでもすぐにわかるぞ、二十面体にまで成長した玉し霊はな。それをできるだけ弾力がある状態で作り上げるんじゃ。〝ねばならぬ〟と義務感ばかりで作り上げた多角面体は硬い。触れると痛い。落とすと壊れる。鉄のように冷たい。判るな」

「何となく」

「うれし楽しいで成長した多角面体は柔軟性があるからそばに行っても心地よい。それだけ憶えとけよ」

「う、うん。ところで今までどこ行ってたの、ねえ」

「さらばじゃ」

「あっ、おい………」

久々のジイも去った。

付け加えておくと、

『十十しるし　みてとりし
　旋回するはイーグルの
　鋭き眼光　気づきたか
　………』

に出てくるイーグルの鋭き眼光とは鳥系の視線で世を見るハトホルのことだ。ハトホル神の視点を知れよ、という教えである。

また、ハトホル神は鳥系の目を使うので、トキの頭を持つ知恵と月の神トトもハトホル神の使いである。

那川はこのトトから守護と知恵を受けていた。

さて、厳しい神あればやさしい神もあり、二番目に出たメッセージでは、

『………
　すでに今
　神と人との違いはわずか
　ほんのわずかの神一重
　………』

とのことで、ちょっと大げさなお褒めの言葉であろうが、それでもあと少しの気付きこそが三次元で高次元を生きることができる鍵なのであろう。

美しい地球で感性豊かに生きるコツ。それがあとわずかな気付きであるならば、ぜひそれを体現させよう。

「Ｈｅａｒｔ」の中に「Ａｒｔ」があるといったが、たった今、はせくらみゆきさんから電話があって、地球＝「Ｅａｒｔｈ」の中にも「Ａｒｔ」がありますって。

本当だ。

それで、「Ｅａｒｔｈ」の最後の〝ｈ〟を一番前に持ってくれば「Ｈｅａｒｔ」でしょ、って。なるほど、すばらしい。さすが宇宙人だ。噂ではほかの惑星へ行って「にしおかあーすみこだよお」ってやってるって。今度聞いてみよ。


というわけで、ハトホル神も解放されたことだし、健太たちと一緒になって神名を唱えてくれた人たちも戻って行き、残るは四人だけになった。

「あれー、ないわよ」

石柱から方陣盤を取り出そうと生田に肩車された那川が驚いた声を上げた。

消えてしまっていたのだ。方陣盤がではなく石柱に空いていた隙間自体が。

そしてスカラベは自らの意志で糸を切り飛び立った。

「あー、スカビーが逃げた」

逃げたのではない。お役を終えたのだ。

飛び立ったスカラベはハトホル神の石柱群があるエリアの入り口にたつ石門へと消えていった。

その石門には大きなスカラベが彫り刻んである。

このスカラベが門を抜け出してこれまで一週間言納たちの道案内をしてくれていたのだ。

彼こそが天地大神祭開幕の立役者なのかもしれない。

科学がいかに発達しようが人類はまだまだ犬や牛などの動物たちや鶏、そして虫にまでも助けてもらっている。

人間は万物の霊長だなどといって驕れていいてはいけない。もし万物の霊長であるならば万物に対し愛を届けないことには行く末危ぶまれるぞよ。

なぜならば、このたびの天地大神祭、人の力だけで成せるものではないのだから。

帰り道、祭りの後の北天を見上げると、地上を祝福するかのように次元の扉が開いた穴からラメのように金粉が舞い降りてきていた。

＊

午後はまずカルナック神殿へと案内された。この神殿の面白さはほかの追従を許さないといってもいいほど群を抜いており、神秘性から言えばピラミッドやアブ・シンベル神殿の名が上げられるであろうが、学術的見地ではここカルナック神殿に軍配が上がる。

何しろ千二百年以上にわたり各時代のファラオたちが次々と増築を重ねてきたため、神殿全体がエジプシャンヒストリーなのだから。

が、残念なことに言納たちには充分な時間が用意されておらず、急ぎ足での見学となってしまった。

ツタンカーメンがホルエムヘブ将軍と競った馬車レースのスタート地点、スフィンクスの参道が神殿への入り口だ。

トゥトが事故で大怪我をした場所も今では何事もなかったかのように静かな時が流れており、三千三百年の昔、ここで起きた悲劇を感じ取る人はもういない。

ホルエムヘブが着工し、ラムセス二世が完成させた第二塔門を抜けると石柱の森に出た。

合計一三四本の巨大な石柱が並ぶ大列柱室は当時の国力のすさまじさを物語っている。

「あっ、あれ」

「ほんとだ。やっとあった」

大列柱室を抜けたところにオベリスクがやっとあ

った。エジプトに来て初めて目にするオベリスクは想像していたよりもはるかに偉大な存在に見えた。

高さ二二メートルのトトメス一世のオベリスクと三〇メートルあるハトシェプスト女王のそれ、天空へとまっすぐに突き立つその姿は大昔のアンテナのようである。何かを受信する装置としての働きもあるのだろうか。

そのオベリスクの先端、ピラミッド状の尖った部分がキラッと光った。ハトシェプストの方だ。ここはツタンカーメンの玉し霊が肉体を離れて最初に存在して地上を見下ろしていたところだ。

当時はこの部分に金箔が施されていた。

陽の光を反射してさぞかしファラオの権威を世に知らしめていたのだろうが、現在はきれいさっぱり剥がれてしまっている。

なのに今、たしかに光った。

「ねえ、健太。今の何だったの」

言納が聞いたが健太は何も答えなかった。しかし、健太にはそれが何なのか、ちゃんと判っており一人こっそりニヤけていた。

それはツタンカーメンからのウィンクだったのだ。

完全に通じ合っている。

夕暮れ時に訪れたルクソール神殿も入り口に立派なオベリスクが立っており、ナイルの対岸からでもよく見える。

先ほどのカルナック神殿はアモン神のために、こルクソール神殿はアモン神の妻神ムートに捧げられた神殿だ。

長く伸びた参道を進むと右側脇にツタンカーメンとアンケセナーメンの石造が並んで座っていた。

神殿内の一部分は現在イスラム教のモスクとして使われており、時代の異なる文化が同居しておりほほえましい。

興味深かったのは壁に刻まれたヒエログリフやエ

ジプトの神々が削り取られ、上からキリスト教の宗教画がカラーで描かれていたことか。

栄枯盛衰、奪って奪われて現在に至っているのだな。

カルナック神殿、ルクソール神殿、共にその面白さを羅列し出したら枚挙に暇がないためそれらはガイドブックに譲ることにするが、もし今後エジプト旅行を計画中であるならば他を削ってでもルクソールで多くの時間をとるべきだ。

リゾートでのバカンスを求めるのならナイルクルージングやアスワンがいい。

しかし、学術的な探究心を満たしたい人や、かつて生きたであろうこの地での足跡を感じたい人は川下りなんてやらなくていいからルクソールにいろ。命令だ。

エジプトを訪れてルクソールで一日しか過ごさないのは、日本を訪れて京都・奈良をたった一日だけで通過するのと同じだ。もったいない。

だから外国人、日本へ来たら京都・奈良に最低三日はいろ。これも命令だ。強制するなってか。そうだね、じゃあ、お願いだ。

荷物はバスが運んでくれたので人間はカルナック神殿からホテルまで徒歩で向かった。

マクドナルドがあったり何屋なのか不明な店があったりで結構楽しかった。

「あれが今夜のホテルだ」

ミモが指差す宮殿のようなホテルはその名の通りウインターパレスといった。またまた名門ホテルである。パレスというぐらいだから昔は王宮だったのだろうか。

レセプションでは支配人がわざわざ挨拶に出てきたのでミモが、

「グレート・ドクターとドクターです」

と、生田と健太を紹介した。

支配人は足が悪く、

「彼らならその足も治してくれますよ」

だなんてお調子者がいらんことをいった。それは無理だってこと。

さて、ミモとはこれでお別れだ。

「ミモ、ありがとう。君と出会えてよかった。どうかお元気で」

「あなたと会えたこと、神に感謝します」

「ミモのおかげで本当に楽しい四日間だった。どうもありがとう」

口々にミモへのお礼と別れの言葉を伝えた四人は名ごり惜しそうな表情を浮かべた。

アブ・シンベル神殿での演出やフェリーの中での治療、熱心な解説や「イクゼ、ヤロードモ」もいい想い出になりそうだ。

治療後彼は、病気の弟を治すためにどうすればいいのかと、身の上話までする仲になった。

「次にエジプトへはいつ来る？　六ヵ月後か、一年後か。そのときは絶対に弟の体を見てやってほしい。約束してくれよ」

大切な家族を案ずる気持ちは世界共通だ。

お前、いい奴だなあ。

つま楊枝をくわえたまま歩いていて言納にこっぴどく叱られたときの顔も忘れないだろう。なにせ本人は自分がなぜ叱られているのかが最後まで理解できなかったのだから。

「ミモ。写真送るからね」

「ああ、待ってるよ」

最後に生田が体を大切にと言うと、「Ｙｏｕ　ｔｏｏ」とだけ言い残し、振り向くことなく去っていった。


アスワンのオールド・カタラクトに決して引けをとらないこの名門ホテルにもアガサ・クリスティーは滞在しており、言納たちが通された部屋がそのスウィートだった。

テラスへ出るとすぐ目の前はナイルが流れており、向こう岸の彼方には王家の谷やハトシェプスト女王の葬祭殿があるはずだ。しかし暗くて見えなかった。

静かで落ち着いた雰囲気のレストラン「１８８６」で少し気取った食事を済ませた後、言納と健太はいつまでもこのテラスからの対岸の彼方を眺め続けていた。

第五章　大神祭ベルト地帯

その１　オールドカイロの聖なる香り

空路で約六十分、早朝ルクソールを発ちカイロへ向かった一行を出迎えてくれたのは新人ガイドのジヨセフだった。ヨセフの発音違いだ。

キリスト教徒なのかと聞くと、

「ノー、イスラム教徒です」

という。

そうなの。イスラム教でもヨセフの名前をつけるんだ。

「ジョーと呼んでください」

ハスキーな声で真面目そうな青年ガイドはいった。

バスに乗り込みまず向かった先はイスラム教のモスク、ムハンマド・アリ・モスクだった。

今日は一日かけて旧カイロ市街のあちこちを巡る。

駐車場から入口まで、外壁の周りを長いこと歩いてから中へ入って行くと中世ヨーロッパを思わせるような中庭へ出た。

中央には日本の神社でいう御手洗（みたらい）がある。八方向にそれぞれふたつずつ蛇口がついており、大勢が一度に利用できるようになっていた。

ジョーの説明では手だけでなく顔や足も洗うとのことだが、この日は金曜日でないため使用できなかった。

靴を脱ぎモスク内へ入るとその荘厳さに息をのむ。

以前から常々疑問を抱いてきたことがあり、それは、なぜ偶像崇拝を禁じているイスラムがこれほどまで世界的に広がりを見せたのかということ。

　信仰とは何か拝む対象があったほうが手を合わせやすい。仏像だとか御神体であるとか、あるいは位牌や神社のお札など。

　しかしイスラムではそれをしない。なのに現在では六億人とも八億人とも言われる信者を獲得しているからだ。

　が、それもモスクへ入って三秒後には答えが見つかって納得した。

　モスクそのものが神を感じる厳かさと壮大さを有していたのだ。

　トルコのアヤ・ソフィアと同じ造りだとジョーが言っていたので世界でも有数の規模であろうこのモスク、天井を見上げれば赤や黄色のステンドグラスを通して差し込む光とシャンデリアのようにつるされた無数のライトがドーム型の天井に張られた青い色調のタイルの細かな模様を浮かび上がらせ、宇宙空間を思わせるような神秘的な雰囲気を醸し出している。

　なーるほどね。モスク自体が神って訳だ。なので、ここで祈ることは神に向かって祈ることを実感できるのだ。

　絨毯が敷かれた床に腰を降ろした言納はボーッと天井を見つめながら例のうたを口ずさんでいた。
「みーず　うるわし
　みーず　うるわし
　とおとしやー
　みーず　うるわし
　みーず…………」
「ねえ、どこでそのうた憶えたの？」
　隣に座る那川が聞いた。
「んー、よくわかんないんですけど、急に思い出したんです。むかーしうたってたのかなって思ってるんですけど」

「昔って小供の頃のこと?」

「いいえ、何百年か千何百年か昔だと思います」

「そうなんだ。きれいなメロディね。きっと昔は何をするにもうたがあったのね。農作業するにも火を起こすときにも大自然を尊ぶうたが。ところで、その、〝水うるわし〟はどんなときにうたってたの?」

「水をまきながらうたううた」

「それがどうしてハトホル神とのかけ合いになるのかしら」

「多分………菊理媛(くくりひめ)のお働きを呼び込むためだと思います」

「えっ、菊理媛の働き?」

　これまた意外な名を言納が口にした。

「ハトシェプスト葬祭殿で空に穴が開く前に細い電磁波みたいなスパイラルが天と地から現れたんです。シュルシュルシュルって」

　言納が指で渦を巻いた。

「ほんの一瞬だったんですけど青白い色だった。それがね、空中でビビって合わさったんです。その合わさる瞬間に菊理媛の持つ何かの働きが必要だったみたいですけど、それ以上は判りませんでした」

「えっ?」

「0次元への集約………」

「ううん、何でもない。気にしないで。けど、どうして菊理媛の働きだって判ったの?」

「あのうた、十一面観音様のうただから」

「………」

　那川には言納の言いたいことがさっぱり理解できない。

「十一面観音さんってね、水を神仏として現した姿みたいなんです。きのう気付いたんですけどね、そのことに」

「水なの、十一面観音さんって」

「ええ。水は固体、液体、気体の三種類で考えるのではなく、雨とか雪や雹(ひょう)として降ってきたり氷になったり、霜だとか霧とか露など十一の姿に変化(へんげ)するからそれを表したのが十一面観音さんなんです」

「そうだったんだ」

「お日の祭りには〝火〟が必要なんだけど、火は水が燃えて火になるからいつも対なんです、天界では」

今は三次元にも燃える水はある。ただ表にはあまり出てこない。

「だから水を呼ぶために十一面観音さんのうたが必要だったんです。それでね、同時に十一面観音さんは菊理媛が仏界でお働きになる姿でもあるわけでしょ。どんな働きかは本当に判らないんです。けど、エジプトでも白山神界の力が必要みたいですよ」

この娘、なかなか鋭い視点でものを見るようになった。ちょっと感心。

そうか、水は十一の姿に変化するので十一面観音として表したのか。

なので十一面観音のお里は滋賀なのか。琵琶湖の護り神ってわけね。早急に清めねば。

菊理媛は、言納のいうところの天と地から現れた電磁波みたいな細いスパイラルを結ぶ働きなのだろう。

白山神界のお役のひとつはムスビ。「産霊（ムスビ）」と書く。対して富士神界はヒラキである。

ただ、具体的な働きについては言納も説明できるほど理解していない。

「次へ行きましょうか」

ジョーが四人に声をかけてまわった。

小学生らしき団体が大勢見学に来ていたが、どの子もおりこうさんのため騒がしさなどどこにもなかった。

外に出るとモスクの裏からカイロの町が一望できた。遠くにギザのピラミッド群も見える。

そこへジョーがポテトチップスを手に戻ってきた。

「さあ、歴史ある味をどうぞ」

「えー、何でポテトチップスなの？」

ポテトチップスの発祥はエジプトなのだそうだ。

へえ、へえ、へえ、へえ、へえ。

昼食後はコプト教の教会、かつてキリストが滞在したという地下教会、ユダヤ教の教会シナゴーグ、イスラム教のモスク等を訪ね歩く〝世界の宗教ぜーんぶ見ちゃえツアー〟だった。

どれも同一地区に存在しているけど、どっこも戦争なんてしてねーぞ。エルサレムだってそうだ。みんな共存してる。

パレスチナ紛争がいかに意図的に作り出されたかがよく判る。

この地区では唯一、ユダヤ教のシナゴーグだけがテロを警戒してか入口前に柵が設けられていたが、警備のお兄ちゃんは生田隊を睨むわけでもなくただぼんやりと椅子に腰かけたまま空を見上げていた。

キリストが滞在したという教会は静かな細い路地を入ったところにあり、中はわりと狭かったが熱心な信者が数人祈りを捧げていた。

三十本ほどのローソクの炎が揺れている。

一人の信者が振り返り言納に手招きをした。横に座れというので言われるままにすると、彼女は何事もなかったかのように再び祈り始めた。なので言納もしばらくは同じようにそこで祈った。

健太は入口付近から奥へ入ろうとはしなかった。少々重苦しい空気に日本の神社が持つ清々しさとの違いを感じていたのだ。

しかし考えようによっては日本の神社に漂う厳かな雰囲気よりも教会のほうが、母親的愛情を求めるものには適しているかもしれない。

日本の神社に流れる気は、どちらかといえば父親的なものが強い。なので教会は強いていうとお寺の観音堂に近いものがある。

ただ、この教会は半地下になっており風通しが悪いため、床に敷かれた絨毯が足くさかった。ファブリーズでも送ろうか。

次に連れて行かれた教会は明るく近代的だった。礼拝堂の中央には十字架が掲げられ、その周りは花と緑にあふれている。

健太は引き寄せられるようにして最前列中央、十字架の正真の席に座った。そして目を閉じた。

すると、まぶたの裏に残っていた十字架の残像が神社の神殿前に置かれているような丸い鏡に変わった。

『鏡写しは神写し
　人の心の陰写し
鏡写しで　神の意写し
　写して伝える世の流れ』

声の後には八角形の中に171が現れ、それがまず〝17・1〟になり、次に251へと変化し、251が鏡写しになると125になった。

（ん？………）

そして最後は152で終った。

これらの数字を健太はほとんど理解することができたが、251の鏡写しが125であることだけは判らなかった。

（251の反対は152じゃないのか………）

まず、171は〝天地大神祭〟のことだが〝17・1〟も八角形の中にあることで意味が限定される。八角形は法隆寺の夢殿。17・1は十七条憲法の第一条を表している。

飛鳥時代、聖徳太子が制定した日本最古の成文法とされる憲法十七条。第一条は「和を以（も）って尊（とうと）しとなす」である。

このたびの天地大神祭における課題のひとつであり、人類の歩むべき道だ。

ところで飛鳥時代といえば日之本もシリウスのエ

ネルギーに影響を受けていた時代といわれる。

聖徳太子もシリウス人なのだろうか。いえ、玉し霊の話ね。肉体は碧眼人種のようで、トルコ人が有力な説らしいが、どうなのか。

まあいいや。

次の251は、77＝117と同じだ。

77分は1時間17分なので77＝117であり、77（臨界点）に至るには117（ありがとう、感謝します）の思いで至る、ということ。健太も今気付いた。

何だか五日市さんみたいになってしまったけど、数霊がそうなので仕方ない。別に真似てるわけではない。本人にも伝えてあるし。

で、251の場合、171分は2時間51分なので171が251に変化したわけだが、この251は〝ニギハヤヒ＋セオリツ〟のことだ。

ニギハヤヒ尊、瀬織津姫、ともに天地大神祭には欠かせないお役をされるのであろう。

江頭2時50分は1分違いだが、関係ない。


しかし251の鏡写し、何で152でなく125なのか。

その謎を解く前にこれを。

鏡写しの世になったことを端的に示す出来事があった。野球の日本シリーズだ。

二〇〇六年、二〇〇七年と続けて言納の札幌と健太の名古屋が対戦した。

二〇〇六年にドラゴンズが勝てば52年ぶりの日本一ということで、またネタが増えたのだがそうはいかなかった。

というのも二〇〇六年は札幌が開いた年。あの元気の良さには勝てない。またそれ以上に大きな意味合いが込められており、世の流れを知る上で必要なことだったのだ、北海道が勝つことが。それについては後で話すことにして、まずは対戦内容だ。

二〇〇六年は名古屋ドームでシリーズが始まった。

初戦は中日が地元で一勝。続く二戦目は日本ハムがアウェイで一勝。これでともに一勝一敗だ。

場所を札幌に移すとホーム戦になる日本ハムが三連勝した。

日本ハムが四勝・一敗で日本一。おめでとうございまーす。それに41も現れた。

さて、二〇〇七年はどうなったか。

この年は前年と逆、札幌ドームでシリーズの幕が明けた。

初戦は日本ハムが地元で一勝し、第二戦はアウェイの中日が勝ち共に一勝一敗。

シリーズは名古屋に移って地元中日が見事三連勝した。四勝・一敗だ。

前年と全く逆のパターンで中日が53年ぶりの日本一。そっくりそのまま鏡写しだ。

鏡写しとは関係ないが、落合監督の背番号は66。66が動いているぞ、ここでも。これを数霊力という。

話を戻して、名古屋は仙台と表裏の関係にあるが、札幌も陰陽のような関係にあり、エネルギーのつながりは深い。だから言納と健太は札幌と名古屋なのだ。

陰陽の札幌と名古屋があのようなカタチを残したということは、鏡写しの世の到来の表れに他ならない。

鏡写し＝逆に見る。それまで大切にしてきたものは実はそれほど大切なものではなく、おろそかにしてきたものの中に本当の大切なものがあったことに気付く世だ。人、物、金、縁、大自然のあらゆることにおいて。

しかし、日本ハムと中日の二年連続対戦鏡写しシリーズは、さらに大きな意味が込められていた。

『数霊』の三二〇ページを開いていただきたい。

日本は世界の雛型であり、北海道は北米大陸に対応している。この場合はアメリカ合衆国に限定して考えてもいいであろう。

一方名古屋はこのたびの尾張から始まる立て替え立て直しの中心地、つまり新生日之本の象徴である。

また、日本列島は龍体そのもの。二体の龍体からなる日之本役がドラゴンズなのだ。

日本ハムはファイターズ。〝戦士〟〝闘士〟だ。辞書を引くと〝喧嘩早い人〟ともある。アメリカそのものじゃん。

対戦一年目は北米対応北海道が勝った。しかも41で。確かにU＝21、S＝19、A＝1で合計41になる。

翌年は龍体日之本対応のドラゴンズがそのままひっくり返した。

もうアメリカに支配下にはならないぞ、ということだ。

USAが中心＝41から日之本中心になっちまったのさ。十一月一日のことだった。

USAの41。崩壊（ホ＝27、ウ＝3、カ＝6、イ＝5）の41になる前に気付いてや。

あっ、これは北海道民や日本ハムの選手に悪いことがあるわけではないですからね。北海道は龍体日之本の一部。北米対応というだけのこと。支配されているということではないのだから。

彼らのもっとも恐れているのが日本民族の覚醒。

それを阻止するために国土の重要なエネルギーポイントに原子力発電所を次々と造らせたり、空からは16Hzの電磁波をぶつけたりと躍起になっているのだ。

その支配も終わる。残念だな。

龍体日之本が鏡写しで勝った最後の球は時速141kmだった。トルネード竜巻が記録した最大瞬間風速が秒速141m。気をつけてくださいよ。

それと日本政府。うちの小学五年生の息子が言っていたぞ。

「ねえ、父さん。名古屋って758（ナゴヤ）でしょ。それに52を足すと810だよ。名古屋ってやっぱり光なんだね、知ってた？」

「知ってるよ」

「なーんだ。じゃあさあ、政治家は与党と野党がいるんでしょ」

「う、うん。まあ、そうだなあ」

「与党は４１０（よとう）、野党は８１０（やとう）で、神と光の10倍になるのにどうして悪いことばかりするの？　悪いことしても神様に叱られないの？」

って。

一部の官僚並びに議員に告ぐ。

返答に困るからしっかりやってくれ。若者の精神が育たないのは学校教育に問題があるからではないぞ。親と君たちが魅力ある生き方をしてないから子供たちの夢がつぶされ希望を失うのだ。

それと、年金問題なんて暴動が起きなかっただけでも国民に感謝すべきだぞ。けど今後明らかになるであろう厚生労働省の実態については何が起こるか知らないよ。

ところで与党が410、野党が810だなんて気付かなかった。いつからそんなものの考え方をするようになったんだろう。誰かおかしな奴の影響か。

で、何の話だったっけ………思い出した。


健太は手帳に251と書き付け、裏から透かして見た。鏡に写した状態と同じになる。

（あっれ、そうか）

251は鏡に写すと125になる。デジタル表示の文字でやると判りやすい。

（菊理媛だ）

125は菊理媛の持つ数霊のひとつだ。

251の鏡写しに菊理媛。これは天地大神祭の主役……というか日之本代表のニギハヤヒ尊+瀬織津姫の裏側に菊理媛あり、ということを示している。

なので言納が、理解できずも十一面観音のうたから菊理媛を呼び出したという解釈は正しかった。

最後の152については天地大神祭を行うべき場所や係わりの深い神々を表している。

熱田神宮、祇園祭り、ヤマトタケル、剣の神天之（アメノ）御影（ミカゲ）、そして九頭龍等。

『鏡写しでまず重要になるのは内側の問題だからな』

（あれ、一火？）

『鏡写しの世、外側の動きばかりを追っていると本質を見失うぞ』

（…………）

『目の前の出来事は内なる想念がカタチになって現れていることは知っているだろ』

（うん。鏡写しだからね）

『誰しもが楽しいことや嬉しいことに出会いたいだろ』

（もちろん）

『どうすればいい』

（そりゃ、普段喜んで生きることが…………）

『笑え』

（はーっ）

『難しい顔するな。いくら生真面目に生きていても難しい顔してると難しい顔した者としか縁にならないぞ』

（う、うん。たしかに）

『だから笑ってろ』


単純明快な真理だ。ありがとう、感謝しますの次は笑顔。他の人の真似ばかりかと思われてしまいそうだが宇宙の法則なのでかぶっても仕方がない。

『鏡に映った己れの顔
汚れていると鏡を拭くのか
鏡に写した己れの心
醜いからと鏡を変えるか
勘違いいたすなよ
取り違えをいたすなよ
すべての元はお前の想念

縁のせいにするでないぞ』

（『日之本開闢』一〇三ページ）

以前に健太が奈良県田原本町の鏡作り神社で受けた教えだ。

ユダヤ教のシナゴーグでは彼らの六芒星に対する解釈を聞いてみた。

すると教会内にいた信者が三人、四人と集まってきていくつかの捉え方を話してくれたが、どれも想像の域を出るものではなかった。

アスワンでのオイルマッサージしかり、ここでの六芒星についてもしかり、確実に日本人の意識の方が進んでいる。

彼らは疑問に思ったことをあまり深く追究しないのかもしれない。それとも昔からずーっとそこにあるため疑問を抱かないのか。

せめて〝✡〟は鍵穴さ、ぐらい言ってくれれば楽しかったのに。

シナゴーグの次に立ち寄った教会は、これまた歴史を感じさせる重厚な趣（おもむき）で、壁には数々の色褪せた写真が飾られていた。

健太が写真の一つ一つをじっくり眺めていると、奥の礼拝堂でミサが始まった。

「私、ちょっと見てくるね」

と言い残し、言納は奥へ入って行った。

生田は年配の西洋人になにやら熱心に話しかけられ、仕方なしに聞いている、時々相槌（あいづち）を打ちながら。

言葉が通じなかろうが関係ないらしく、生田を放そうとしない。

那川は退屈そうにタバコを吸っているので、健太は一人長椅子に腰かけ天井を見つめていた。

（いったい今までにここで何人の人々が祈りを捧げてきたんだろう）

そんなことを考えているうちに次の疑問がわいて

きた。

（人々はここで何を祈ってきたんだろう。きっと、昔も今も人々の祈りなんてさほど違いはないいんだろうから。病い、貧困、争い……それとも世界平和か）

するど突然、

『誰しもが世界平和を祈れるわけではない』

聞いたことのない声だった。この教会に宿る見えない誰かか。

健太は今の言葉について、誰もが世界平和のことなんか気にかけてるわけではない、と解釈した。すると、

『それが気付きか』

という。


その直後のことだった。教会に残る人々の強い念が伝わってきた。

それはもがき苦しみ、明日に光を見い出せない人々が救いを求めている念だ。

（あー、そうか。ごめんなさい）

健太は己れの愚かさを恥じた。そして詫びた。それは健太が思いつきで考えたような低次元のものではなかった。

『誰しもが世界平和を祈れるわけではない』というのは、誰もが世界平和を祈るほどの余裕を持っているわけではない、ということ。

言い換えれば、世界平和を祈ってられるほど幸せな境遇にすべての人がいるわけではない、と伝えてきたのだった。

もしわが子が今日にも息を引き取るかもしれぬというとき、世界平和を祈れるだろうか。

もし今日中に何億円だかを用意できねば会社が不渡りを出してしまうという状況下においても、本気

で世界の見知らぬ人々の幸せを祈ることができるだろうか。

それができれば本物かもしれない。

しかし、できなくったって偽者というわけでもなかろう。そんなときぐらいは自分の願いを最優先して祈るのは当然と思う。

なのでそれはいい。

ここで健太が気付くべきことは、世界平和を祈ることができるのは、祈る本人が今幸せであるということ。早急に解決せねば生きていけないような状況下にはおらず、ありがたーい立場にいることを知る。

ということは、世界平和は内に大いなる喜びを持って祈ってこそはじめて価値が出る。

こむずかしい顔して祈っても駄目なのだ。

また、世界平和を祈ったからといって善人ぶっても、この教えが抜けているとちっとも人生よくなりませんよーって。

どのようなお方か知らないが、日本から来た通りすがりの青年にさえも〝育てる〟ための教えが用意される。ありがたいことだ。

最後に案内されたのはイブン・トゥールーン・モスク。

九世紀に立てられたモスクで、一部再建されてはいるが、建設当時の姿をとどめたモスクとしてはエジプト最古のものらしい。

ジョーが一所懸命説明しているが、聞く側四人はそろそろ疲れが出てきて気が入らなかった。

ホテルへ戻る途中、ジョーが商店街でバスを停めさせた。

「ちょっと待っててください」

そう言うと商店街の中へ走って行った。

言納たちはてっきりお金でもおろしにATMへ行ったのかと思っていたが、二分ほどするとジョッキを片手に戻って来た。

生ビールの中ジョッキと同じやつだ。中には緑色の液体が入っている。

「これは何のジュースか判りますか?」

見ると青汁のようだ。

「少しずつ飲んでみて下さい」

まず生田がひと口飲み、

「甘いぞ、これ」

続いて健太も、

「あっめー」

那川がニヤリとした。

「サトウキビね」

大当たりーだ。

健太と那川がもっと飲みたいと要求するので、ジョーは四人を店まで連れて行ってくれた。

店の青年は東洋人がいきなり四人も入ってきたので少々驚いたようだったが、驚いたことを悟られたくないらしく精一杯平静さを装っていた。

全員同じものを注文したが言納には少々甘すぎたらしく、

「私のはノンシュガーにして」

というと、店の青年がなにやらぶっきらぼうに言い放った。

その様子から〝アホか、お前〟と言ってるようだ。

するとそばで見ていたジョーが突然笑い出した。

「そりゃ無理だよ。だってこれ砂糖なんだもん」

それでやっと理解した健太たちも笑い出した。言納も笑ってる。

無理だ、無理。サトウキビのジュースをノンシュガーにするなんて無理。


今夜の宿、ナイルヒルトンではツアー会社の〝若〟ヤセル氏が待っており、笑顔で四人を迎えた。ここで二泊していよいよツアーも終わりだ。

何か手続きに手間取ってるようで、ヤセル氏はホテルの支配人らしき人物と真剣にやり取りをしている。

十分ほど待っただろうか、先ほどの笑顔がさらに進化した満面の笑みを浮かべてヤセル氏はこう言った。

「私から皆さんへプレゼントを用意しました。さあお部屋へご案内しましょう」

十二階、突き当りの部屋はドアにルームナンバーがふたつ付いていた。

Ｎｏ・１２３５、１２３６、その下には金属のプレートに〝ザ・アラビック・スウィート〟と書いてある。

カードキーを差し込みドアを開けると小さなホールになっていた。

「なんでホテルの部屋にホールがあるわけ？」

思わず那川が口にした。

左右には高級な中華料理屋のＶＩＰルームに使われていそうな椅子が並び、尋常じゃないぜこの部屋、庶民が入ったら逮捕されるんとちゃうか、まさかチェックアウト時に二〇万円ぐらい請求されるんじゃねえだろうなあ、というぐらい見分不相応も甚だしい。

奥にはベッドルームが左右に分かれて二つあり、だからルームナンバーも二つあるのだが、もちろんそれぞれにバス、トイレ、シャワールームがついている。

ホールから左側へと回り込めば、おい、何でバトミントンのコートがあるんだ。それぐらい広い。とりあえずバドミントンコートにおかれたソファーに身を沈めてみた。

「あっ、ここにもトイレ。三つもあるわよこの部屋」

「ミック・ジャガーになった気分だな」

そうでしょう、そうでしょう。

ヤセル氏によれば、このエグゼクティブスウィートはエリザベス女王や故ダイアナ妃が使用した部屋だという。

「ねえ、どうしてここまでしてもらえるわけ？　健太って大昔、本当にファラオだったんじゃないの。

ひょっとして過去生でツタンカーメンだったとか」

冗談まじりに言納が言うと、それについては那川がきっぱり否定した。

「ツタンカーメンの想念はどれだけか受けてるかもしれないけど、本人自身の生まれ変わりってことはあまり考えない方がいいわ。必ずどこかで自惚(うぬぼ)れることになるから」

那川の説明によるとこうだ。

人の玉し霊は肉体を離れると、一度集合意識体へと戻る。それは波しぶきが個々の水滴に分離してもすぐに大海に吸収されるように、人の玉し霊も分け隔てのない集合意識に帰るのだろう。

「ただね、ある程度同レベルの者同士が集まるようになっているのかもしれないわね。同じ海でも沖縄の海と本州の太平洋沿いの海では水質が全然違うでしょ。健太君、名古屋から一番近い海水浴場ってどこ？」

「多分、知多半島の内海(うつみ)だと思います」

「そこの水は透き通ってるの？」

「濁ってます」

「じゃあ、沖縄は？」

「きれいですよね。同じ海には思えない」

「けど同じひとつの海でしょ」

というわけなのだ。

したがって、分け隔てのない集合意識へ帰るとしても、その中に波動の荒々しい玉し霊が寄り集まる部分と、〝微(び)〟であり〝美(び)〟な玉し霊が引き寄せられる部分は必ずしもすべてが同じなわけではないというのだ。

それで、同じ地区の集合体の玉し霊同士は、肉体人間のころの経験や記憶を共有することができる。

だとすると、そのグループに著名人がいれば、その人の経験や記憶が自分にも流れ込み、あたかも自身の体験のように感じることができるということになる。

どれだけかの時を経てまた肉体に宿る前に、準備として持って行くものがある。

自身に課した使命や課題を成し遂げるためにインプットした、他の玉し霊の持つメモリー。判りやすくいえば参考書だ。

すると、なんとなく自分には徳川家康しか経験してないことを憶えているような気になったりとか、明治維新で何かをやらかした記憶が微かにあったりするのだろう。

源氏物語なんて聞いちゃうと悲しみが内側からあふれ出て、涙が止まらなかったりもする。実際に当人かもしれない。しかし、そうでなくとも過去を共有しているため自分のことのように思えるのだろう。

「それはね、例えばインターネットで検索すると、そこに入っているものなら出てくるでしょ、情報が。入ってなければ出てこない。それと同じで意識が何かに触れたとき、インプットしてきたほかの人のメモリーが自分の中に蘇るのね。まるで自分の過去生みたいに」

「すっごく納得です」

「ひょっとして健太君はツタンカーメンのメモリーをインプットして持ってきてるのかもしれないわね」

そのあたりを勘違いした輩が〝私はかつて菅原道真でした〟とか〝前世は坂本竜馬だった〟とか言い出す。

いったい何人いると思います、坂本竜馬が。

名を残すほどの玉し霊は分離するといいたいか。何のためにそれをする。地球を救うためか。クローン同士は同調するとは限らない。多分ライバル意識ビシバシ燃やして争う。

なので分離の安売りはいらない。

「クレオパトラやマリー・アントワネットだってい

っぱいいるのよ、日本に。よかったわねって感じでしょ」

那川以外の三人が腹をかかえて笑った。

「中にはね、平安時代は誰それで、鎌倉時代はあの人だった。江戸の頃には誰々やって、明治には…………って具合に著名人の名前を三人、四人と挙げるのよ。自分の過去だって。おこがましいったらありゃしないでしょ」

またまた三人は笑った。

「その人っていま何してる人なんですか」

言納が聞くと、

「ベーつに。なーんにも。だったらもっと活躍しろって。ねえ」

相当うんざりしているようだ、那川はその手の話に。

「けどね、そんな立派な玉し霊だったら、いつまでも小さなお山の大将やってず、もっと活躍しなさいよって言ってやっても、ちゃーんと用意されてるのよ。言い訳が」

「えー、どんな」

「過去で大変なお役を果たしてきたから、今生(こんじょう)はそのカルマを浄化するためにうんぬんって。だから言ってやったわ」

「何を」

「あらー、ご苦労ちゃまでちゅ」

巨大スウィートに高らかな笑いが響き、健太はソファからずり落ちて泣いている。

人は面白すぎると泣くのだ。


そうそう、いい機会なのでついでに言っておこ。

あのさあ、〝私が祈ったら台風が外れた〟とか〝私が祝詞(のりと)あげたらどこそこで地震が起こった〟とか、もうやめてくれないかしら。

外れた先にも台風が来ないよう祈る人はいると思うんだけど、その人とその人の背後の神は負けたのか、私さんに。

私さんは自分の街に台風が来なければいいのか。時には大水が出ないと川って汚れたままになるって知ってるのかーって。けど川の話はいいや。

で、続きだけど、〝あの地震、本当は東京に来るはずだったが、私が日本海側へエネルギーを逃した〟とかさ、私とあの人…………たいていは不倫関係で、不倫を正当化するために神々からのメッセージを自らの脳で作りあげるんだけど、あの人と出会ったことによって地底の龍が目覚め、私の覚醒を祝福してる、なんてことを真面目な顔でうったえられたりするとね、脳溢血(のういっけつ)になっちゃいそうで困っちゃうな。

メッセージは受けなくていいから、マッサージうけなよ。

思い出しただけで足の裏がつってきちゃった。あー、腰も痛い。あとで治そ。こうゆうとき整体師って便利だ。

それで、さっきの話ですけど、もうホントにやめてね。〝私、紫式部だったんです〟とか、〝私が沖縄で祈らないと沖縄が危ない〟ってゆうの。

「そうか、なるほど」

言納が笑いながら納得した。

「だからね、健太君はツタンカーメンの生まれ変わりって考えるんではなくて、今の健太君の玉し霊を染めた顔料の中にツタンカーメンの想念っていうか意識っていうのが何パーセントかは入っているんじゃないかって」

「うんうん」

「だって、そうでなきゃ私たちがこんなＶＩＰ待遇受ける理由がないじゃない」

「そうですね。けど、由妃さんこそ本当は歓迎されてるんじゃないんですか。ずーっとエジプトの神々に仕えてたんでしょ」

「うーん、まあね。ハトホル神とかトト神みたいだけど。ねえ、それよりお腹すかない？」

「すいたすいた」

というわけで食事となったのだが、このフロアーはスウィートルーム専用フロアーのためラウンジに無料の食べ物飲み物がしこたま用意されており、自由に飲み食いできてしまう。

言納は用意されたグラスの中で最も大きなものに赤い液体をたっぷり注いできた。ドローリとしている。

「それ何？」

「イチゴジュース。他にもたくさんあったよ、おいしそうなのが」

見るとどのジュースも果肉をただミキサーにかけただけで、何も足されてない

健太はマンゴーにした。言納と同じ特大グラスに注ぎ、ほとんど一気に飲み干してしまった。

「これ、日本の喫茶店なら一八〇〇円かな」

言納は次にマンゴーとオレンジをミックスにし、三杯目はまたイチゴを注いできた。

エジプトでもフルーツジュースには香辛料が入ってないので、調子に乗って全部飲んだ。

そして、苦しい、苦しいと一時間ほど悶えていた。

「フー、やっと治まってきた」

「駄目よ。夜は果物摂りすぎちゃ。冷えるわよ。それに明日は早いんだから」

「三時起床でしたっけ」

「三時出発。だから二時半には起きなきゃね。健太君が一番朝に強いからお願いね」

いよいよ明日、夜が明ける前に彼ら四人はあることを決行する。

その2　トップ・オブ・ザ・ピラミッド

おや、残りページ数がわずかだというのに新しい章に入ったぞ。たったこれだけで話がちゃんと終わるのだろうか、と思った人が全国に千人はいると思うが、鋭い読みだ。

正解。終わらない。

エジプト後も海外、国内、ともに話は展開されてゆくというのに、エジプトが六五〇枚書いてもまだ終わらずに困っている。

なので、『日之本開闢』も『臨界点』も一応読みきりのカタチをとってきたが、今回は続きを残して終わる。

しかも、なるべくいいところで終わってやろうと思う。そうすりゃ次も買わざるを得ないだろうから。

ただ、同じタイトルで上巻下巻じゃつまらないので別にする。もう決まってるけどまだ内緒にしておイタタタタ、イタイ、イタイ………

「お前なあ､残されたスペースが少ないんだったら、くだらんことダラダラ書かずに早く本文に入れよ」

「ジイかよ。残り少ないんだから出て来るなってことタタタ、オイッ、イタイって」

「救いようのないバカだなあ、お前」

「大きなお世話だ。それよりジイ、あきらめたフリしてしばらく出てこなかったけど、どこ行ってたのさ」

「………誰に聞いた」

「誰にも。考えれば判る。金星か？」

「もっと遠くだ」

「じゃあ、木星」

「やれやれ。てんびん座だ」

「てんびん座？………ひょっとして581番惑星か。次に人類が移り住むっていう」

「そうだ。様子を見に行ってきた。ワシは役員だからな」

「役員って……いいや。ねえ、その星って原始的な星なの？　それとも住んでる人たちがいるわけ？」

「いるよ。たくさんな」

「その人たちって肉体持ってるの、地球人と同じような」

「あるにはあるが、波動領域が違うのでお前たちと同じではない。全く同じだったら転生する意味がないだろうが。まあ、お前たちのいう半霊半物質の世界に近いな。それとは少々違うがな」

「家とか食べ物は？　野菜とかも育ててるわけ、畑を耕したりして」

「本来それをする必要はない。もっと簡単に作り出せる。ところがそれでは楽しみが少ない。なので、わざわざ不確実性の中で手間隙かけて育てている人たちもいた。実感する喜びを求めておるんだろうな、おそらくは」

「んー、なるほど。機械的じゃなくていいね、その方が」

「シャンバラに似た世界だったぞ」

「ハアー？　またシャンバラか」

「使う波動領域が近いんじゃないか？」

「知らないって、行ったことないんだから」

「忘れたのか、いたくせしやがって」

「知りません。最近では北極とか南極に入口があるって聞くけど」

「お前はそこと違う」

「違うって……たくさんあるわけ？」

「詳しいことはまた教えてやる。とにかくお前はネパールだ。チベット・ネパールシャンバラだ」

「やっぱり複数あるんだ」

「そうではない。今はまだ教えるわけにいかない。察しろ、その程度は、アンポンタンのおたんこなすめが。それより書け。すぐにだ」

「入って行く入口によって別の階層っていうかあー、苦しい苦しい。判った、書く。……ふうー。どうしてすぐ力でコントロールしようとするんだ。〝強制〟から〝共生〟へ移り変わる時代だというのに。本当に高次元の存在なのか。実はただの邪霊だったりタタ、イタイイタイ、書きます。すぐに書きます」

けどさ、高次元の世界って、爪が伸びてきたから切ろうと思ったら誰かが爪切り使ったまま所定の場所に戻さなかったから家族で喧嘩になったとか、電話口でメモを取ろうとしても手元にあるペンが全部書けないものばかりでイライラしたりとか、歯に葱の繊維がはさまり舌で解ると確かに存在しているのに指や爪楊枝で探すとどこかに消えてしまうのでしばらく格闘し続ける羽目になったとか、信じ切って食べたアサリの酒蒸しに砂が入っていて裏切られたような悲しい気持ちになるなんてこと、きっとないんだろうな。

三次元って楽しいけどたーい変なのだ。

早朝三時、ほぼピッタリに待たせておいたタクシーで四人はギザへ向かった。

この時間帯、さすがに交通量は少なく、危なっかしい歩行者もいない。

これが昼間だと、片側三車線あるような広い道路を平気な顔して人が横断している。若い女性や子供もだ。そのうち死ぬぞ。

二十分ほどでピラミッドが見えてきた。さすがに速い。

「なんだか緊張してきちゃった」

「うん、オレも」

皆同じなのだろう、会話が続かない。

運転手がピラミッドエリア入口の手前で車を停めた。

「ここで降りろ。あとは歩くんだ。この坂を道なりに登っていけば判る。目立つからなピラミッドは」

そう言って運転手は笑った。

生田が相場の二倍程度のチップを渡すと、少し大げさな手振りで喜んで帰って行った。

「よし、行こうか」

「えー、こんなの無理よ。階段みたいに登れると思ってたんだもん」

言納がぼやいた。

ピラミッドは確かに階段状になってはいるが、その一段一段は地上に近いほど高く、一段目は言納の胸の位置を越えている。

「みんなこっちへおいで」

生田がピラミッドの角へと向かった。

本来は登るべきではないこのピラミッド、各底辺の中央から昇ると石が崩れるため角から登る。

「軍手したほうがいいぞ、持ってるだろ。それとパスポートや財布落とさないようにもう一度確認しておいて」

一段目をよじ登った生田が他の三人に声をかけた。

健太も自力で登ると、上から二人がかりで言納を引っ張りあげた。さすがに那川でもこの高さを繰り返し登るのはきついらしく、生田が助けている。

これを一四六メートルの高さまでくり返すと思うとうんざりするが、高さが増すにつれ岩の大きさは小さくなってゆく。

「うー、痛ーい」

「大丈夫？」

何度も何度もヒザやスネを岩にぶつけながら言納も必死についていった。というより引っ張られていた。

三十分か、それとも四十分か登り続けているうちに、かなり登りやすくなっていることに気がついた。頂上は近い。

しかし、実際には登りながらだと頂上がどこなのか見定められず、多分あと少しだろうという期待を持ち続けつつ登るはめになる。

「かなり上まで来たぞ。あと二〇メートルもないはずだ」

高度計測機能がついた時計を確かめつつ生田が励ます。予定よりも少し遅れていた。

「ちょっとまずいかな」

生田が小声でつぶやいた。

というのも、生田には他に計算しておかないといけないことがあった。ピラミッドから降りる時間だ。下山が遅くなればそれだけ賄賂（わいろ）を求めて近付いてくる警官らが増えるわけで、聞くところでは次から次へとすべての警官がたかりに来るらしい。

生田はそれに備え小額紙幣を五〇枚ほど用意していた。

「ヤッター、ついにピラミッドの頂上に立ちました」

「結構広いじゃん、ここ。頂上って尖ってると思ってたけど」

登り始めて一時間後、ついに生田隊はクフ王のピラミッドのてっぺんへと到着した。

頂上は四、五畳ほどのスペースがあり、鉄パイプの塔が天に向かって立っていた。

ただ、残念なことに、頂上は落書きだらけだった。公園の公衆便所にあるような相合傘や誰それがいついつ参上程度のものが、ピラミッドの場合サインペンではなく直接石に刻まれているのだ。

見慣れぬ文字だけでなく、日本語のものもあった。エジプトよ、ごめんなさい。


持参したペットボトルの水の半分以上を一気に飲むと、健太は背負っていた小型のデイパックから鈴をはずした。

生田は磐笛を吹いている。

すると那川が〝故郷(ふるさと)〟をうたいだした。しかも歌詞は三番だ。

「こころざしを　はたして
いつの日にか　帰らん
山は青き　ふるさと
水は清き　ふるさと」

生まれ育った佐賀を思ってか、第二の故郷信州が恋しいのか。それとも数千年前に暮らした玉し霊の故郷へ戻ってきたこと懐かしんでのことなのだろうか。

「ねえ、ピラミッドって地面の中にも反対向きに同じピラミッドがあるわよ」

言納が突然驚くべきことを言いだした。

「底の部分がくっついていてね、下向きに同じピラミッドがあるの」

「じゃあ、実際の形は正八面体ってこと？」

健太がすかさず反応した。

「正八面体かどうかは判らないけど、それに近いと思うよ」

正八面体は八個の正三角形から成る。ピラミッドの三角の斜面がきっちり正三角形なのかが判らないため、言納はそう言ったのだ。

「ねえ、生田さん。ピラミッドって本当は何なんですか」

「おそらくはエネルギーの変換装置だろうね。言納ちゃんが正八面体っぽいっていったことで納得できた。そのシステムは判らないけど、クフ王やメンカウラー王の時代よりもずっと昔に作られたものだと思う。最近ではクフ王時代のものであるという物的証拠も出てるようだけど、複雑なカラクリがありそうだぞ」

「あのね」

言納だ。

「ピラミッドやスフィンクスの謎は二〇二二年までにほぼ全部わかるんだって」

「えっ、誰が言ったの、そんなこと」

「スフィンクス」

「………」

言納は狂ったのだろうか、それとも。

実はこれには解説が必要なのでしておく。

古代エジプトのヒエログリフ、つまり象形文字が解読される手がかりとなったのがロゼッタ・ストーンである。

エジプトの象形文字と民衆文字、そしてギリシア語の三種類が彫られている石版を、フランスのエジプト学者ジャン・フランソワ・シャンポリオンが見事解読に成功したのが一八二二年。

それまで謎だったヒエログリフの真相が明かされ

そうそう。今やピラミッドやスフィンクスの謎の解明を望むのは考古学者ではなく、世界各国の諜報機関なのだ。フリーエネルギー装置のシステムなど現在の地球上の科学を超えた力を手に入れたくて仕方がないのだろう。

なので学者の研究を手に入れるためスパイ君たちも必死だ。

言納たちのお役はそれではない。したがって必要以上に探ると危険なのでやめておけということなのだ。

「ねえ、見てるよ」

「何が」

「何を」

「いつ？　どこで？」

主語がないのでさっぱり判らない。

「スフィンクスがね………」

言納の話を要約するとこうだ。

たのだ。

イギリスの考古学者ハワード・カーターがツタンカーメン王の墓を発見したのは一九二二年。

これでツタンカーメン王の存在が世に明かされることになった。

ともに世紀の大発見だ。

次なる世紀の大発見。それはピラミッドとスフィンクスの謎の解明。そいつが二〇二二年だというのだ。

ただし、この数字は解明終了のものだと思われる。なので解明しはじめるのはもっと早いのではないか。

「スフィンクスのお腹の下にも通路がいっぱい。すーごーい」

「ねえ、見えるの？」

那川が聞いた。

「うん。さっき見えた。けど、必要以上にそのことは探らなくていいって」

見てるよ、というのはスフィンクスが見てるよということなのだが、スフィンクスが何を見ているのか。

それは世の中だ。シリウスが、番人スフィンクスの目を通して世の中を見ている。

シリウスはネコ科の動物の目に映るものを情報としてキャッチする。

なので獅子であるスフィンクスをシリウスは利用しているのだ、とのことである。

そもそも上下合体した正八面体ピラミッドはシリウスにとっては最も得意とする形態形成場であり、八次元のオリオン高次元の指令のもと、というか許可を得て六次元世界のシリウスが当時の地球人に智恵を降ろして造らせたらしい。

その際には多次元世界のプレアデスも介入してたようだと言納は感じたが、それ以上詳しくは判らなかった。


言納が立ち上がった。

「健太、鈴貸して」

右手の中指に鈴を結ぶ紐を引っ掛けると、カランカラン鳴らしながら例の御言葉を祝詞のように唱え出した。

「依りしろを
携え参れよ　我が元へ
金銀の鈴　和合して
鳴り鳴り響く　天に地に
日の民集えや　イザヤここ
お日の祭りの　はじまりぞ
獅子のおたけび　聞こえぬか
イザヤイザヤと　待ちわびて
よろこび迎えん　この時を

来てしまいました、こんなところまで。

ありがとうございました。

金銀の鈴　和合して
お日もお月も　大調和
星はますます　きらめき増して
新なる歴史の　扉ひらかん　か。

本当にそんなことしてしまったんだろうか……」

言納がスフィンクスのうしろ姿に向かってつぶやくと、新しいのが来た。

『赤き人
黄の人ともに手を取りて
険しき山の頂に
祭られおりし　日の神に
伏して祈りを捧げんと
十十(とうとう)登りて来られしか
空を舞う鳥　輪を描く
お日の舞(まい)　舞(ま)う人々よ
大地踏みしめ　輪になりて
お日に捧げん　寿(ことほ)ぎの
祈りの舞よ　喜びに
魂はふるえん　今ここに
天地(あめつち)を
貫く光　柱となりて
鳴り鳴り響く
和合の鈴音………』

四行目の〝祭られ〟は〝祀(まつ)られ〟でもあり〝奉(まつ)られ〟でもある。また、七行目の〝輪を描く〟は〝和を描く〟も意味している。

続いて言依姫からだ。

『しばらくは心身の調整が続きますが
新たなエネルギーがふつふつと

体中にみなぎることを感じられることでしょう
あなたがたが生きたエジプトの地での皮膚感覚を取り戻しつつあるからです
それは
あなたがたが新たな歴史　真実の歴史を
人々に伝えるためにです
顔つきが変化してきたことを
人から指摘もされるでしょうし
力強さも増すでしょう
これからの使命を成し遂げるため
あなたがたはますます心身強く
あらねばなりません
大きな転換期を迎え
人類がそれを通り抜け
真の時代へとつなげてゆくために
どうかお仲間にも伝えてください
我がうるわし女　言納よ』

「〝終わった〟と思ってたけど違ってました。〝始まった〟でした」

言納が振り返りざまに言った。

「ねえ、黄の人って東洋人のことでしょ。日本とかアジアの一部の」

那川が聞いた。

「そうだと思います」

「じゃあ、赤き人ってどこの人のことかしら。インディアンとかホピって呼ばれてる人たちかなあ」

「んー？」

言納が悩んでいると生田が答えを出した。

「多分、中南米だと思う」

「中南米、ですか」

「そう。メキシコとか」

「メキシコ………」

言納の中で何かが動いた。メキシコという言葉に反応したのだ。が、まだ何なのかは判らない。

「やっぱり」

「えっ、何がやっぱりなんだい、由妃ちゃん」

「調べたの。確かアスワンだったと思うけど、言納ちゃんが国旗の話をしたでしょ。あの時、赤と白と黒はエジプトだってことが判ったけど、赤・白・緑が判らなかったじゃない。イタリアかなあって」

「うん。憶えてるよ」

「他にもひとつだけあったの、赤・白・緑をイタリアと同じパターンで国旗にしている国が。それがメキシコなのよ」

「そうか」

「ねえ、メキシコの国番号って何番だと思う？　フェリーの中で調べて笑っちゃったわ。健太君、当ててみて」

「えー。んー、そうですねえ、66番」

「残念でした。52番よ」

「出たー」

ついでに言うと、メキシコの面積は日本の約五・二倍である。それを半分にした二・六倍がちょうどエジプトの面積になる。

「なるほどね。それで判った」

生田も何か気付いたようだ。

「確か七福神の乗った船は〝52〟の数霊力のあるところに降りるって言ってたよね。ひとつはメキシコなんだよ。そもそも名古屋とメキシコシティーは姉妹都市だしね。だから〝52つながり〟だったんだよ。それにだぞ、メキシコには他にも52があるよ」

「そうなんですか」

健太が聞き返した。

「ピラミッドだよ。チェチェン・イッァーにあるクルカン・ピラミッドは角度が52度なんだ」

生田の言葉にまたまた言納が反応した。そして計算が成された。

「私も判りました。前に出てた66のこと。イタリアは67になっちゃったけど、メキシコは66です。メ＝34、キ＝10、シ＝15、コ＝7で、66。それに、いま生田さんのおっしゃったククルカンも66になります。言霊的にも〝くくる〟んです」

「菊理媛の働きね」

「ええ、そうです」

「それに、エジプトでは玉し霊のことを〝バー〟っていうでしょ。66はバの言霊数なの。やっぱりつながるんですね、66も。日本の場合、66は子宮を表す数霊なんですよ」

「つながってるのは66だけじゃないよ。52もさ」

再び生田が話し始めた。

「健太君、今立ってるこのピラミッドの角度、何度か知ってるかい」

「51度51分、だったはずです」

「さすがだね。ところがだ、今となってはカフラー王のピラミッドの頂上付近にしか残ってないけど、このクフ王ピラミッドにも以前は化粧石が施され、きれいな斜面だった。その頃の角度がピッタリ52度らしいんだ」

一気にいろいろなことが判り始めた。

〝52〟ではメキシコ―エジプト―日本がつながったし、〝66〟も謎が解けた。それに〝金つながり〟もある。

エジプト、メキシコともに古代は金の本当の価値を知っており、なぜか日本も〝黄金の国ジパング〟だ。

最近では黄金の国はフィリピンのことらしいともされているが、52の代表格には金のシャチホコがあったりするのでつながりが絶たれるわけではない。それに国番号52のメキシコには52の中心点名古屋と姉妹都市提携を結ぶメキシコシティーもあるではないか。

世界地図で見ると、といっても真ん中に太平洋があるやつは駄目だよ。ちゃんと日本が極東に来てるワールドスタンダードな地図では、どれだけかの幅を持たせてメキシコ―エジプト―日本を直線で結ぶと非常に重要なラインが浮かび上がる。
ネパールやチベットもこの帯の中に入る。
この帯を「大神祭ベルト地帯」と呼ぶ。

『おい』
（…………えっ、一火？）
『そうだ。今から中へいけ、ピラミッドの』
（中へ？　ここから入る通路があるの？）
『一度降りてからに決まってるだろ。相変わらずバカだなあ、著者と一緒で』

んっ？

『降りてから〝王の間〟へ行くんだ。十時十分には到着するんだぞ』
（王の間…………）
『そうだ。遅れるなよ』

ピラミッド内部へ来るようにと指示された四人の運命やいかに。
その鍵を握る人、それは誰あろう、間抜けな著者なのでありました。

つづく

■参考文献

『消されたファラオ』グレアム・フィリップス著　匝瑳玲子訳　朝日新聞社
『出エジプト記の秘密　モーセと消えたファラオの謎』
メソド・サバ／ロジェ・サバ著　藤野邦夫訳　原書房
『古代エジプト人　その神々と生活』ロザリー・ディヴィッド著　近藤二郎訳　筑摩書房
『ツタンカーメン王』仁田三夫著　河出書房新社
『古代エジプト』仁田三夫＝編著・写真　河出書房新社
『古代エジプト文明の秘宝』仁田三夫著　山川出版社
『アーキオ　ファラオの王国』編集主幹　吉村作治　ニュートンプレス
『面白いほどよくわかる古代エジプト』笈川博一著　日本文芸社
『輪廻／転生をくり返す　偉人たち』ジョージ・ハント・ウィリアムソン　徳間書店
「ナショナル・ジオグラフィクス」二〇〇一年四月号・二〇〇五年六月号

■著者紹介――深田　剛史（ふかだ　たけし）

一九六三年（昭和三十八年）十月十七日生まれ。名古屋在住。

主な著書　『数霊』（たま出版）
『数霊　日之本開闢』（今日の話題社）
『数霊　臨界点』（今日の話題社）

お詫びとご注意

目下のところ、著者は信州方面の山中に逃亡中のため、これ以上の個人情報をお出しすることができません。ご了承ください。

なお、登山道や神社仏閣、あるいは近隣の街などで著者を見かけましても、

声をかけたり
エサを与えたり
棒でつっついたり

しないでください。襲われる危険性があります。

また、本人は、

「名古屋名物〝あんかけスパゲティ〟を全国に広める会」

「全国チャイ普及協会」

「全日本金縛り研究会」

「晩秋の夕暮れどきのもの悲しさを考える会」

「夏の夕暮れどきは駅前商店街でビールを飲む会」

「〝♪ふるさと〟を国民の歌にする会」

等の会長・代表を自称しておりますが、どれも実体のないものばかりで、聞くところによりますと、会員数は会長を含め一名のみという有様ですので、勧誘されても絶対に入会しないでください。何されるかわかりません。

唯一、「〝♪ふるさと〟を国民の歌にする会」のみ数名の賛同者がいる模様ですが、いずれにしても近寄らないにこしたことはないでしょう。

※この作品はフィクションであり、実在の人物・団体・事件等とは一切関係ありません。

数霊（かずたま）　天地大神祭（あめつちだいしんさい）

二〇〇八年二月二十六日　初版発行
二〇〇九年六月十七日　第二版発行

著　者　深田剛史　ふかだ　たけし
装　幀　宇佐美慶洋
発行者　高橋秀和
発行所　今日の話題社　こんにちのわだいしゃ
東京都品川区上大崎二・十三・三十五ニューフジビル2F
電　話　〇三・三四四二・九二〇五
FAX　〇三・三四四四・九四三九
印　刷　互恵印刷
製　本　難波製本
用　紙　富士川洋紙店

ISBN978-4-87565-582-4 C0093